SF

無伴奏ソナタ

〔新訳版〕

オースン・スコット・カード

金子 浩・金子 司・山田和子訳

早川書房

7305

UNACCOMPANIED SONATA
AND OTHER STORIES

by

Orson Scott Card

Translated by
Hiroshi Kaneko, Tsukasa Kaneko and Kazuko Yamada
Published 2014 in Japan by
HAYAKAWA PUBLISHING, INC.
This book is published in Japan by
arrangement with
BARBARA BOVA LITERARY AGENCY
through JAPAN UNI AGENCY, INC., TOKYO.

フランソワ・カモワンへ
エウメニデスから
そのあやまちを
取り除いてくれた
良き師に

銀ピカの男たち

博物館で古いループを観た
スクリーンに投影されるひらべったいやつだ
それは夢だった
なんなら嘘といってもいい
少年のような笑顔の男たちが
裸の女たちを救おうと
ありえないほど輝いている宇宙船から飛びだして
埃っぽい惑星の上をすたすたと大股で歩く
そしてそう、いつだってせせら笑い
まぬけなへまをしでかし
見るからに死んで当然の悪を倒す

彼らは運命を信じていた、まちがいない
そして考えた、星々は小さく見えているのだから
手をのばせば自分のものにできるだろうと
海中のタンパク質からの道は
無限に見えたので、前途もまた
まっすぐ無限に続くと彼らは思っていた
彼らはまちがっていた

いや、道が途絶えるきざしはない――
彼らはぼくらのちょっとした曲がり角を予期していなかっただけだ
この銀ピカの男たち、宇宙の男たちは意気軒昂だった
だが彼らは夢のなかで旅を終えた
ぼくらにははじめるだけの才覚も意志もない
そして一念発起し
悪を元から断とうと思いたったぼくらは
曲がりくねった道筋をたどる
そしてそれがぼくらの腺のなかにこっそり隠れているのを見つける
ぼくらがそこでどんなに望もうと、それを殺すことはできない

それは朝、ぼくらとともに腹を空かせて起床する
そして闇のなか、ぼくらとともにベッドへ戻る

オースン・スコット・カード（金子 浩訳）

目次

無伴奏ソナタ〔新訳版〕

はじめに――作者への公開書簡――

ベン・ボーヴァ

親愛なるスコット――

成功には千人の父親がいるとはよくいったものだ。だが、きみを〝発見〟した編集者であるわたしには、たいていの人よりちょっとは、親としての誇りを持つ資格があると思っている。だから、このきみの短篇集についてわたしが大口をたたいても、きみはきっと許してくれるだろう。

なんといっても、短篇集の刊行というのは、作家のキャリアでは大きな節目だからだ。出版社は、苦い体験を通じて、アンソロジーや単独作家の短篇集よりも、たいていは長篇のほうが売れることを学んでいる。出版社が思いきって短篇集を出す気になるのは、大勢の読者が作家の名前を記憶していて、その作家の名前のついた本を買いたいと願っている場合だけだ。そのようなときでさえ、出版社はできれば長篇を出したがる。出版社に短篇集の刊行という危険を進んで冒させるためには、作家は本物の売れっ子に、輝ける星にならなければならないのだ。きみはこの国の一流作家としてはまだほんの駆けだしなので、この短篇集が刊行されたことは特筆に値する。

きみの最初の短篇を目にしたときのことを思いだす。それは「エンダーのゲーム」だった。その作品が本書の巻頭を飾っているのだから感激だ。「エンダーのゲーム」と出会った日の午後、わたしはSF雑誌〈アナログ〉のオフィスで山になっている原稿に目を通していた。編集者ならだれもがうとましがっている――まったく無名の作家たちが持ちこんだうんざりするほど大量の原稿を一篇ずつ片づけていくという――苦役に従事していたのだ。そのときに「エンダーのゲーム」を読めたのは喜びだったし、長い歳月のあとでこうして再会できたことはそれ以上の喜びだ。いや、長い歳月とはいえないな！「エンダーのゲーム」が〈アナログ〉に掲載されたのは、ついこのあいだの一九七七年八月なのだから。まったく、短いあいだによくぞここまで来たものだ。

読者があそこまで強烈に反応した第一作は見たことがない。「エンダーのゲーム」掲載後に〈アナログ〉に寄せられた郵便物によって、きみはまさしく重要な新人作家と認められた。そして、もちろん、一九七八年にフェニックスで開催された世界SF大会で、きみはジョン・W・キャンベル新人賞をやすやすとかっさらった。

じつに印象的な作家デビューだった。しかし、それ以上に（フェニックスのずっと以前から）印象的だったのは、きみの第二作、第三作、そしてそれに続く何篇かの作品だった。いずれも、前作を洗練度、深み、技巧で超える量子飛躍だった。新作を発表するたびに、きみは成長し、習熟して、作家として新たな高みに達し、登場人物たちの魂のなかのより遠く、そしてより深くまで到達していることを示したのだ。

わたしが科学雑誌〈オムニ〉の編集者になったころには、きみの短篇はすでに〝本格〟SFの偏狭なしきたりを超えていた。きみは〈オムニ〉が対象としている大きくて国際的な読者層に受け入れられる準備がととのっていたのだ。さらに数篇が続いた。わたしにいわせれば、校正者が涙を浮かべながら編集者のオフィスに駆けこんできて、どんなに楽しんで読んだかを告げるような作品——それこそが小説というものなのだ！「解放の時」や「深呼吸」、それにとりわけ「無伴奏ソナタ」のような作品に、全世界の読者が、心からの熱烈な反応を示した。きみは、そうした作品で、世界各地に住む人々の胸を打ったのだ。

きみが数冊の長篇と、それよりずっとたくさんの短篇を発表していることは知っている。戯曲と映画脚本を書いたことがあり、いまは〝大作〟に、一般向け歴史小説に打ちこんでいることも知っている。それでも、きみの原点はわたしたちがSFと呼ぶジャンルだ。わたしたちがともによく知り、愛しているジャンルだ。それでも、わたしはきみに、SFについて父親じみたいましめと、すこしばかりのお節介な忠告をしなければならない。

SFは、現代アメリカ文学の一分野として大変な激動期を迎えている。たぶん、きみもその事実に気づいていることだろう。だが自分が、このジャンルの現代作家のだれよりも、SFがとげつつある変遷を体現していることには気づいていないかもしれない。

きみが生まれるずっと以前、何世代も前のアメリカSFは、見当外れにも、なぜか文学的ゲットーに隔離されていた。すぐれたSF作家による何篇ものすぐれた作品が、大多数の読者にとっては〝ちんぷんかんぷん〟を意味する〝SF〟として発表されたという理由で、世界のほかの部分から何十年も無視されていたのだ。

いうまでもなく、一般読者はまちがっていた。しかし彼らの（ハインラインやアシモフやクラークといった作家の初期作品を含む）SFに対する無関心のせいで、SF作家――それにSFファン――の周囲にゲットーの壁が築かれてしまった。今日、それらの壁はすでに取り壊されている。ところが多くの――あまりに多くの――SF作家とSFファンは、いまもかつてゲットーがあった場所で身を寄せあって、より大きく、はなばなしく、より厳しい世界へ出ていこうとしないか、あるいはひょっとしたら出ていけないでいる。

スコット、きみは、より大きなその世界に向かってすでに何歩か踏みだしている。本書におさめられている短篇がそれを証明している。たしかに、きみのもっとも初期の短篇はSF専門誌に掲載された。きみの初期の長篇は書店のSFの棚に並べられた。

しかし、本書の短篇を読めばわかるように、きみはどんな読者でも理解し、楽しむことのできる作品を書ける、力のある作家だ。きみの作品に描かれているのは、生きていて、呼吸していて、血を流す人間であり、愛し、恐れ、憎み、笑う人間だ。読者は登場人物のために泣き、登場人物とともに喜び、登場人物を案じてぞくぞくすることができる。つまりきみは、ふつうのSFのはるか先まで行っているのだ。きみは万人のための作家なのであって、〝本格〟SF以外に目を向けようとしない狭い範囲の読者のためだけの作家ではないのだ。

わたしがきみをいましめなければならないのは、まさにその点についてだ。SF界は、SFを共通の関心事とする（おおむねは）心優しい人々が集っているぬくぬくと暖かい巣だ。しかしSF界には、作家をたぶらかして自分の資質を裏切るようにしむけることのできる力が存在している。多くの作家が古いSFゲットーを安全で居心地のいい場所とみなすようになっており、そのため彼（または彼女）は、来る年も来る年も、似たり寄ったりの手あかにまみれたシリーズものしか書かなくなってしまっている。そのような作家たちの成長は止まっている。それどころか、彼らは自分の才能を残りの読書界に提供することを拒んでいる。

さらに悪いことに、そのうちの何人かは、わたしのごく親しい友人なのだ。

すでに、SFの〝純粋さ〟の守護者を自任している連中がきみに圧力をかけていることは知っている。彼らから見ると、きみは早く成功しすぎたのだ。きみのように書くことができず、市場におけるきみの急上昇をねたんでいる連中は、ファン雑誌での人身攻撃と偏見に満ちたレヴューで、すこしでもきみを引きずりおろそうと力をあわせてきた。

そんな評論家もどきは、きみが書く力強い作品を受け入れられる頭脳または心を持ちあわせていない、闇の住人なのだ。彼らは本物の感情におびえ、自分たちが子供のころに読んだ男根型宇宙船で世界を征服するステンレス製ヒーローの物語の焼きなおし以上に努力を要するものを頑として読もうとしない。彼らは、思春期前のレベルを超える深みを備えた性格描写を一度も理解しなかったし、これからも理解しないだろう。

彼らは、できることならきみを自分たちのレベルまで引きずりおろしたがっている。そんなことをさせるな。きみには、一般読者に才能の恩恵を分け与える責任があるのだ。

スコット、きみは現役作家のだれよりも、手本となるすぐれたSFを——大胆な想像力と真に迫った人物描写が調和した作品を書いている。テクノロジーが加わったヒューマニズムを。頭脳と心を。それこそが、アメリカ文学にとってのみならず、全世界の救済にとっても未来の波なのだ。

自分と自分の才能に、そしてきみの作品を読むことを楽しんでいるわたしたち全員に忠実であれ。なにも恐れるな。わたしたち全員がいなくなっても作品はずっとあとまで残る。そして、作家が気にかけるべき記念碑はそれだけなのだ。

きみには書きつづけるようにいう必要がないことはわかっている。きみほど自分の務めに懸命にはげむ作家は見たことがない。

だが、最後にひとつ、きみに父親じみた要求をしよう——きみはごく若い作家であり、最良にしてもっとも創造的な日々はこれから訪れることになるはずだ。だから、本書の諸作がいくらすばらしくても、この先、きみはよりすばらしい作品を書いてくれるものと期待している。そしてわたしには、書いてくれるはずだとわかっている。

星をめざそう（アド・アストラ）

マンハッタン、一九八〇年三月

（金子　浩訳）

エンダーのゲーム

Ender's Game

金子　浩訳

「ドアに着いたとき、おまえらにとっての重力がどうだろうと、いいか——敵のゲートは下、だぞ。散歩に出るつもりでドアから出たら、撃たれて当然の、でっかい標的になっちまう。敵がフラッシャーを一挺でも持ってればな」エンダー・ウィッギンズは間をおいて一同を眺め渡した。ほとんどの者は、おずおずとエンダーを見ているだけだ。何人かは理解している。何人かはふてくされたような反抗的な顔をしている。

全員が教育班を出たてのこの部隊を預かった初日なので、エンダーは新米がどんなに幼いかを忘れていた。こっちの軍歴は三年でこいつらは半年——九歳より上の者はひとりもいない。だがこの連中が部下なのだ。十一歳のエンダーはふつうより半年早く指揮官になっていた。小隊を受け持っていたので多少はコツをわきまえているが、新しい部隊は四十名からなっている。未熟きわまりない。全員がフラッシャー狙撃兵だが、全員が最高の状態のはずだ。さもなければここにいるはずがない——しかし、その全員が、最初の戦闘で全滅してしまいかねない。

「いいか」とエンダーは続けた。「あのドアを抜けるまで、敵はこっちの姿を見られない。だが、出たとたんに攻撃してくる。だからあのドアからは、敵が撃ってきてもいいように準備しておいて出ていけ。両脚を体の下に引き上げてまっすぐ下に向かうんだ」ふてくされたような少年を指さした。七歳くらいにしか見えない、いちばんのチビだ。「下はどっちだ、新米！」

「敵のドアのほうです」答えは迅速だった。さっさと本題にかかってくれ、といわんばかりにぶっきらぼうだった。

「名前をいえ、チビ」

「ビーンです」

「体が豆粒並みだからなのか、それともおつむが豆粒並みなのか？」

ビーンは答えなかった。ほかの隊員はちょっと笑った。エンダーの選択は正しかった。この少年は、案のじょう、ほかの隊員より若いのだ。優秀だから昇格したにちがいない。ほかの隊員はこいつをあまり好いていない。こいつがちょっぴりへこまされたのを見て喜んでいる。エンダーも、最初についた指揮官にへこまされたものだった。

「よし、ビーン、そのとおりだ。いっておくぞ――あのドアを抜けるときは、だれでも、撃たれる可能性がおおいにある。おまえらのうちの多くが、どこかをセメントに変えられちまう。それがつねに脚になるようにしろ。いいか？　撃たれるのが脚だけなら、凍結されるのも脚だけだ、ナルGならなんでもない」エンダーは呆然としている隊員のほうを向く。「おい、脚はなんのためのものだ？」

ぽかんとした顔。当惑。言葉が出てこない。

「もういい。どうやら、そこのビーンに訊かなきゃならないようだな」

「脚は壁を蹴るためのものです」あいかわらず面倒くさそうだ。

「いいぞ、ビーン。わかったか、みんな？」全員が理解したが、答えたのがビーンだったのでむっとしていた。「いいか、脚で見ることはできないし、脚で撃つこともできないし、ほとんどの時間、脚は邪魔なだけだ。まっすぐに突きだしたまま凍結されたらいい的になっちまう。隠れようがなくなる。それなら、脚をどうすればいい？」

こんどは何人かが答え、質問に答えられるのがビーンだけではないことを証明した。「曲げればいいんです。体の下で曲げればいいんです」

「そう、盾にするんだ。盾に、自分の脚という盾に膝をつくようにするんだ。戦闘服（バトル・スーツ）には秘密がある。脚を照射（フラッシュ）されても、まだ蹴とばすことはできるんだ。ほかのだれかがそれをやるのを見たことはない——だが、おまえらには、それを覚えてもらう」

エンダー・ウィッギンズは自分のフラッシャーを起動した。フラッシャーは手のなかでほのかな緑色に発光した。そして彼は無重力訓練室で体を上昇させ、ひざまずくように脚を体の下に引き寄せると、両脚をフラッシュした。バトル・スーツの膝と足首がたちまちこわばって、まったく曲げのばしできなくなった。

「これでおれは凍結された。わかるな？」

エンダーは隊員たちの一メートル上を漂っていた。全員がめんくらってを見上げた。彼はのけぞって背後の壁面の突起のひとつをつかむと、体を壁面に引き寄せた。

「おれは壁に張りついている。脚があれば、脚を使って体を、いいか、エンドゥ豆みたいに弾き出せる」

みんな笑った。

「だがおれには脚がない、そしてそのほうがいいんだ、わかるか？　こうすればいいんだ」エンダーは腰のところで体をジャックナイフのようにふたつ折りにすると、勢いよくのばした。そして一瞬で訓練室を横切った。反対側から隊員たちに声をかけた。「わかったか？おれは手を使わなかった、だからフラッシャーを使う自由もあった。そして、おれには、体の百五十センチうしろを漂う脚がなかった。もう一度見てろ」

エンダーはジャックナイフを再演し、隊員たちの近くの壁の突起をつかんだ。「さて、これをやってもらいたいのは、脚をフラッシュされたときだけじゃない。まだ脚があるうちからやってもらいたいんだ。そのほうがいいからだ。それに敵は予想していないからだ。さあ、全員、宙に浮かんでひざまずけ」

大半の者は数秒で浮かんだ。エンダーは遅れた隊員たちをフラッシュした。そいつらは残りの隊員たちに笑われながら、凍結されてなすすべなく漂った。「命令されたらすぐに動け。わかったな？　こっちがドアのそばにいて、敵がもうドアから離れてるとき、おれは状況を把握したらすぐ、二秒後に命令を出す。そして、おれが命令したら、すぐに外に出たほうがいい。馬鹿じゃないかぎりは、勝つのは先に外に出た者だからだ。おれは馬鹿じゃない。そしておまえらも馬鹿じゃないほうがいい。馬鹿は教育班に戻す」エンダーは、かなりの数の者が息をのむのを見てとった。凍結された隊員たちが不安げに彼を見た。「そこで宙吊りになってるおまえら。おまえらは見物してろ。約十五分で解凍される、それからおまえらがほかのみんなに追いつけるかどうか見てみようじゃないか」

それから三十分、エンダーは隊員たちにジャックナイフで壁を離れさせた。全員がひととおりできるようになったのを見てとったところで、やめるように命じた。みんな、なかなかのもんだ。たぶん、もっとよくなるだろう。

「準備運動はこれくらいにしておこう」とエンダーは隊員たちにいった。「じゃあ、訓練を開始するぞ」

エンダーはいちばん最後に訓練室を出た。訓練終了後も残って、覚えの悪い連中の何人かの練習を手伝ったからだ。彼らはこれまで優秀な教官についてはいたが、部隊のつねとして技量が不ぞろいで、戦闘時に本当の足手まといになりかねない者も何人かいた。最初の戦闘は何週間も先かもしれなかった。だが明日かもしれなかった。スケジュールはけっして印刷されない。指揮官が目を覚ましたとき、寝棚のかたわらに戦闘開始時刻と相手の名前が記されているメモが置いてあるのだ。だからエンダーは、最初のうち、部下たちを——全員が最高の状態になるまで——猛訓練するつもりだった。いつでも、どんな事態にも対処できるように。戦略も大事だが、兵士が重圧に持ちこたえられなければなんにもならない。

エンダーは居住翼への角を曲がったところでビーンと顔を突きあわせた。その日の訓練中、ずっといびっていた七歳の子だ。問題児だ。いまのエンダーは問題が起きるのを望んでいなかった。

「よう、ビーン」

「よう、エンダー」

間があいた。

「上官殿、だろ」エンダーが穏やかな声でいった。

「任務中じゃありませんよ」

「おれの隊ではな、ビーン、つねに任務中なんだ」エンダーはビーンを押しのけるようにして通った。

背後でビーンがかん高い声を張りあげた。「あなたがなにをしてるかはわかってるよ、上官殿。だから忠告してるんです」

エンダーはゆっくりと振り返ってビーンを見た。「忠告だと？」

「ぼくは隊で最高の兵士です。でも、ちゃんと扱ってくれればもっと役に立てます」

「さもなきゃ、どうなるんだ？」エンダーは脅すように微笑した。

「さもなきゃ、最悪の兵士になるでしょうね。ふたつにひとつですよ」

「で、おまえはなにがほしいんだ、愛情とキスか？」いまやエンダーは怒りをつのらせつつあった。

ビーンは平然としたものだ。「小隊がほしい」

エンダーはビーンのところまで歩いて戻り、その目を上からのぞきこんだ。「小隊ならやるさ。価値があることを証明したやつにはな。そいつらは優秀な兵士じゃなきゃならない。命令に従えなきゃならない。危機に直面したとき、自分の頭で考えられなきゃならない。そしてつねに敬意をはらえなきゃならない。おれもそうやって指揮官になった。おまえもそうやって小隊リーダーになるんだ。わかったか？」

ビーンはにやりとした。「それなら公平ですね。もし本当にそうしてくれたら、ぼくはひと月で小隊リーダーになりますよ」

エンダーは腕を下へのばしてビーンの制服の胸元をわしづかみにすると、ぐいと壁に押しつけた。「おれがそうするといったらな、ビーン、そのときはそうするんだ」

ビーンはにやりとしただけだった。エンダーは手を放すと歩きだし、振り返らなかった。振り返らなくても、ビーンが小馬鹿にしたような顔でにやにやしたまま、こっちを見つづけているのはわかっていた。ビーンはいい小隊リーダーになるかもしれなかった。エンダーはビーンに注目しつづけるつもりだった。

身長百九十センチ近くでやや太りすぎのグラッフ大尉は、椅子の背にもたれながら腹をさすった。デスクの前にはアンダースン中尉がすわっており、真剣な面持ちで図表の高得点の箇所を指摘していた。

「ここです、大尉」とアンダースンはいった。「エンダーはもう、部下たちに、どんな相手でもあっけにとられてしまう戦術を実行させています。スピードが倍になっているんです」

グラッフはうなずいた。

「それに、彼のテスト成績はご存じのとおりです。しかも彼は頭が切れます」

グラッフはほほえんだ。「たしかにそのとおりだな、アンダースン。エンダーは優秀な生徒だ。じつに有望だよ」

ふたりは沈黙した。

グラッフは嘆息した。「で、わたしになにをしてほしいんだね？」

「エンダーこそ適任です。彼しかいません」

「もうまにあわないよ、中尉。エンダーはまだたった十一歳なんだぞ。奇跡でも起こるというのかね？」

「彼に戦闘をやらせたいんです、明日から毎日。一年分の戦闘を一カ月でこなさせたいのです」

グラッフは首を振った。「そんなことをしたら彼の隊は病院送りだ」

「だいじょうぶです。エンダーは部隊を形にしつつあります。そしてわれわれにはエンダーが必要なのです」

「そうじゃないぞ、中尉。われわれにはだれかが必要なんだ。きみはそれがエンダーだと考えているってだけだ」

「ええ、わたしはそれがエンダーだと考えているんです。彼じゃなければ、指揮官のうちのだれなんですか？」

「わからんよ、中尉」グラッフは産毛のような毛がわずかに生えている禿げ頭を両手で掻いた。「彼らはまだ子どもなんだぞ、アンダースン。わかっているのかね？　エンダーの隊の子はみな九歳以下だ。彼らを年上の子たちと戦わせようというのか？　ひと月のあいだ、地獄のような目に遭わせようというのか？」

アンダースン中尉はグラッフのデスクへさらに身を乗りだした。

「エンダーのテスト成績をごらんください、大尉！」

「とんでもないテスト成績なら見たさ！　戦闘中の彼を見たし、訓練ぶりもテープで聞いた。睡眠パターンにも目を通したし、通路やバスルームでの彼の会話のテープも聞いた。エンダー・ウィッギンズのことはきみが思いもおよばないほど承知しているんだ！　そして、どんな根拠があろうと、彼がどんなに優秀だろうと、わたしには気がかりなことがあるんだ。きみのいうとおりにして一年後のエンダーを想像してしまうんだよ。限度に、どんな人間でも耐えられない限度に達して倒れ、すっかり役立たずになってしまっているエンダーをな。だが、そんなものは充分な理由にはならない。そうだな、中尉。なぜならいまは戦時中で、わが軍の最高の人材は失われてしまっているのに、大きな戦闘が控えているからだ。だからエンダーに今週、毎日一回、戦闘をさせろ。それからわたしに報告してくれ」

アンダースンは立ちあがって敬礼した。「ありがとうございます」

アンダースンがドアに達しかけたとき、グラッフが名前を呼んだ。彼は振り返って大尉と顔をあわせた。

「アンダースン」とグラッフ大尉はいった。「外出したことがあるか？　近ごろという意味だが」

「半年前にとった休暇以後はありませんね」

「意外だな。だからどうっていうわけじゃないんだが。だが、市内のビーマン公園に行ったことはあるかね？　え？　きれいな公園だぞ。木。草。ナルＧも、戦闘も、心配も忘れられる。ビーマン公園のいいところはそれだけじゃない」

「なんですか？」アンダースン中尉はたずねた。

「子どもたちがいるんだよ」とグラッフは答えた。

「そりゃあ、いるでしょう」とアンダースンはいった。

「子どもたちがいるんだぞ。朝、母親に起こされて学校へ行き、午後にはビーマン公園へ行って遊ぶ子どもたちが。子どもたちは幸福だ、しょっちゅう笑顔になる、笑い声をあげる。愉快に過ごす。そうだろう？」

「そうでしょうね」

「それだけかね、アンダースン？」

アンダースンは咳払いをした。「子どもが愉快に過ごすのはけっこうなことです。わたしも子どものころはそうでした。ですが、現在、世界は兵士を必要としているのです。そして、これが兵士をつくりあげるための方法なのです」

　グラッフはうなずいて目を閉じた。「たしかにそのとおりだよ。統計上の証拠からも、あらゆる重要な理論によってもな。そして、いまいましいことに、理屈の上ではまったくそのとおりなのだが、それでも、やはりエンダーのほうがわたしより老けているんだ。エンダーは子どもじゃない。ほとんど人間ではなくなっているんだ」

「そうだとしても、少なくともわたしたちは全員、同じ年ごろの子どもたちが公園で遊んでいられるようにしているのはエンダーだということを知っています」

「そしてもちろん、イエスはすべての人間を救うために死んだんだな」グラッフはきちんとすわりなおし、アンダースンをほとんど悲しげに見て、「だが、われわれなんだ」といった。「釘を打ちこんでいるのは、われわれなんだ」

　エンダー・ウィッギンズはベッドに横たわって天井を見つめていた。エンダーはひと晩に五時間以上は眠らない——だが、明かりは二二〇〇時に消え、〇六〇〇時までつかない。だから天井を見つめながら考えた。

　自分の隊を持って三週間半になる。竜（ドラゴン）隊だ。与えられた名前だが、縁起のいい名前ではない。成績表によれば、九年ほど前のドラゴン隊は健闘していた。だが、そのあと六年間の成績は惨憺たるものだったし、その名前に迷信がまとわりつくようになったせいで、とうとう、ドラゴン隊という名前は使われなくなった。いままでは。そしていま、とエンダーは微笑しながら思った。ドラゴン隊はみんなをびっくりさせるんだ。

ドアがそっと開いた。エンダーはそっちを向かない。何者かがそっと部屋に足を踏み入れ、やがてドアの閉じる音とともに去った。静かな足音が聞こえなくなる。エンダーが寝返りを打つと、床の白い紙片が目に入った。手をのばして拾い上げた。

竜(ドラゴン)隊対兎(ラビット)隊　エンダー・ウィッギンズ／カーン・カービー　〇七〇〇時

初の戦闘だ。エンダーは寝床を出てすばやく身支度をした。迅速に各小隊のリーダーの部屋へ行って、部下たちを起こすよう告げた。五分後、全員が通路に集合したが、眠たげで緩慢だった。エンダーは静かに話した。

「〇七〇〇時に初戦闘だ。相手はラビット隊。おれはラビット隊と二度、戦ったことがあるが、指揮官が代わってる。そいつのことは聞いたことがない。だが、ラビット隊は年上の部隊で、おれは連中の古い手をいくつか知っている。さあ、目を覚ませ。走れ。もたもたするな、第三訓練室でウォームアップするぞ」

彼らは一時間半にわたって練習した。三度の模擬戦、そしてナルGではない通路での柔軟体操。それから十五分間、全員で空中に横たわり、無重力状態でゆったりとリラックスした。

○六五○時にエンダーが起こすと、彼らはすばやく通路に出た。エンダーは先頭に立って通路を進んだ。ふたたび走りだし、ときおりジャンプして天井の照明パネルに手を触れた。少年たちもみな、同じ照明パネルに触れた。そして部隊は○六五八時に無重力訓練エリア（バトル・ルーム）のゲートに到着した。

　CおよびD小隊の隊員は通路の天井の最初の八つの突起につかまった。A、BおよびE小隊は床にかがんだ。エンダーは、部下たちの邪魔にならないよう、天井の真ん中のふたつの突起に足を鉤状にしてひっかけた。

「敵のドアはどっちだ？」とエンダーは語気鋭くささやいた。

「下です！」隊員たちはそうささやき返し、そして笑った。

「フラッシャー・オン」隊員たちが手にしている装置が緑色に輝いた。さらに数秒たつと、前方の灰色の壁が消失してバトル・ルームが見えるようになった。

　エンダーは即座に部屋の大きさを見積もった。ほとんどの初期のゲームで使われている、公園のジャングルジムに似たオープングリッドだった。そのグリッドのなかに七、八個の箱が点在していた。それらは〝星〟と呼ばれていた。星の数は充分だったし、位置も充分に前方だったから、めざす価値があった。エンダーはそれを一秒で見てとると、「星の近くへ散開。Eは待機！」と命じた。

　四隅の四グループはドアの力場を突破してバトル・ルームに降下した。敵が反対側のゲートを抜けて出現するよりも早く、エンダーの部隊はドアからもっとも近いいくつかの星へと散開していた。

それから敵の兵士たちがドアを抜けてきた。そのときの体勢から、彼らが異なる重力のもとにいたことと、そのせいで方向感覚をなくすほど無知であることをさとった。彼らは立ったまま、体を大きく広げて無防備に抜けてきたのだ。

「やっつけろ、E！」エンダーはそう命じると、フラッシャーを両脚にはさんで撃ちながら、膝からドアの外へ身を投げた。エンダー率いる小隊が部屋を横切って飛んでいくあいだ、残りのドラゴン隊が援護射撃したので、E小隊が前進拠点に到達したとき、完全に凍結されている少年はひとりだけだった。全員が脚の自由を失っていたが——それはまったく障害にならなかった。エンダーと敵指揮官のカーン・カービーが戦況を見定めているあいだ、小康状態になった。ゲートでのラビット隊の損失を除けば、兵力損耗はわずかで、両軍ともほぼ全勢力を保っていた。だが、カーンには独創性がまったくなかった——教育班のどの五歳児でも考えつきそうな、四隅への散開をさせたのだ。そしてエンダーはそれを打ち破るすべを心得ていた。

エンダーは大声で叫んだ、「Eは援護しろ。A、Cは降下、B、Dは東の壁をめざせ」E小隊の援護のもと、BおよびD小隊は星から離れて突進した。彼らがまだ身をさらしているあいだに、A小隊とC小隊は星を離れ、もよりの壁に向かって漂った。両隊は同時に壁に到着し、同時にジャックナイフして壁を離れた。通常の倍の速さで彼らは敵の星々の背後に出現し、銃口を開いた。戦闘は数秒で終結し、敵は指揮官を含めてほぼ全員が凍結され、残りは隅に散らばっていた。それから五分間、ドラゴン隊は四人ずつの班になってバトル・ルームの暗い隅を掃討して敵を中央に駆り立てた。ありえないような角度で凍結された敵は、そこでたがいにぶつかりあった。それからエンダーは部下の少年のうち三名を率いて敵ゲートまで行くと、ドラゴン隊のヘルメットで四隅に同時に触れることによって一方通行の力場を逆転させるという手続きをすませた。そしてエンダーは部下たちを、凍結されたラビット隊の兵士の塊の近くに縦隊集合させた。

ドラゴン隊の兵士のうち動けない者は三名だけだった。勝敗の差——残り兵員数三十八対ゼロ——は馬鹿ばかしいほど大きかったので、エンダーは笑いだした。ドラゴン隊もそれに加わり、長く大声で笑った。彼らがまだ笑っているうちに、アンダースン中尉とモリス中尉がバトル・ルームの南端の教官ゲートから入ってきた。

アンダースン中尉はにこりともしなかった。だがエンダーは、中尉が手を差しだし、ゲームの勝者に告げるのがしきたりになっている、堅苦しく形式ばった祝いの言葉を述べるときにウインクしたのを見てとった。

モリスがカーン・カービーを見つけて凍結解除した。十三歳の少年が近づいてきて自己紹介したので、エンダーは悪意なく笑って手を差しだした。カーンは礼儀正しくエンダーと握手し、手を握ったまま頭を下げた。そうしなければ、またフラッシュされるのだ。

アンダースン中尉がドラゴン隊に解散を告げると、隊員たちは静かに敵のドアを抜けてバトル・ルームを去った——これまた儀式の一部だ。四角いドアの北側で光が点滅していて、その通路では重力がどちらを向いているかを示していた。エンダーは、部下たちの先頭で体の向きを変えると、力場を抜け、重力下に入って足をついた。隊員たちは彼に続いて、きびきびした駆け足でふたたび訓練室に向かった。到着すると、隊員は小隊ごとに整列し、エンダーは空中に浮かんで彼らを見守った。

「なかなかの初戦闘だった」という言葉をきっかけに喝采が起こった。エンダーは部下を静まらせた。「ドラゴン隊はラビット隊に対してよく戦った。だが、敵はいつもあんなにへぼなわけじゃない。相手がまともな隊だったら被害が出ていたはずだ。勝ちはしただろうが損害をこうむっていただろう。さて、B小隊とD小隊について検討するぞ。おまえらの星からの離脱はのろすぎた。ラビット隊がフラッシャーのねらいかたを知ってたら、おまえらは全員、AとCが壁まで行きもしないうちにカチカチに凍結されてただろう」

彼らはその日ずっと練習をした。

その夜、エンダーははじめて指揮官食堂に行った。少なくとも一度は戦闘に勝つまでそこで食事をすることが許されないのだが、エンダーはそれをやりとげた最年少の指揮官だった。入ったとき、大きなざわめきは起こらなかった。だが少年たちの何人かが、彼の胸ポケットのドラゴン章を目にするとあからさまに目を見張り、そしてエンダーがトレイを手に空いているテーブルに着席したときは部屋じゅうが静まり、ほかの指揮官たちが彼をじろじろ見た。エンダーは周囲の視線を気にしながら、みんなどうして知ってるんだろう、なんでこんなに敵意をむきだしにしてるんだろうといぶかしんだ。

ふと、自分の抜けてきたばかりのドアの上を見た。巨大なスコアボードが壁いっぱいに設置されていた。そこに、全隊の指揮官の勝敗記録が表示されていた。当日の戦闘は赤く点灯していた。赤く光っているのは四つだけだ。ほかの三隊は辛勝だった――いちばん成績のいい隊でも、ゲームが終わったときには、無傷の者が二名と動ける者が十一名いるだけだった。三十八名が動けるというドラゴン隊のスコアは、きまり悪くなるほど群を抜いていた。

ほかの新任指揮官は喝采され、おめでとうといわれて指揮官食堂への入室を許されてきた。ほかの新任指揮官は三十八対ゼロで勝ったりしなかったからだ。

エンダーはスコアボード上でラビット隊を探した。驚いたことに、カーン・カービーのこの日までの戦績は八勝三敗だった。カーンはそんなに優秀なのだろうか？　それとも弱い隊とばかり戦ってきたのだろうか？　どっちにしろ、カーンの動ける者と無傷な者の欄にはやはりゼロと表示されていたので、エンダーは口元をほころばせながらスコアボードから視線をおろした。だれもほほえみ返さなかったので、エンダーは自分が全員から恐れられていることをさとった。その結果、みんながエンダーを憎むようになり、ドラゴン隊と戦う隊は、怖がったり頭にきたりして実力を発揮できないはずだった。カーン・カービーがいないかと探すと、さほど離れていないところにいた。カービーを見つめていると、一緒にいた少年のひとりがラビット隊の指揮官をつついてエンダーを指さした。エンダーはふたたびほほえんで軽く手を振った。カービーが頬を紅潮させたので、エンダーは満足し、身を乗りだして夕食を食べはじめた。

その週が終わったとき、ドラゴン隊は七日間で七度戦っていた。戦績は七勝無敗。エンダーの隊はどのゲームでも五名以上凍結されなかった。ほかの指揮官がエンダーを無視するのはもう不可能だった。何人かは彼と同席して、エンダーの相手が用いたゲーム戦略について静かに談義した。それよりずっと大勢が、エンダーに打ち負かされた指揮官と話し、エンダーが彼らをどうやって破ったかを突きとめようとした。

食事中に教官用ドアが開き、どのグループの指揮官も黙りこむなか、アンダースン中尉が入ってきて一同を見渡した。エンダーを見つけると、すたすたと足早に部屋を横切って歩み寄り、エンダーの耳元でささやいた。エンダーはうなずき、コップの水を飲みほしてから中尉とともに去った。出ていくとき、アンダースンは年長の少年のひとりに紙片を渡した。アンダースンとエンダーが去ると、食堂はいっきにざわめいた。

エンダーははじめて見る通路に案内された。そこの照明は、兵士用通路とちがって青くなかった。大部分が羽目板張りで、床に絨毯が敷かれている。木製のドアには名札がついていた。ふたりは〈監督官グラッフ大尉〉と表示されているドアの前で止まった。アンダースンが軽くノックすると、低い声が応じた。「入れ」

ふたりは部屋に入った。グラッフ大尉はデスクの向こうに着席しており、太鼓腹の上で両手を組んでいた。大尉がうなずくと、アンダースンはすわった。エンダーも腰をおろした。グラッフが咳払いをしてからいった。

「きみの初戦闘から七日になるな、エンダー」

エンダーは返事をしなかった。

「毎日一回、七回の戦闘に勝った」

エンダーはうなずいた。

「スコアも並はずれて高い」

エンダーは目をしばたたいた。

「なぜだね？」とグラッフはたずねた。

エンダーはちらりとアンダースンを見てからデスクの向こうの大尉に答えた。「ふたつの新戦術を採用したからです。まず、フラッシュされても不動化されないように、脚を折り曲げて盾にすること。それから壁からのジャックナイフ離脱です。上級戦略として、アンダースン中尉から教えていただいたとおり、広さ（スペース）ではなく位置（プレース）について考えるように心がけているからです。十名ずつの四小隊ではなく八名ずつの五小隊にしたからです。相手が無能だからです。小隊リーダーがすぐれていて、兵士たちがすばらしいからです」

グラッフは無表情でエンダーを見た。なにを待ってるんだろう、とエンダーはいぶかった。

アンダースン中尉が口を開いた。

「エンダー、きみの隊の状態はどうかね？」

この人たちはぼくが休みたいというのを望んでるんだろうか？　そんなことというもんか、とエンダーは心に決めた。「少し疲れてますが、絶好調だし、士気も高いし、どんどん学んでます。次の戦闘がしたくてうずうずしてますよ」

アンダースンがグラッフを見た。グラッフはかすかに肩をすくめてエンダーのほうを向いた。

「訊きたいことはあるかね？」

エンダーは膝の上でゆるく両手を握った。「いつになったら手応えのある隊と戦えるんですか？」

グラッフの笑いが室内に響いた。そしてグラッフは笑うのをやめ、エンダーに紙片を手渡して、「いまだ」といった。エンダーは紙片を読んだ。


竜（ドラゴン）隊対豹（レパード）隊　エンダー・ウィッギンズ／ポル・スラッタリー　二〇〇〇時

エンダーはグラッフ大尉を見上げた。「これだと、いまから十分後ですね」

グラッフはにやりとした。「それなら急いだほうがいいな」

エンダーは部屋を出ていきながら、ポル・スラッタリーというのは、さっき食堂を出るときに命令書を渡されていた少年だと思いあたった。

隊に着いたのは五分後だった。三人の小隊リーダーはすでに服を脱いで裸でベッドに横になっていた。その三人に、それぞれの小隊を起こしに通路を走らせ、みずからは三人のバトル・スーツを拾い集めた。部下の全員が、ほとんどがまだ服を着かけのままで通路に集合すると、エンダーは少年たちに告げた。

「こんどの戦闘は差し迫っていて時間がない。おれたちはドアへ行くのが遅れるから、敵はこっちのゲートのすぐ外で位置についているだろう。待ち伏せだ。これまであったという話を聞いたこともない。だからドアのところで時間をかける。AおよびB小隊はベルトをゆるめておいて、フラッシャーをほかの小隊のリーダーと副長に渡せ」

めんくらいながら、部下の兵士たちは従った。そのころには全員が身支度をすませていたので、エンダーは隊をゲートまで駆け足で先導した。着いたときには、力場はもう一方通行になっていたし、兵士のなかには息を切らしている者もいた。この日はすでに一回、戦闘をおこなっていたし、みっちり訓練をしていた。隊員たちは疲れていた。

エンダーは入口で止まって敵の兵士たちの配置を見た。何名かが、ゲートから六メートル足らずのところに集結している。グリッドはない、星もない。でっかいがらんどうの空間だ。敵兵の大半はどこにいるのか？　あと三十名はいるはずだ。

「やつらはこっちの壁に張りついてるはずだ」エンダーはいった。「おれたちから見えないところに」

エンダーはA小隊とB小隊をひざまずかせて腰に手を当てさせた。そして彼らをフラッシュし、彼らの体をカチカチに凍結した。

「おまえらは盾だ」とエンダーはいうと、C小隊とD小隊に両膝をつかせ、凍結された少年たちのベルトの下に両腕をひっかけさせた。各自がフラッシャーを二挺ずつ構えていた。それからエンダーとE小隊のメンバーは、ふたり組を一度に三組ずつ持ち上げてドアから放り投げた。

もちろん、敵は即座に射撃を開始した。だが命中したのはほとんどがすでにフラッシュされている少年たちだった。そして数瞬後、バトル・ルームは修羅場と化した。レパード隊の兵士は全員、壁にべったり張りついているか、バトル・ルームの中央に無防備で漂っているかだったから、絶好の標的になり、二挺ずつのフラッシャーで武装したエンダーの兵士たちは楽々と敵を倒していった。ポル・スラッタリーはすぐさま反応し、部下たちに壁から離れるよう命じたが、すでに手遅れだった——動けたのはほんの数名だったし、そいつらもバトル・ルームの四分の一も進まないうちにフラッシュされた。

戦闘が終わったとき、ドラゴン隊に無傷な者は十二名しか残っていなかった。これまでで最低のスコアだったが、エンダーは満足していた。そして降伏の儀式の最中に、ポル・スラッタリーがしきたりを破って、握手しながらたずねた。「なんで、ゲートから出るのにあんなに長く時間をかけたんだ？」

エンダーは近くを漂っているアンダースンをちらりと見た。「通知されたのが遅かったんだ」といった。「待ち伏せだったたんだよ」

スラッタリーはにやりとして、エンダーの手をもう一度握った。「いいゲームだった」

エンダーは、こんどはアンダースンに笑みを向けなかった。これからは、互角の勝負になるよう、自分の不利に取りはかられることがわかっていた。それが気に入らなかったのだ。

消灯間際の二一五〇時に、エンダーはビーンがほかの三名の兵士と共用している部屋のドアをノックした。兵士のひとりがドアをあけ、うしろに下がってドアを大きく開いたまま支えた。エンダーはつかのまドアの前に立って、入ってかまわないかとたずねた。彼らが、もちろんです、どうぞお入りくださいと答えたので、彼は上の寝棚に歩み寄った。そこではビーンが、本を置き、片肘をついてエンダーを見ていた。

「ビーン、二十分つきあってくれ」

「もうすぐ消灯ですよ」とビーンは応じた。

「おれの部屋に来い」エンダーは答えた。「なにかあったらかばってやる」

ビーンは上体を起こしてベッドから滑るようにおりた。彼とエンダーは無言のまま通路をエンダーの部屋に向かった。ビーンが先に入り、エンダーがあとからドアを閉めた。

「すわれ」とエンダーがいい、ふたりともベッドの端に腰かけて顔を見合わせた。

「四週間前のことを覚えてるか、ビーン？　おまえがおれに、自分を小隊リーダーにしろといったときのことを？」

「ええ」

「おれはあのあと五人を小隊リーダーに任命したな？　だが、そのなかにおまえは含まれなかった」

ビーンはエンダーを冷静に見つめた。

「おれは正しかったか?」エンダーは訊いた。

「ええ」ビーンは答えた。

エンダーはうなずいた。「このごろの戦闘でのおまえの働きぶりはどうだ?」

ビーンは首をかしげた。「一度も動けなくされてませんし、敵を四十三名、不動化しました。命令には迅速に従ってきたし、掃討のときは分隊を指揮して、ひとりも失ってません」

「それなら理解してくれるはずだな」エンダーはひと息入れると、いったん話題を変えることに決めた。

「おまえは自分が半年も飛び級したことはわかってるな、ビーン。おれもおなじで、半年早く指揮官になった。いまは、隊の訓練をはじめてたった三週間で戦闘をやらされてる。七日で八回の戦闘だ。もう、四ヵ月前に指揮官になった連中よりたくさんの戦闘をした。指揮官になって一年になる連中の多くよりたくさんの戦闘に勝った。そして今夜だ。今夜、なにが起きたかは知ってるな?」

ビーンはうなずいた。「通知が遅れたんですね」

「教官たちがどういうつもりかはわからない。だが、おれの隊は疲れてるし、おれも疲れてる。そしていま、やつらはゲームのルールを変えてるんだ。なあ、ビーン、古い成績表を調べてみたんだ。いまだかつて、こんなに多くの敵をやっつけて、こんなに多くの兵士を無傷に保った指揮者は、ゲームの歴史を通じてひとりもいなかった。おれはユニークなんだ——そしてユニークな扱いを受けてるんだよ」

ビーンはほほえんだ。「あなたは最高なんですよ、エンダー」

エンダーは首を振った。「ひょっとしたらな。だが、おれがいまの兵士たちを部下にしてるのは偶然じゃなかった。うちの最低の兵士でも、よその隊なら小隊リーダーになれるだろう。おれは最高のものを与えられてきたんだ。彼らは、おれの行く道に、たくさんのものを置いておいてくれた――だがいま、すべてがおれにとって不利になるように置かれてる。なぜかはわからない。だが、備えをしておかなきゃならないことはわかってる。おまえの助けが必要なんだ」

「どうしてぼくなんですか？」

「ドラゴン隊には、おまえよりいい兵士なら何人か――多くはないが何人かは――いるが、おまえよりきちんと、そして速くものを考えられるやつはひとりもいないからだ」ビーンはなにもいわなかった。それが本当なのはふたりともわかっていた。

エンダーは続けた。「準備をしておく必要があるが、隊全体を再訓練するのは無理だ。そこで全小隊から、おまえを含めて一名ずつ削ることにした。ほかの四名とともに、おまえはおれ直属の特別分隊になる。そして新しいことを学ぶ。おまえたちは、ほとんどの時間、いまと変わりなく正規の小隊に所属している。だが、おれがおまえらを必要とするときは、わかるな？」

ビーンはほほえんでうなずいた。「そりゃいいや。ぼくが自分で選んでいいんですか？」

「おまえ自身を除いて各小隊から一名だぞ。小隊リーダーはだめだ」

「なにをすればいいんですか？」

「わからないんだよ、ビーン。これからなにをさせられるのか、わからないからな。もしも突然、おれたちのフラッシャーが作動しなくなって、敵のは作動してたら？　ふた組の敵と同時に戦わなきゃならなくなったら？　わかってるのは――おれたちが得点を得ようとは思ってもいないところにねらい目があるかもしれないってことだけだ。おれたちがただ敵のゲートから出ていくためだけに行くところに。戦闘の勝敗が厳密に結着するのはそのとき――ゲートの四隅を四個のヘルメットで触れたときなんだ。おれが求めれば、いつでもそれができるようにしておいてくれ。いいな？　通常の訓練時間中に、一日二時間、練習しろ。それからおまえとおれとおまえの部下たちは、夕食後に夜間練習をする」

「疲れそうですね」

「疲れるってのがどんなものか、おれたちにはまだわかってないんじゃないかな」エンダーは腕をのばし、ビーンの手をとって握った。「たとえおれたちが不利になるように仕組まれてたって、ビーン、おれたちは勝つのさ」

ビーンは無言のまま去り、通路を歩いていった。

いまでは、居残り練習をしているのはドラゴン隊だけではなかった。ほかの隊の指揮官たちも、遅まきながら、なんとかして追いつかなくてはと気づいたのだ。早朝から消灯まで、訓練司令部のいたるところで、十四歳以上の者がひとりもいない兵士たちが、壁からのジャックナイフ離脱や、たがいを生ける盾として利用するすべを学んでいた。

しかし、ほかの指揮官たちが、エンダーが彼らを負かすのに使った手法を習得しているあいだに、エンダーとビーンは、それまで一度も取りあげられたことのない問題の解決に取り組んでいた。

あいかわらず、毎日、戦闘があったが、とりあえず、グリッドも星もゲートの急襲突破もありの通常の戦闘だった。だが戦闘後、エンダーとビーンとそのほか四名の兵士は、主力グループを離れて不思議な作戦行動を練習していた。フラッシャーを使わず、脚を使って敵を物理的に武装解除するか見当識喪失させるかする攻撃。四名の凍結された兵士を使って、二秒以内に敵のゲートを反転させる作戦。そしてある日、ビーンが三百メートルのロープを訓練に持ってきた。

「それはなんに使うんだ?」

「まだわからないんです」ビーンはロープの一方の端をもてあそんでいた。太さは三ミリほどだが、おとな十人を持ち上げても切れないはずだった。

「どこで手に入れた?」

「売店です。なにをするのか訊かれました。ひもを結ぶ練習だといっておきましたよ」

ビーンはロープの端を結んで輪をつくると、肩からすっぽりかけた。

「おまえらふたり、ここの壁にしがみつけ。いいか、ロープを放すなよ。五十メートルばかりゆるませてくれ」ふたりが従うと、ビーンは壁にそって彼らから三メートルほど移動した。

ふたりの態勢がととのったのを確認するなり、壁からジャックナイフ離脱して一直線に五十メートル飛んだ。そこでロープがぴんと張った。ごく細いのでほとんど見えないが、強度は充分で、ビーンはほぼ直角に方向転換できた。あまりに突然だったので、なにが起きたのかをほかのほとんどの兵士が気づかないうちに、完璧な弧を描いて勢いよく壁にぶつかった。ビーンは完璧なリバウンドをして、エンダーたちの待っているところへたちまち漂い戻ってきた。

正規の五小隊の兵士のほとんどがロープに気づいていなかったので、いったいどうやったのか知りたがった。ナルGであんなに急に方向を変えるのは不可能なのだ。ビーンは笑うばかりだった。

「次のグリッドなしのゲームまで待ちな。敵はどうしてやられたのか絶対にわからないぞ！」

敵にはわからなかった。次のゲームはわずか二時間後だったが、ビーンとあと二名は、ロープの端につながれて猛烈なスピードで飛びながらねらい撃つのがかなりうまくなっていた。紙片が配達され、竜(ドラゴン)隊は鷲獅子(グリフィン)隊と戦うべく、早足でゲートに向かった。ビーンはロープをひと巻きにしていた。

ゲートが開いたときに見えたのは五メートルほど先にある大きな褐色の星だけで、敵ゲートへの見通しは完全にさえぎられていた。

エンダーはためらわなかった。「ビーン、ロープを十五メートル繰りだして星を迂回しろ」ビーンとその部下の四名の兵士はゲートを抜けて降下し、ビーンはたちまち、星のところで横へ方向転換した。ロープはぴんと張っており、ビーンは飛んだ。ロープがつぎつぎと星の各辺にかかるたびに弧は急になって加速し、とうとうゲートから一メートルも離れていない壁にぶつかったあと、ビーンはかろうじてリバウンドを制御し、星の裏側にまわりこんだ。だが、すぐに手足を動かして、ゲートの内側で待っている仲間たちに、どこもフラッシュされていないことを知らせた。

エンダーがゲートを抜けて降下すると、ビーンはさっそく、グリフィン隊の配置を報告した。「敵はそれぞれの星の二面を占めてます。ゲートはぐるりと囲まれてます。敵兵は全員が身を隠してて、こっちが底の壁までたどり着かないかぎり、攻撃のしようがありません。盾を使っても、行きついたころには兵力が半減してて、まず勝ち目はないでしょうね」

「敵は移動してるか？」とエンダーは訊いた。

「そんな必要がありますか？」

「おれだったら移動してるな」エンダーはしばし考えこんだ。「こいつはきついな。ゲートをめざそう、ビーン」

グリフィン隊がドラゴン隊を挑発しはじめた。

「おおい、だれかいるのか！」

「目を覚ませよ、戦闘中だぞ！」

「おれたちもピクニックしたいぜ！」

　敵がまだ叫びつづけているあいだに、エンダーの部隊は十四名の凍結された兵士を盾に、星の背後から姿をあらわした。グリフィン隊の指揮官、ウィリアム・ビーは、その障壁が接近してくるのを忍耐強く待ち、部下たちは星々の端で、その障壁の背後にあるものが見えるようになるのを待っていた。十メートルほど先で障壁がいきなり爆発した――背後にいた兵士たちが障壁を北へ突きとばしたのだ。その反動で兵士たちは倍の速さで南に飛んだ。そしてその瞬間、ドラゴン隊の残りが、部屋の反対端にある星の背後から、速射しながら飛びだしてきた。

　ウィリアム・ビーの部下の少年たちは、もちろん即座に応戦したが、ウィリアム・ビーは、盾が消滅したあとに残されたもののほうに、はるかに興味を惹かれた。四名の凍結されたドラゴン隊兵士の編隊が、まっしぐらにグリフィン隊のゲートをめざしていた。もうひとりの凍結された兵士の両手両足が鉤のように四人のベルトに通されているので形が保たれているのだった。その腰に六人目の兵士がしがみついて、凧の尾のようになびいていた。グリフィン隊は楽々と戦闘に勝利をおさめつつあったので、ウィリアム・ビーはゲートに接近していくこの編隊に注意を集中した。突然、最後尾にいた兵士が動いた――そいつは凍結されていないのだ！　ウィリアム・ビーは即座にそいつをフラッシュしたものの、もう手遅れだった。編隊がグリフィン隊のゲートに漂い着いて、彼らのヘルメットが四隅全部に同時に触れた。ブザーが鳴り、ゲートが反転して、真ん中にいる凍結された兵士がそのはずみでまっすぐにゲートを抜けていった。すべてのフラッシャーが作動を停止し、ゲームは終了した。

教官ゲートが開いてアンダースン中尉が入ってきた。アンダースンはバトル・ルームの中央に着くと、両手をかすかに動かして停止した。「エンダー」と手順を破って呼びかけた。南壁のそばで凍結されているドラゴン隊の兵士のひとりが、バトル・スーツに締めつけられている顎を動かして叫ぼうとした。アンダースンはそちらへ漂っていってその兵士を解凍した。

エンダーはにんまりしていた。

「またあなたをやっつけましたよ」とエンダーはいった。

アンダースンは笑みを浮かべなかった。「馬鹿をいうな、エンダー」アンダースンは静かにいった。「きみはグリフィン隊のウィリアム・ビーと戦ったんだぞ」

エンダーは片眉を吊り上げた。

「さっきの作戦以後」アンダースンはいった。「規則は改訂され、ゲートを反転させるためには敵兵を全員不動化しなければならなくなる」

「わかりました」とエンダー。「どっちみち、一回しかうまくいかない作戦でしたし」アンダースンがうなずき、向きを変えて去りかけたとき、エンダーが付け加えた。「戦闘開始時点で両部隊は対等の位置についているものとする、という新しい規則はできそうですか？」

アンダースンは振り返った。「きみがどんな位置についていようと、エンダー、それを対等と呼ぶことはできないな」

ウィリアム・ビーは慎重に勘定し、自軍の兵士はひとりもフラッシュされていないし、エンダーの兵士はどうにか動ける者が四人しか残っていないのに、どうして負けてしまったのだろうといぶかった。

そしてその夜、指揮官食堂に入ったエンダーは拍手喝采で迎えられ、彼のテーブルには敬意をあらわにしている指揮官が群がった。その多くは彼より二、三歳、年上だった。エンダーは愛想よく接したが、食事しながら、教官たちは次の戦闘でどんな手を打ってくるのだろうと案じた。悩むにはおよばなかった。そのあと二回の戦闘は楽勝だったし、それ以後、彼は二度とバトル・ルームを目にしなかったからだ。

二一〇〇時、エンダーはドアをノックする音を聞いていささかいらだった。隊員は疲れきっていたので、彼は全員に、二〇三〇時に就寝するよう命令していた。ここ二日の戦闘は通常のものだったので、朝には最悪の状況に直面するかもしれないとエンダーは予期していた。

ビーンだった。おずおずと入ってきて敬礼した。

エンダーは返礼すると、ぴしゃりといった、「全員、もう寝ていてほしかったんだがな、ビーン」

ビーンはうなずいたが去らなかった。エンダーは、出ていけと命じようかと考えた。だが、ビーンを見ているうち、数週間ぶりに、ビーンがどんなに幼いかに思いがおよんだ。一週間前に八歳になったが、あいかわらずチビで――いや、とエンダーは思った。こいつは幼くなんかない。だれも幼くなんかないのだ。ビーンは戦闘に参加し、隊全体に頼りにされながらこれまで勝ちつづけてきた。だから、たとえチビでも、エンダーにはビーンを幼いとみなすことができなかった。

エンダーが肩をすくめると、ビーンは歩み寄ってきてベッドの端にすわった。年下の少年はしばらく、じっと手を見おろしていたので、とうとうエンダーはじれったくなってたずねた、「で、なんの用だ？」

「ぼくは転属させられるんです。つい二、三分前に辞令を受けました」

エンダーはしばし目を閉じた。「新しい手でくるのはわかってたよ。こんどは引き抜きか――どこへ行くんだ？」

「ラビット隊です」

「おまえをカーン・カービーみたいなマヌケの部下にするっていうのか！」

「カーンは卒業しました。支援分隊に配属されました」

エンダーは顔を上げた。「そうか。じゃあ、だれがラビット隊を指揮するんだ？」

ビーンは、しかたないというように両手を広げた。

「ぼくです」といった。

エンダーはうなずき、それから微笑した。「そうだよな。なにしろ、おまえは通常の年齢より四歳しか若くないんだからな」

「笑いごとじゃありませんよ。いったいどうなってるんですか？　最初はゲームがどんどん変更された。そしてこんどはこれです。それに、転属させられたのはぼくだけじゃないんですよ、エンダー。レン、ピーダー、ブライアン、ウィンズ、ヤンガー。みんな、いまじゃ指揮官です」

エンダーはかっとなって立ちあがると、壁まで大股に歩いた。「うちの小隊リーダー全員じゃないか、くそっ！」というと、ビーンにくるりと向きなおった。「おれの隊を解体するんなら、ビーン、そもそも、なんでわざわざおれを指揮官にしたんだ？」

ビーンは首を振った。「わかりません。あなたは最高です、エンダー。だれも、あなたのように戦った指揮官はいない。十五日間で十九回の戦闘ですよ、そしてあなたは全勝したんです、やつらがあなたになにをしようと」

「だがいま、おまえもほかのみんなも指揮官だ。おまえらはおれが考えた作戦をぜんぶ知ってる。おれがおまえらを訓練したんだからな。だれをおまえらの代わりにすればいいんだ？やつらはおれに六人の新米を押しつけようってのか？」

「ひどい話ですよ、エンダー、だけどあなたは、五人の役立たずを与えられて、トイレットペーパーのロールひと巻きで武装させられても、自分が勝つとわかっている」

ふたりとも笑い、そしてそのとき、ドアが開いていることに気づいた。

アンダースン中尉が入ってきた。続いてグラッフ大尉が。

「エンダー・ウィッギンズ」とグラッフが腹の上で両手を組みながらいった。

「イエッサー」とエンダーは応じた。

「辞令だ」

アンダースンが一枚の紙片を差しだした。エンダーはすばやく目を走らせると紙片をくしゃくしゃに丸めたが、視線は紙片のあった空中に据えたままだった。ややあってたずねた。

「部下たちに話してもかまいませんか？」

「彼らはすぐに知るだろう」グラッフは答えた。「辞令を受けた以上、彼らとは話さないほうがいい。そのほうが楽だ」

「そっちにとってですか、それともこっちにとって？」とエンダーはたずねた。答えを待ちはしなかった。さっとビーンのほうを向いて、しばし彼の手をとり、それからドアをめざした。

「待って」とビーンがいった。「いったいどこへ行くんですか？ 戦術訓練基地(タクティカル・スクール)ですか、それとも支援訓練基地(サポートトル・スクール)ですか？」

「司令官訓練基地(コマンド・スクール)だ」と答えると、エンダーは去り、アンダースンがドアを閉じた。

コマンド・スクールだって？ とビーンは思った。タクティカル・スクールで三年学ぶまではだれもコマンド・スクールへは進まない。しかも、バトル・スクールで、少なくとも五年学ぶまではだれもタクティカル・スクールへは進まないのだ。エンダーが学んだのはたった三年だった。

システムが壊れかけてるんだ。まちがいない、とビーンは思った。お偉方のだれかがイカレかけてるか、さもなきゃ戦争のせいでなにかまずいことが起きてるんだ——本物の戦争、そこで戦うためにぼくらが訓練されてる戦争のせいで。さもなきゃ、なんで訓練システムを壊してだれかを――たとえエンダーほど優秀な兵士でも――コマンド・スクールに進ませたりするだろう？　さもなきゃ、なんでぼくみたいな八歳の新米が部隊の指揮官になったりするだろう？

ビーンはそれについてじっくり思案した。しまいにエンダーのベッドに寝そべり、たぶん、もう二度とエンダーに会うことはないだろうとさとった。なぜか泣きたくなった。しかし、もちろん泣いたりしなかった。幼年科での訓練で、そういう感情の抑えかたを学んでいた。三歳のとき、唇をわななかせ、目に涙をいっぱいにしているビーンを見て、最初の教官がどんなにうろたえたかを覚えていた。

ビーンは、泣きたくなくなるまで緊張緩和の手順を繰り返した。そしていつのまにか眠りこんだ。片手が口のそばにあった。その手は遠慮気味に枕に置かれており、そのせいでビーンが、爪を噛もうか指をしゃぶろうか迷っているように見えた。額には皺が寄り、ひだが刻まれていた。息づかいは速く浅かった。ビーンは兵士であり、もしもだれかに、大きくなったらなにになりたいかと問われたら、なにを訊かれているのかわからなかっただろう。

戦時中なんだ、と彼らはいった。そしてそれは世界じゅうのなによりも、急ぐための口実になった。彼らは合い言葉のようにそう繰り返して、あらゆる切符売り場や税関や検問所で小さなカードをひらめかせた。そのおかげで、彼らはどんな行列でも先頭に行けた。

エンダー・ウィッギンズは、ある場所からある場所へとせきたてられたため、じっくり観察する暇がなかった。それでも、はじめて木を見た。制服を着ていない男を見た。女を見た。言葉を話さないが、女や小さな子どもにおとなしくついていく不思議な動物を見た。スーツケースやベルトコンベアや、聞いたこともなかった言葉を話す標識を目にした。その言葉の意味を訊こうと思ったが、あいにく、彼を囲んでいるのは、たがいに話をせず、彼に話しかけもしない、目的意識と権威を体現する四人のきわめて高位の将校だった。

エンダー・ウィッギンズは、救うべく訓練されている世界に不案内だった。バトル・スクールを離れた覚えがなかった。もっとも古い記憶は、教官の指示のもとで子どもっぽい戦争ゲームをしたことと、彼の世界の軍隊の灰色と緑色の制服を着たほかの少年たちと食事をしたことだった。灰色が惑星の空を、緑色が大森林をあらわしていることを、彼は知らなかった。世界についての知識はすべて、〝外〟に関する漠然とした言及から得ていた。

そして、はじめて目のあたりにしているその不思議な世界を、少しでも理解できるようになる前に、エンダーはふたたび軍の殻のなかに閉じこめられた――そこではもう、戦時中だと告げる必要はなかった。軍の殻のなかではだれも、ただの一日のただの一瞬たりともそれを忘れなかったからだ。

彼らはエンダーを宇宙船に乗せ、世界を周回している大型人工衛星に運びあげた。

その宇宙ステーションはコマンド・スクールと呼ばれていた。そこにはアンシブルが設置されていた。

エンダー・ウィッギンズは、初日に、アンシブルと、それが戦争にとってどんな意味を持つかについて教えられた。つまり、きょう戦闘をするスターシップが百年前に発進したものであっても、それらのスターシップの指揮官はきょうの人間であり、彼らはアンシブルを使って各艦のコンピュータと少数の人間にメッセージを送っていた。アンシブルを使えば、言葉は話されると同時に、命令は発せられると同時に届く。戦闘計画は立てられると同時に実行される。光など徒歩に等しかった。

二カ月間、エンダー・ウィッギンズはひとりの人間にも会わなかった。彼らは名なしで彼のもとへ来て知っていることを教え、彼をほかの教官に託すべく去っていった。彼には、バトル・スクールでの友人を懐かしがっている暇はなかった。シミュレーターの操作法を習得するために全精力を傾けなければならなかった。シミュレーターは、彼の周囲に戦闘パターンをひらめかせるので、まるで戦闘の中心に位置するスターシップに乗っているかのようだった。シミュレーターのキーを操作し、アンシブルを通じて命令することによって模擬戦闘における模擬船を指揮する方法。シミュレーターに表示されるパターンによって、あらゆる敵艦と搭載されている兵器を瞬時に判別する方法。バトル・スクールのナルG戦闘で習得したすべてをコマンド・スクールでのスターシップ戦闘に移し変える方法。

エンダーは以前、ゲームは真剣に扱われていると思っていた。ここでは、彼らはエンダーに大急ぎであらゆる段階を通過させ、彼がなにかを忘れたり失敗したりするたびに怒ったり心配したりした。だがエンダーは、それまでと変わらずに努力し、それまでと変わらずに学んだ。しばらくすると、もう失敗しなくなった。シミュレーターを体の一部のようにあやつった。やがて彼らは心配しなくなり、エンダーにひとりの教師をつけた。

エンダーが目を覚ますと、メイザー・ラッカムが床であぐらをかいていた。エンダーが起床し、シャワーを浴びて身支度をするあいだ、メイザーはなにもいわなかったし、エンダーもなにもたずねなかった。異例な事態が発生しているときは、質問するよりも待ったほうが、より多くの情報をより早く得られることを、とっくに学んでいたからだ。

メイザーがまだひと言も口をきかないうちに、エンダーは支度をすませ、部屋を出ようとドアまで行った。ドアはあかなかった。エンダーは振り返り、床にすわっている男と向きあった。メイザーは少なくとも四十歳を超えていたから、エンダーが間近に見た最年長の人間ということになった。白髪まじりの頬ひげが一日分のびていて、そのせいで顔が、短く刈りこまれた髪よりもほんのかすかに薄い灰色になっていた。顔はややたるみ、目のまわりには皺やひだがある。メイザーは無関心にエンダーを見ていた。

エンダーはドアに向きなおってもう一度あけようとした。

「まったく」と観念していった。「なんでロックされてるんですか？」

メイザーは無表情のままエンダーを見つづけた。

エンダーはじれてきた。「遅刻しちゃいますよ。きょうは遅く行くことになってるんなら、そういってください。ベッドに戻りますから」答えなし。「これは当てっこなんですか？」とエンダーは訊いた。答えなし。エンダーは、この男は自分を怒らせようとしているのかもしれないと判断した。そこでドアによりかかりながら緊張を解く運動をすると、すぐに冷静さを取り戻せた。メイザーはエンダーから目を離さなかった。

それから二時間、沈黙が続いた。メイザーはエンダーを注視しつづけ、エンダーは老人が目に入っていないふりをしようとした。少年はどんどんいらだち、しまいにはとうとう、部屋を端から端へと突発的に横切りだした。

メイザーのそばを通りかかるのが何回目かになったとき、メイザーが手をさっとのばし、エンダーが歩いている最中に左脚を右脚に押しつけた。エンダーはばったりと床に倒れた。

エンダーは、かっとなりながら即座に跳ね起きた。見ると、メイザーは、まったく動かなかったかのように、涼しい顔であぐらをかいていた。エンダーは戦う構えをとった。だが、相手が動かないので攻撃できなかったし、ひょっとしたら老人が手をのばして自分をつまずかせたというのは思いすごしかもしれないような気がしてきた。

エンダー・ウィッギンズは、行ったり来たりをさらに一時間続け、ときどきドアをあけようと試みた。ついにあきらめ、制服を脱いでベッドに行った。

ふとんをめくろうとかがんだとき、片手が太腿のあいだに乱暴に突き入れられ、もう片方の手で髪をわしづかみにされるのを感じた。次の瞬間、エンダーはあお向けに引っ繰り返されていた。膝で顔と両肩を床へ押しつけられ、メイザーの腕で両脚をがっちりと抱えこまれて、激痛を覚えるほど背を反らされていた。腕は動かせなかったし、反り返された背をゆるめて脚を使えるようにすることもできなかった。老人は二秒足らずでエンダー・ウィッギンズを完膚なきまでに打ち負かしたのだ。

「わかったよ」とエンダーはあえぐように認めた。「あんたの勝ちだ」

メイザーが膝にぐいと力をこめ、肩に痛みが走った。

「いつからだね？」メイザーは静かなしわがれ声でたずねた。「敵に、おまえの勝ちだと告げなければならなくなったのは」

エンダーは返事をしなかった。

「わたしは一度、おまえを不意打ちしたのだぞ、エンダー・ウィッギンズ。なぜ、そのあとすぐにわたしを倒さなかった？　わたしが危害を加えそうには見えなかったからか？　おまえはわたしに背を向けた。馬鹿め。おまえはなにひとつ学んでいない。一度も師についで教わったことがないのだ」

エンダーはかちんときた。「教師なら山ほどいたさ。わかるはずないじゃないか、あんたがじつは――」エンダーは言葉を探した。メイザーが続けた。

「敵だった、とはな。エンダー・ウィッギンズ」メイザーはささやいた。「わたしはおまえの敵だ。おまえがはじめて出会う、おまえより切れ者の敵だ。敵よりほかに師はいないのだ、エンダー・ウィッギンズ。敵以外のだれも、敵がなにをしようとしているかを教えてくれない。敵以外のだれも、どうやって破壊し征服すればいいかを教えてくれないのだよ。いまから、わたしがおまえの敵だ。いまから、わたしがおまえの師だ」

そしてメイザーはエンダーの両脚を放した。老人に頭を床に押さえこまれたままだったため腕で受け身をとることができず、脚はプラスチックの床にぶつかって大きな音をたて、エンダーは不快な痛みを感じた。そしてメイザーは立ちあがり、エンダーが起きるにまかせた。

少年は、痛みにかすかにうめきつつ、のろのろと両脚を胴体のほうに引き寄せた。しばらくよつんばいのままで息をととのえた。ややあって、右腕をさっと繰り出した。メイザーがひらりと下がったため、エンダーの手は空を切り、それと同時に師がエンダーの顎をとらえようと蹴りを飛ばした。

エンダーの顎はもうそこになかった。少年はあお向けのまま床の上で回転し、メイザーが蹴りでバランスを崩しているあいだに、両足を老人のもう片方の脚に叩きこんだ。老人がどっと倒れて塊になった。

塊と見えたものは、じつはスズメバチの巣だった。メイザーはすさまじい速さで腕と脚を動かしていたので、エンダーはとらえられなかったし、その間ずっと背と両腕を打たれつづけた。エンダーのほうが小柄なので——老人が振り動かしている四肢の向こうに手足が届かなかった。

そこで、大きく飛びすさってドアの近くで身構えた。

老人は四肢を振り動かすのをやめて、またあぐらをかいた。微笑していた。「さっきよりはいいぞ、坊や。だがのろすぎる。艦隊を指揮するときは、体を使うときよりうまくやらないと、おまえの指揮下にある者たちは無事ではいられないだろうな。思い知ったか？」

エンダーはゆっくりとうなずいた。

メイザーはほほえんだ。「よかろう。それなら、こんな格闘は二度とする必要がないだろう。あとはシミュレーターですむ。これからは、わたしが戦闘をプログラムする。わたしが敵の戦略を考案するから、おまえは敵がどんな策略を用いようとしているかを、すばやく見破るすべを学ぶんだ。忘れるなよ、坊や。これからは、敵のほうがおまえよりも頭が切れる。これからは、敵のほうがおまえよりも強い。これからは、おまえはつねに敗北のふちに立たされることになるわけだ」

メイザーの顔がふたたび真剣になった。「おまえは負けそうになるだろう、エンダー。それでも勝つのだ。おまえは敵を打ち負かすすべを身につけるだろう。やりかたは敵が教えてくれる」

メイザーは立ちあがってドアのほうへと歩いた。エンダーは邪魔にならないようにどいた。そして老人がドアの取っ手に手をかけた瞬間、エンダーは宙に跳び、老人の背中の腰の部分を両足で蹴った。エンダーは反動を利用して着地し、老人は悲鳴をあげて床に倒れこんだ。

メイザーは、苦痛に顔を歪めながら、ドアの取っ手につかまってゆっくりと立ちあがった。戦意を喪失したかに見えたが、エンダーは信用しなかった。油断なく待った。それなのに、用心の甲斐なく、メイザーのすばやさに虚をつかれた。気がついたときには反対側の壁のそばで床に倒れていて、ベッドにぶつけた鼻と唇から出血していた。どうにか体をひねると、メイザーはドアをあけて出ていこうとしていた。老人は、脚を引きずりながらゆっくり歩いていた。

エンダーは、痛みを無視してにやりとすると、ごろりとあお向けになって、口のなかが血でいっぱいになってむせるまで笑った。それから起きあがり、苦痛に耐えながらベッドまで行った。横になってから数分で、軍医が来て傷の手当てをしてくれた。

薬の効果でうつらうつらしながら、エンダーはメイザーが脚を引きずって部屋から出ていったときの様子を思いだしてまた笑った。頭にもやがかかったようになり、軍医が毛布をかけてくれて明かりを消したときも、まだ低く笑っていた。朝、痛みで目が覚めるまで眠った。メイザーを打ち負かす夢を見た。

翌日、エンダーは、鼻に絆創膏を貼り、唇がまだ腫れたままでシミュレーター室へ行った。メイザーはいなかった。代わりに、以前、担当だったことのある大尉が、なにが追加されたかを説明してくれた。大尉は一方の端が輪になっているチューブを指し示した。「無線機だよ。単純な装置だが、それぞれの輪を耳にかぶせて、反対端をこうして口元に配置するんだ」

「気をつけてください」大尉がチューブの端を腫れた唇に押しつけてしまったので、エンダーはそういった。

「すまん。これで、ただ話すだけでいいんだ」

「わかりました。でもだれに？」

大尉は笑みを浮かべた。「自分で訊けばいい」

　エンダーは肩をすくめてシミュレーターのほうを向いた。すると、頭のなかに声が響いた。音量が大きすぎてなにをいっているかわからないので、エンダーは無線機を耳からむしりとった。

「鼓膜が破れちゃいますよ」

　大尉は首を振って、そばのテーブルに置かれている小さな装置のダイヤルをまわした。エンダーは無線機をふたたび装着した。

「司令官」無線機から聞き覚えのある声が聞こえた。

　エンダーは応じた。「そうだ」

「指示をお願いします」

　その声にはまちがいなく聞き覚えがあった。「ビーンか？」とエンダーは訊いた。

「イエッサー」

「ビーン、こちらエンダーだ」

　沈黙。そして向こう側で大きな笑い声があがった。さらに六、七人が笑いだし、エンダーは笑いがおさまるのを待った。それから訊いた。「ほかにだれがいるんだ？」

　何人かの声がいっぺんに答えたが、ビーンの声がそれらを掻き消した。「ぼくビーン、ピーダー、ウィンズ、ヤンガー、リー、それにヴラッドです」

　エンダーはしばらく考えた。それから、どうなっているのかとたずねた。彼らはまた笑った。

「このグループは解散させられないんですよ」とビーンが答えた。「ぼくらが指揮官だったのは、ほんの二週間くらいだったんです。そのあとこのコマンド・スクールでシミュレーター訓練を受けてたんですが、いきなり、新任の司令官と艦隊を結成すると告げられました。それがあなたなんです」

エンダーは笑みを浮かべた。「坊やたちは、少しは上達したのか？」

「してなかったら、あなたが教えてくれるでしょうね」

エンダーはくすりと笑った。「うまくいくかもしれないな。艦隊か」

それから十日間で、エンダーは部下の小隊リーダーたちが艦をラインダンサーのように機動操作できるようになるまで彼らを訓練した。バトル・ルームに戻ったかのようだったが、いまエンダーは常時、すべてを見られたし、いつでも小隊リーダーたちと会話して命令を変更できた。

ある日、エンダーが制御盤の前に着席してシミュレーターのスイッチを入れると、どぎつい緑色の光が宇宙空間に出現した——敵だ。

「いよいよだぞ」エンダーはいった。「X、Yは弾丸、C、Dは幕のまま、Eは環になって南へ、ビーンは直角に曲がって北へ」

敵は球状に固まっていて、数的には二対一でエンダーより優位だった。エンダーの軍勢の半分は密な弾丸状の陣形をとり、残りは平べったい環状の幕の形になった——ただしビーン指揮下の少数の隊だけは別で、シミュレーターからはずれて敵の陣形の背後をめざした。エンダーは敵の戦略をたちまち見抜いた――エンダーの弾丸状の編隊が接近するたびに、敵はエンダーを球の内側に引きこんで包囲しようと退却するだろう。そこでエンダーは、ありがたくその罠に飛びこみ、弾丸を球の中心へ運んだ。

敵は、自分たちの兵器をすべていっせいに使える状況になるまで射程内に入りたくないので、ゆっくりと球を縮めはじめた。そのときエンダーが動いた。幕状になっている予備部隊が球の外側に接近したので、敵は勢力をそっちに集中しはじめた。するとビーンの一隊が反対側に出現し、敵はそちら側にも艦を配した。

そのため、球のほかの部分の守りが手薄になった。エンダーの弾丸が攻撃した。そして衝突した場所では敵を数で圧倒的に上まわっていたから、陣形に穴があいた。敵は隙間をふさごうと反撃したが、混乱のなか、予備部隊とビーンの小部隊が同時に攻撃し、一方、弾丸は球の別の場所へ移動した。それから数分で敵の陣形はずたずたになり、敵艦の大半が撃破されて、わずかな生き残りが精一杯の速さで飛び去っていった。

エンダーはシミュレーターのスイッチを切った。すべての光が消えた。メイザーがエンダーのかたわらに、両手をポケットに入れ、体をこわばらせて立っていた。エンダーは彼を見上げた。

「敵は頭が切れるんじゃありませんでしたっけ」とエンダーがいった。

メイザーは無表情のままだった。「なにを学んだかね？」

「球は敵が馬鹿の場合にしか効かない、ということを学びました。敵は艦隊を散開させすぎていたので、会戦したとき、いつもぼくのほうが数で上まわっていました」

「そして？」とエンダー。「あなたはワンパターンな戦いかたをしないはずです。それじゃ、先を読むのが簡単すぎる」

「それだけかね？」メイザーは静かにたずねた。

エンダーは無線機をはずした。「敵は、もっと早く球を解いていれば、ぼくを打ち負かせたでしょうね」

メイザーはうなずいた。「おまえは不公平なほど有利だった」

エンダーは冷やかに見上げた。「ぼくのほうが二対一で劣勢だったんですよ」

メイザーは首を振った。「おまえにはアンシブルがある。敵にはない。模擬戦闘はそういう条件になっている。敵の通信は光速でしか伝わらないのだ」

エンダーはちらりとシミュレーターのほうを見た。「それで差が出るほど広い空間なんですか？」

「知らないのか？」とメイザーは訊いた。「どの艦も、三万キロ以内には近づかなかったんだ」

エンダーは敵の球の大きさを見積もろうとした。天文学は彼の理解を超えていた。だがいま、好奇心を掻き立てられた。

「ああいう艦に搭載されているのはどういう兵器なんですか？　あんなに高速で一撃を加え

られるなんて」

メイザーは首を振った。「科学はおまえの手に余るよ。基本を理解するためでさえ、おまえが生きてきた年数よりずっと長く勉強しなければならないだろう。おまえが知る必要があるのは兵器が有効だということだけだ」

「どうしてあんなに接近しないと射程内にならないんですか？」

「艦はすべて力場で防御されている。一定以上離れると、兵器の威力が弱まって貫通できなくなるんだ。接近すれば、盾よりも兵器のほうが強くなる。だが、それについてはコンピュータがすべて面倒を見てくれる。コンピュータが攻撃目標を選び、つねに味方の艦に損害を与えない方向に撃つようになっているんだ。おまえはただ、いつやるかを告げて、勝てる配置につけてやりさえすればいいんだ。これでいいか？」

「いいえ」エンダーは無線機のチューブを指に巻きつけた。「兵器がどう作用するのかを知っておく必要があるんです」

「いっただろう、それには――」

「知らなかったら、艦隊を――たとえシミュレーターででも――指揮できません」エンダーはしばらく待ち、それから付け加えた、「だいたいでいいんです」

メイザーは立ちあがって二、三歩歩いた。「わかったよ、エンダー。おまえにはちんぷんかんぷんだろうが、やってみよう。できるだけ簡単に」両手をポケットに突っこんだ。「こんな具合なんだ、エンダー。あらゆるものは原子でできている、目では見えないほど小さな粒だ。そんな――いくつかの異なった種類しかない――原子も、ほとんど同じだがもっと小さな粒でできている。そうした原子は壊すことができる。壊れたら、もう原子ではなくなる。そうなると、その金属は、結合していられなくなる。あるいはプラスチックの床は。あるいはおまえの肉体は。あるいは空気でさえ。原子を壊すと、ぱっと消えたように見えるのだよ。残るのはかけらだけだ。そしてそれらが飛びまわって、さらに多くの原子を壊す。艦に搭載されているこの兵器は、どんなものの原子でも結合していられなくなる領域を生じさせる。すべての原子がばらばらになるんだ、そのため、その領域にあるものは――消滅するんだよ」

エンダーはうなずいた。「おっしゃるとおりでした。さっぱりわかりません。阻止できるんですか？」

「いや。だが、艦から遠くなればなるほど広がって弱まるから、しばらくすると力場で阻止できるようになる。いいか？　そして、少しでも威力を高めるためには焦点をあわせなければならないため、一隻の艦は、一度に三つか四つの方向にしか有効には撃てない」

エンダーはまたうなずいたが、じつのところ、充分には理解していなかった。「壊れた原子のかけらがさらに多くの原子を壊していくなら、どうしてなにもかもが消滅してしまわないんですか？」

「空間のせいだ。艦と艦のあいだの何千キロもの空間は空っぽだ。ほとんど原子がない。かけらはなににもぶつからず、ようやくなにかに当たったときにはすっかり拡散してしまっているため、なんの害もおよぼせないんだ」メイザーは問いかけるように首をかしげた。「ほかに知る必要があることは？」

「艦の兵器は――宇宙船以外のどんなものにでも有効なんですか？」

　メイザーはエンダーのそばまで体を寄せてきっぱりといった、「われわれは艦に対してしか用いない。ほかのものには使わない。もしわれわれがほかのなにかに使ったら、敵もわれわれに使うだろう。わかったな？」

　メイザーは歩きだした。そしてドアから外へ出かけたとき、エンダーが呼びかけた。

「あなたの名前をまだ知らないんですが」とエンダーはおだやかにいった。

「メイザー・ラッカムだ」

「メイザー・ラッカム、ぼくはあなたを打ち負かしましたよ」

　メイザーは笑った。

「エンダー、おまえはきょう、わたしと戦ったのではない。十歳児用のプログラムをセットされた、コマンド・スクールでもっとも愚かなコンピュータと戦ったのだ。わたしが球を使うと思うか？」メイザーは首を振った。「エンダー、親愛なるおチビさん、わたしと戦うときはそうとわかるはずだ。おまえが負けるんだからな」そしてメイザーは部屋を去った。

　エンダーはあいかわらず一日十時間、小隊リーダーたちと練習した。だが彼らの姿を目にすることはなく、無線で声を聞くだけだった。戦闘は二、三日置きだった。敵は毎回、なにかしら新しい、より難しい要素を加えてきた――けれどもエンダーはそれに対処した。そして毎回勝利した。そして戦闘終了後、メイザーがミスを指摘し、実際には負けていたことをエンダーに示した。メイザーは、エンダーがゲームの終わらせかたを学べるよう、最後までやらせただけだった。

そうしてとうとう、メイザーが入ってきて真剣な表情でエンダーの手をとって振り、そしていった。「いまのは、坊や、いい戦闘だったぞ」

褒められるまでに長くかかったので、エンダーは、これまでのどんな賞賛よりも喜んだ。だが見くだすような物言いだったので、憤慨もした。

「これで」とメイザーはいった。「きつい条件を課すことができる」

それからのエンダーの生活は緩慢な神経衰弱だった。

エンダーは日に二度、戦うようになっていたし、課題も着実に難しくなっていた。エンダーは生涯ずっと、ほかならぬゲームで訓練されてきたのだが、いま、そのゲームが彼を消耗させはじめていた。朝、シミュレーター用に新たな戦略を考えながら目覚め、夜はその日のミスに餌食にされながらとぎれがちの眠りについた。夜中に叫びながら目が覚めるが、理由がわからないことがときどきあった。目を覚ますと、寝ているあいだに嚙んだ拳(こぶし)から血が出ていることもあった。それでも毎日、平然とシミュレーターのところへ行って戦闘がはじまるまで部下の小隊リーダーたちを鍛え、戦闘が終わったあとも小隊リーダーたちを鍛え、そしてメイザー・ラッカムによる徹底的なあら探しに耐えて復習をした。エンダーはラッカムが、きつかった戦闘のあとのほうが、ひねくれたあら探しをする場合が多いことに気がついた。自分が新たな戦略を考えつくたび、敵が数日でその戦略を使っていることに気がついた。そして、自分の艦隊がいつも同じ規模なのに、敵が毎日、数を増していることに気がついた。

エンダーは師にたずねた。

「おまえが実際に指揮するときはどんなふうかを教えているんだ。敵とわれわれの比率だよ」

「どうしていつも敵のほうが多いんですか？」

メイザーはしばらく白髪頭を垂れていた。答えるかどうか決めかねているようだった。ようやく顔を上げると、手を差しのべてエンダーの肩に触れた。「この情報は秘密なのだが、教えよう。いいか、敵のほうが先にわれわれを攻撃してきたのだ。敵にもわれわれを攻撃するだけの理由があったが、それは政治屋連中のあいだの問題だし、非がわれわれにあろうが敵にあろうが、敵に勝たせるわけにはいかなかった。だから敵がわれわれの諸惑星を襲ったとき、われわれは必死で反撃し、艦隊に参加した優秀な若者たちが犠牲になった。だがわれわれは勝利し、敵は退却した」

メイザーは悼（いた）ましげにほほえんだ。「しかし敵はあきらめなかったのだよ、坊や。敵はけっしてあきらめなかった。彼らは、数を増してふたたび来襲した。そして彼らを撃退するのはいっそう困難だった。そして、次の世代の若者たちが犠牲になった。生き残った者はわずかだった。そこで、われわれはある計画を立てた——実力者たちが立案したのだ。敵を徹底的に打ちのめし、二度とわれわれに戦争を仕掛けられないようにしなければならないことはわかっていた。そのためには、敵の本拠の諸惑星へ行かなければならなかった——実際にはひとつの母星だ。なにしろ敵の帝国のすべてがその首都惑星に集結しているのだからな」

「それで？」とエンダーはたずねた。

「それで、われわれは艦隊を結成した。敵が所有したことがないほど多くの艦を建造した。われわれを襲った一隻につき百隻を建造した。そして艦隊を敵の二十八の惑星に向けて発進させた。出発したのは百年前だった。艦にはアンシブルが搭載されており、少数の人間だけが乗っていた。いつの日か、戦場から遠く離れた惑星にいる司令官がその艦隊を指揮できるように。われわれの最高の人材が敵に殺されないように」

エンダーは、まだ質問に答えてもらっていなかった。「どうして敵のほうが数が多いんですか？」

メイザーは笑った。「艦隊が敵の惑星にたどり着くのに百年かかったからだ。敵には、われわれに備えるために百年の余裕があったのだ。彼らが、港を守るためにおんぼろタグボートで待ち受けていたら、とんだ大馬鹿者だと思わないかね、坊や？　敵には新しい艦が、巨艦が無数にあるんだ。われわれの強みはアンシブルだけだ。それと、敵は艦隊ごとに司令官を配さなければならず、敗れたら——実際、敗れるわけだが——そのたびに彼らの最高の頭脳をひとり失うという事実だけだ」

エンダーはまた質問をしかけた。

「それぐらいにしておけ、エンダー・ウィッギンズ。これでもう、おまえが知るべきでないことまで話したのだ」

エンダーは腹立たしげに立ちあがってそっぽを向いた。「ぼくには知る権利があります。こんなことをいつまでも続けられると思ってるんですか？　ぼくに次から次へと学校に進ませておいて、ぼくの人生の目的を本人のぼくに教えないなんてことを。あなたたちはぼくやほかのみんなを道具として使ってる。いつの日か、ぼくらはあなたたちの艦隊を指揮するんでしょう。いつの日か、ぼくらはあなたたちの命を救うのかもしれない。だけどぼくはコンピュータじゃない。だからぼくは知らなきゃならないんです！」

「それなら、ひとつ質問をしたまえ、坊や。答えられることなら答えよう」

「最高の頭脳に艦隊を指揮させても失う心配がないんなら、どうしてぼくが必要なんですか？　いま現在、艦隊を指揮してる司令官がいるんなら、ぼくはだれの後任になるんですか？」

メイザーは首を振った。「それは教えられないな、エンダー。まもなくおまえが必要になる、ということで満足してくれ。もう遅い。早く寝ろ。朝には戦闘がある」

エンダーはシミュレーター室から歩み去った。だが、しばらくしてメイザーが同じドアから出ると、少年は通路で待っていた。

「おいおい」とメイザーはいらだたしげにいった。「なんなんだ、坊や？　わたしはひと晩じゅう、暇なわけじゃないし、おまえには眠る必要がある」

エンダーには、なにを訊けばいいかわかっていなかったが、メイザーは待った。ようやく、エンダーは静かにたずねた。「彼らは生きていられるんですか？」

「だれが？」

「ほかの司令官たちです。いまの。それにぼく以前の」

メイザーはふんと鼻を鳴らした。「生きていられるさ。もちろん生きていられる。司令官たちが生きていられるかどうかを心配するとはな」まだくすくす笑いながら、老人は通路を歩み去っていった。エンダーはしばらく通路に立っていたが、ついに疲れはててベッドに向かった。彼らは生きていられるんだ、とエンダーは思った。彼らは生きていられるけど、メイザーは、彼らがどうなるのかをぼくに教えられないんだ。

その夜、エンダーは叫んで目覚めはしなかった。だが、目が覚めたとき、両手から血が出ていた。

何カ月も、連日、戦闘が続き、ついにエンダーは自己破壊の型にはまってしまった。夜ごと、睡眠時間が減って夢が増え、胃の激痛に苦しみはじめた。刺激の少ない特別食を与えられたが、まもなくそれにすら食欲が湧かなくなった。メイザーから「食べろ」と命じられると機械的に食べ物を口に入れた。だが、だれにも食べろといわれなければ食べなかった。

ある日、部下の小隊リーダーたちを鍛えているうちに部屋がいきなり真っ暗になり、床で目を覚ますと、顔の、制御盤にぶつけたところから血が出ていた。

エンダーはベッドに運ばれ、それから三日間、寝こんだ。夢に顔がいくつも出てきたことを覚えていたが、それらは本物の顔ではなかったし、そのことは夢を見ているときにもうわかっていた。何度かビーンを見たと思ったし、アンダースン中尉とグラッフ大尉を見たと思ったこともあった。そして目が覚めると、そこにいたのは仇敵のメイザー・ラッカムだけだった。

「起きてますよ」エンダーはメイザーにいった。

「そのようだな」とメイザーは答えた。「長く休みすぎだ。きょうは戦闘があるぞ」

だからエンダーは起きてその戦闘に取り組み、そして勝った。だが、その日は二度目の戦闘はなかったし、早目に寝床につかせてもらえた。服を脱ぐとき、手が震えていた。

その夜、だれかの手で優しく触れられているように感じた。そして声の聞こえる夢を見た。

「あとどれだけ続けられそうだね？」

「充分に長く」

「そんなにすぐなのか？」

「あと数日ですね。それでけりをつけられます」

「やれそうなのかね？」

「だいじょうぶです。きょうでさえ、過去最高でした」

エンダーは最後の声がメイザー・ラッカムのものだと気づいた。ラッカムが夢のなかまで侵入してくるのが腹立たしかった。

エンダーは目を覚まし、また戦ってまた勝った。

そして寝床についた。

目を覚ましてまた勝った。

そして翌日が、エンダーはそうと知らなかったが、コマンド・スクールでの最後の日になった。エンダーは起きて戦闘のためにシミュレーター室に向かった。


メイザーが待っていた。エンダーはゆっくりとシミュレーター室に入った。足をかすかに引きずっていて、疲れてだるそうに見えた。メイザーは眉をひそめた。

「目が覚めてるのか、坊や?」エンダーがしゃきっとしていたら、師の声に含まれている懸念を気にしたことだろう。ところが、あっさりと制御盤に歩み寄って腰をおろした。メイザーが話しかけてきた。

「きょうのゲームにはいささか説明が必要だ、エンダー・ウィッギンズ。振り向いてよく注意を払いたまえ」

エンダーは振り返り、そしてはじめて、部屋の奥に大勢の人がいることに気づいた。バトル・スクールのグラッフとアンダースンの姿が目にとまった。何人か、コマンド・スクール関係者だとわかる者もいた——いつだったか、何時間かずつ教官を務めた人々だ。だが、大半はまったく知らない人々だった。

「だれなんですか？」

メイザーは首を振ってから答えた、「見学者だ。ときどき、戦闘の見学が認められることがあるんだ。いてもらいたくないなら出てもらうぞ」

エンダーは肩をすくめた。メイザーは説明をはじめた。「きょうのゲームには、坊や、ひとつ新しい要素が加わる。この戦闘の舞台はある惑星の周辺だ。そのため、事態はふたつの意味で複雑になる。その惑星は、われわれの尺度ではけっして大きくないが、アンシブルは惑星の反対側をいっさい探知できない——つまり盲点があるわけだ。また兵器で惑星そのものを攻撃するのはルール違反だ。わかったか？」

「なぜです？　兵器は惑星に効果がないんですか？」

メイザーはそっけなく答えた、「戦争にもルールがあるんだ、エンダー。訓練ゲームにさえ適用されるルールが」

エンダーはゆっくりと首を振った。「惑星のほうからは攻撃できるんですか？」

メイザーは一瞬、途方に暮れたような表情になったが、すぐに笑みを浮かべた。「やればわかるさ、坊や。それからもうひとつ。きょうの相手は、エンダー、コンピュータではない。きょうはわたしがおまえの敵を務める。だから簡単には解放しないぞ。きょうはとことん戦う。そしておまえを打ち負かすためにありとあらゆる手を使う」

そしてメイザーは去り、エンダーは無表情のまま、小隊リーダーたちを率いて艦隊を展開した。エンダーは、もちろんよくやっていたが、見学者の何人かは首を振ったし、グラッフは手を握りしめては開き、脚を組んではほどきを繰り返していた。きょうのエンダーは不調そうだったが、きょうのエンダーに不調になっていられる余裕はなかった。

警報ブザーが鳴ったので、エンダーはシミュレーターボードをクリアし、本日のゲームが表示されるのを待った。きょうは頭がぼんやりしていた。なんで大勢が見物してるんだろう、と考えた。あの人たちはぼくを審査するんだろうか？　ほかのことに使えるかどうかを判定するのかな？　あと二年、くたくたになる訓練を続けて、あと二年、限界を超えるために必死でがんばらなきゃならないんだろうか？　エンダーは十二歳だった。ひどく年をとった気がした。そしてゲームが表示されるのを待ちながら、あっさり負けてしまえたらと願った。この戦闘で完璧な惨敗を喫したら計画から排除されるはずだった。好きなように罰すればいいさ。そうすれば眠れるんだから、どうだっていい。

やがて敵の陣形が表示され、エンダーの倦怠は絶望に変わった。

敵は千対一で数的に上まわり、シミュレーターは敵を示す緑色に輝いていたので、勝てっこない、とエンダーはさとった。

そして敵は馬鹿ではなかった。エンダーが分析して攻撃できるような陣形はどこにもなかった。膨大な艦船群が絶えず動きまわり、一時的な陣形から別の陣形へと絶えず移り変わっており、そのせいで、ある瞬間は空っぽだった空間が、次の瞬間には敵の大軍勢で満たされていた。エンダーの艦隊はそれまでで最大規模だったが、陣を展開して成果をあげられるほど長く数的に優位に立てる場所などなかった。

そして敵の背後に惑星があった。メイザーが警告していた惑星だ。近づけっこないのに、惑星になんの意味があるんだ？　エンダーは待った。なにをすればいいか、どうすれば敵を倒せるかを告げてくれる洞察のひらめきを待った。そして待つうちに、背後ですわっている見学者たちが身じろぎをする音が聞こえはじめた。エンダーがなにをしているのか、どんな策をとる気なのか、いぶかしんでいた。だが、エンダーはどうすればいいかわかっていないのだ、手の打ちようがないのだと、とうとうだれの目にも明白になって、部屋の奥にいる男たちの何人かが喉で小さくかすかな音をたてた。

そのときエンダーはビーンの声を聞いた。ビーンはくすりと笑ってから、「いいか、敵のゲートは下だぞ」といった。ほかの小隊リーダーの何人かが笑い、そしてエンダーの思考は、バトル・スクールでプレイして勝った単純なゲームへと戻った。あそこでも、やはり絶望的に不利な条件で戦わされたものだ。それでも敵を打ち破ったのだ。それなのに、千対一で数的に上まわるなどというつまらない手でメイザー・ラッカムに負かされるわけにはいかなかった。エンダーはバトル・スクールで、敵が思ってもいなかったこと、ルールに反することをやってゲームに勝ったものだった——敵のゲートに体当たりして勝ったのだ。

そして敵のゲートは下だった。

エンダーはにやりとし、そしてさとった。このルールを破れば、たぶん学校から追いだされるだろう、そしてそれは、まちがいなくエンダーにとって勝利だった。もう二度とゲームをプレイしなくてもよくなるのだから。

エンダーはマイクにささやいた。部下の六人の指揮官は、それぞれ艦隊の一部を分担して敵に突っこんでいった。不規則な進路をたどり、あちらと思えばまたこちらへ突進した。敵は即座に漫然とした機動を中止し、エンダーの六個の艦隊の周囲に集まりだした。

エンダーはマイクをはずし、椅子の背にもたれて見守った。立会人たちは、いまやざわめいていた。エンダーはなにもしていない——ゲームを投げてしまったのだ。

しかし、続けざまの敵との遭遇から、あるパターンがあらわれはじめた。エンダーの六個艦隊は、敵とすれちがうたびに艦を失った——だが、けっしてとどまって戦おうとしなかった。ささやかな戦術的勝利をおさめられたはずの瞬間にも。代わりに不規則な進路をとりつづけ、いつしか下に向かっていた。敵の惑星のほうに。

そして、その一見でたらめな進路のせいで、敵はそのことに、立会人たちが気づいたときまで気がつかなかった。そのときはもう手遅れだった。ウィリアム・ビーが、エンダーの兵士たちがゲートを作動させるのを阻止しようとしたものの手遅れだったように。エンダーの艦隊は、さらに多数の艦が撃破されてもかまわず進んだため、六個艦隊のうち惑星までたどり着けたのは二個艦隊にすぎなかったし、しかも大損害をこうむっていた。だが、わずかな数の艦は突破した。そして惑星をねらって砲火を開いた。

いまやエンダーは、ねらいどおりの結果になるかどうか知りたくてたまらず、身を乗りだしていた。ルールを破ったのだから、ブザーが鳴ってゲームが打ち切られることをなかば予期していた。けれども彼はシミュレーターの精密さに賭けていた。惑星をシミュレートできるのなら、攻撃を受けた惑星がどうなるかもシミュレートできるはずだ。できた。

小さな艦を吹き飛ばした兵器は、最初のうち、惑星全体を吹き飛ばしはしなかった。だが、いくつもの大爆発が起こった。そして惑星上には連鎖反応を停止させる空間がまったくなかった。連鎖反応は惑星上でますます多くの燃料を見いだしながら進行した。惑星の地表があちらこちらへと動いているように見えた。だがまもなく地表は、四方八方に閃光を放つすさまじい爆発を起こしながら崩れた。爆発はエンダーの艦隊をそっくりのみこんだ。そして敵艦に達した。

爆発のなかで最初の一隻があっけなく消滅した。そして爆発が広がってまばゆさが減じるにつれて、それぞれの艦がどうなるのかが明らかになった。光に触れると、艦は一瞬、輝かしくひらめき、そして消滅した。艦はすべて惑星の火の燃料となった。

爆発がシミュレーターの限界に達するのに三分以上かかったが、そのころにはもう、ずっと弱くなっていた。すべての艦が消え失せていた。爆発が届く前に逃げた艦があったとしてもごくわずかで、大勢に影響はなかった。惑星のあったところにはなにもなかった。シミュレーターは空白だった。

エンダーは、自分の艦隊をそっくり犠牲にし、敵惑星の破壊を禁じるルールを破ることによって敵を破ったのだった。勝利に勝ち誇ればいいのか、それともされるはずだと確信している叱責に反抗すればいいのか判然としなかった。だから、どちらでもなく、なにも感じなかった。疲れていた。ベッドにもぐりこんで眠りたかった。

シミュレーターのスイッチを切ると、ようやく背後の騒がしさが聞こえた。混乱状態になっていた。軍人の立会人がいかめしくすわっていた二列はすっかり様変わりしていた。下げた頭を両手でおおっている者がいた。それ以外はおおっぴらに泣いていた。何人かが背中を叩きあっていた。グラッフ大尉がその一団から脱けだしてエンダーのもとへやってきた。涙が頬を伝っていたが笑みを浮かべていた。グラッフは両腕を差しのべると、エンダーが驚いたことに少年を抱擁し、きつく抱きしめながらささやいた。「ありがとう、ありがとう、ありがとう、エンダー」

まもなく、すべての立会人が、めんくらっているこの少年のまわりに集まって、感謝し、拍手喝采し、肩を叩き、握手した。エンダーは、彼らがなにをいっているのか理解しようとした。結局、ぼくは試験にパスしたんだろうか？　この人たちはなんで大騒ぎしてるんだろう？

やがて、群衆が分かれてメイザー・ラッカムが歩いてきた。エンダー・ウィッギンズのもとへまっすぐやってきて、手を差しだした。

「きびしい選択をしたな、坊や。だが、まちがいなく、ああするしか手はなかったのだ。おめでとう。きみは敵を破った。すべてが終わったのだ」

すべてが終わった。敵を破った。「ぼくは<ruby>あなた</ruby>を破ったんですよ、メイザー・ラッカム」

メイザーは笑った。部屋に響きわたる大笑いだった。「エンダー・ウィッギンズ、きみは一度もわたしとプレイしていなかったのだ。わたしが敵ということになってから、一度もゲームをプレイしていなかったのだよ」

エンダーはそのジョークがわからなかった。彼は、数えきれないほど何度もゲームをプレイしてきたのだ。恐ろしいほどの負担を強いられながら。腹が立ちはじめた。

メイザーが手をのばしてエンダーの肩に触れた。エンダーは肩を振って払いのけた。するとメイザーは真剣な表情になって説明した。「エンダー・ウィッギンズ、この数カ月、きみがわれわれの艦隊の司令官だったんだ。ゲームなどなかった。戦闘は本物だった。きみの唯一の敵は本物の敵だった。きみはすべての戦闘に勝った。そしてついに、きょう、きみは敵と敵の本拠の惑星で戦い、そして敵の惑星を、敵の艦隊を滅ぼした。きみは彼らを完全に滅ぼしたのだ。彼らは二度と攻撃してこないだろう。きみがそれをやったのだ。きみが」

本物。ゲームではない。エンダーの心はそのすべてに対処するには疲れすぎていた。少年はメイザーから歩み去り、なおも感謝と祝いの言葉をかけてくる人々のあいだを無言で抜け、シミュレーター室から出て、やっと寝室に着くとドアを閉めた。

グラッフとメイザー・ラッカムが行ったときには、エンダーは眠っていた。ふたりは静かに部屋に入ってエンダーを起こした。エンダーはなかなか目を覚まさなかったし、ふたりに気づくと、また眠ろうとして背中を向けた。

「エンダー」とグラッフがいった。「話があるんだ」

エンダーはごろんと転がってふたりと直面した。なにもいわなかった。

グラッフはほほえんだ。「きのうのあれがショックだったのはわかる。だが、戦争に勝ったと知って、きみも気分がいいはずだ」

エンダーはゆっくりとうなずいた。

「ここにいるメイザー・ラッカムは、一度もきみと対戦しなかったんだ。きみの戦闘を分析しただけだ。きみの弱点を突きとめるため、きみの向上に手を貸すために。それは功を奏したんじゃないかね？」

エンダーはぎゅっと目をつぶった。ふたりは待った。エンダーはいった。「なんで教えてくれなかったんですか？」

メイザーは微笑した。「百年前に、エンダー、われわれはいくつかの事柄を突きとめた。自分の命が危険にさらされると、司令官は不安になる。そしてその不安は思考力を鈍らせるんだ。また自分が人々を殺していると知ると、慎重になったり精神に異常をきたしたりする。そしてそのどちらも司令官の仕事の妨げになるんだ。司令官は、成熟すると、つまり責任感を持ち世界を理解するようになると、慎重になりのろまになって職務を遂行できなくなるんだよ。だから子どもを訓練したんだ。ゲームしか知らなくて、いつそれが本物になるかを知らない子どもたちを。それは仮説だったが、きみがその仮説の正しさを実証したんだ」

グラッフが手をのばしてエンダーの肩に触れた。「われわれは艦隊を、この数カ月のあいだに全艦が目的地に到着するよう発進させておいた。たぶん、すぐれた司令官がひとりだけ出るだろうとわかっていた。歴史上、一度の戦争でふたり以上の天才が出たことはごくまれだ。だから、ひとりの天才が出ることを当てにして計画を立てたんだ。いちかばちかだった。そしてきみがあらわれ、われわれは勝った」

エンダーがふたたび目を開くと、ふたりには彼が怒っていることがわかった。「ええ、あなたたちは勝ちましたね」

グラッフとメイザー・ラッカムは顔を見合わせた。「理解してくれてないぞ」とグラッフはささやいた。

「理解してますよ」とエンダーはいった。「あなたたちは兵器を必要としてた、そしてあなたたちは手に入れた。ぼくという兵器を」

「そのとおりだ」とメイザーが答えた。

「だから教えてください」とエンダーは続けた。「ぼくが破壊したあの惑星には何人が住んでいたかを」

ふたりは答えなかった。しばし黙りこんでから、グラッフが口を開いた。「兵器は、自分がなにに向けられているかを知る必要はないんだ、エンダー。ねらいをつけたのはわれわれだ。だから責任はわれわれにある。きみは自分の仕事をしただけだ」

メイザーはほほえんだ。「もちろん、エンダー、きみの面倒は見る。政府はきみをけっして忘れない。きみはわれわれ全員のためによく働いてくれた」

エンダーはごろんと転がって壁を向き、ふたりが話しかけても答えなかった。とうとうふたりは去った。

エンダーは長いあいだベッドで横になっていたが、だれかにまた邪魔された。ドアがそっと開いた。エンダーはだれかをたしかめるために振り向きはしなかった。やがて、手が彼にそっと触れた。

「エンダー、ぼくです。ビーンですよ」

エンダーはぐるりと向きを変えて、ベッドの脇に立っている小柄な少年を見あげた。

「すわれよ」とエンダーはいった。

ビーンはすわった。「あの最後の戦闘だけど、エンダー、あなたがどうやってあれを切り抜けるつもりなのか、ぼくにはわかりませんでしたよ」

エンダーはにやりとした。「おれもさ。おれはインチキをしたんだ。お払い箱にされると思ってたんだけどな」

「まさか！　ぼくらは戦争に勝ったんですよ。戦争は完全に終わったけど、その戦争でずっと戦ってたのは、戦争で戦うには大きくなるまで待たなきゃならないと思ってたぼくらだったんです。つまり、エンダー、ぼくらは小さい子どもなんですよ。ぼくは、特に小さい子どもだけど」ビーンは声を出して笑い、エンダーは笑みを浮かべた。それからふたりはほんのしばらく黙りこんだ。ビーンはベッドの端にすわっており、エンダーはなかば閉じた目で彼を眺めていた。

ビーンがとうとうほかにいうことを思いついた。

「戦争は終わったわけだけど、ぼくらはこれからなにをするんですか？」とたずねた。

エンダーは目をつぶってからいった。「ちょっと眠らせてくれよ、ビーン」

ビーンは立ちあがって去り、そしてエンダーは眠った。

グラッフとアンダースンはいくつかのゲートを抜けて公園に入った。そよ風が吹いていたが、ふたりの肩に照りつけている日差しが暑かった。

「アバ・テクニクス社？　首都にあるんだったか？」とグラッフはたずねた。

「いえ、ビゴック郡です。訓練課ですよ」とアンダースンは答えた。「彼らは、子どもたちとの仕事が役に立つと考えています。で、あなたは？」

グラッフはほほえんで首を振った。「なにも決まってない。あと何カ月かはここにいることになってるんだ。報告があるからな。片づいてはきてるがね。DCIAの人材開発部やU&Pの副社長など、誘いはいくつかあった。だが断ったよ。出版社はわたしに戦争の回顧録を書かせたがっている。まだわからんよ」

ふたりはベンチにすわってそよ風にそよいでいる木々の葉を眺めた。子どもたちがジャングルジムで笑ったり叫んだりしていたが、その声は風と距離にのみこまれていた。「ほら」とグラッフは指さした。ひとりの小さな男の子がジャングルジムから跳びおりてふたりのすわっているベンチのほうに駆けてきた。もうひとりの少年が追いかけてきて、両手を銃のように構えながらバーンといった。撃たれた子は止まらなかった。もうひとりの少年はまた撃った。

「やっつけたぞ！　戻ってこい！」

逃げていた男の子は、走りつづけて見えなくなった。

「自分がやられたのがわからないのかよ」撃った子は両手をポケットに突っこんで小石をジャングルジムのほうへ蹴飛ばした。アンダースンはほほえんで首を振りながら、「子どもってやつは」といった。そしてアンダースンとグラッフは立ちあがり、公園から出ていった。

王の食肉

Kingsmeat

金子　浩訳

　門番が彼に気づくと、門が開いた。〈羊飼い〉はベルトにつけた袋に斧と杖を入れ、橋を渡りはじめた。ぶくぶくと泡だっている酸の堀にかけられた狭いアーチ橋を歩いているうちに、いつものように眩暈(めまい)に襲われた。そして橋を渡りきると、村に続く道を大股で歩きだした。

　草でおおわれた丘の斜面で子供が犬と遊んでいた。〈羊飼い〉は子供を見上げた。とがった浅黒い顔で目がきらりと光った。少年はあとずさり、〈羊飼い〉の耳に女の怒鳴り声が届いた。「戻っておいで、デリィ、馬鹿な子だね！」〈羊飼い〉が道を歩きつづけていると、少年は彼方の斜面に並んでいる干し草の山の陰に隠れた。〈羊飼い〉は叱りつける声を聞いた。「こんどまたお城のそばで遊んだら、あいつに王様の肉にされちまうよ」

　王様の肉か、と〈羊飼い〉は考えた。王は腹ぺこなんだ。その知らせは口から口へと迅速に伝えられた――給仕長、料理人、衛兵隊長、衛兵、そして〈羊飼い〉へと。〈羊飼い〉が身支度をして扉の外へ出たのは、王と王妃の次のような会話からほんの数分後のことだった。「夕食はなにがいいかね？」と王がつぶやくと、王妃がすべての腕をひらひらと揺らめかせて応じた。「煮こみ料理はもう飽き飽きですわ」すると王はその日のコンピュータ・プリントアウトをつまみあげ、またつぶやいた。「乳房のバター焼きだな」そこで〈羊飼い〉が、群れから収穫しようと城外へ出ていったのだった。

村までまだだいぶ距離のあるうちから、〈羊飼い〉は村人とすれちがった。〈羊飼い〉は、王がはじめて味の好みを周知させたころのことを覚えていた。当時、村人たちは王に対する義務を幾度も逃れようとしたものだった。いまでは、黙って見ていたり、群れの無傷な一員を隠したり、ときにはどっちつかずの状態にけりをつけてしまおうと、彼らを突きだしたりするだけだ。しかし、〈羊飼い〉の目に映る、脚や目や腕を欠いている年老いた男女は、ほとんどが、まだ無事な手足を使ってたどたどしく義務をはたしていた。

指のある者は屋根をふいたり布を織ったりした。目のある者は、手によってしか世界と触れあえない者を導いた。腕のある者は脚のある者におぶさって移動した。そして全員が悲しくもへたれた寝床に唯一の慰めを見いだしたので、おあつらえむきの間隔を置いて赤ん坊が生まれた。その奇跡的な完璧さのせいで、驚きいぶかしんでいる母親たちはわが子を神のように思い、また口から舌を落としていたり足指をどこかに置き忘れたり、尻がひとつの傷跡になっていたり、とうの昔に削がれた腿肉の無用なようすがとなりはてている脚を持つ父親たちは憎しみを呼びさまされた。

「まあ、なんて美しい」パン焼き釜のふいごを押しながら、ひとりの女がつぶやいた。木のシャベルを使って、パン種を釜入れしたり引っ繰り返したりしていた脚のない老婆が不機嫌にうめいた。もちろん、それは真実だ。なにしろ〈羊飼い〉は健全そのもので、欠けたところがどこにもないのだから（健全そのものだ、と子供たちに正気を失いかけるほど恐ろしい話が語られる〈聖ならざる夜〉の真夜中の焚き火のこだまが響いた。それらの物語が真実で、不可避で、しかも明白なのを、縮みあがっている大人たちはみな知っていた）。〈羊飼い〉は黒い髪を長くのばし、口元はきりりとしてしかもやさしく、目は闇にあってさえ陽光にきらめいているようで、両手はいつも洗っているためやわらかく、大きく強く浅黒く、なめらかで恐ろしかった。

そして〈羊飼い〉は村に入り、このまえ来たときに目星をつけておいた家のほうに歩いていった。彼がその家の戸口に着くなり、まわりじゅうの家からため息が漏れた。彼が選んだ家は静まりかえっていた。

〈羊飼い〉が手を上げると扉が開いた。そういう仕組みになっているからだ。開くものすべてが〈羊飼い〉の意志に、少なくとも王が彼の手に埋めこんだ輝く金属球に従うようになっている。家のなかは暗かったが、両脚を骨がないかのようにだらんとぶら下げてハンモックに横たわっている老人の白目が見分けられないほど暗くはなかった。老人は、〈羊飼い〉の目に自分の未来を読みとれた――とにかくそう考えた。〈羊飼い〉が自分のわきを抜けて台所へ入っていくまでは。

食器棚のまえで、まだ十五歳くらいの若い娘が、両手をこぶしに握って身構えながら立っていた。だが〈羊飼い〉は、黙って首を振り、片手を上げただけだった。すると食器棚が、それに応じて開いた。娘が押し戻そうとがんばっても無駄だった。なかでは音をさえぎるための毛布にくるまれて、赤ん坊が声を出していた。〈羊飼い〉はただ微笑し、また首を振った。その微笑はやさしく美しく、娘は死んでしまいたくなった。

〈羊飼い〉が娘の頬をなでると、彼女はそっとため息をつき、小さく嘆きの声を漏らした。彼が袋に手を突っこんで羊飼いの杖を出し、小さな円盤を娘のこめかみに当てると、彼女は微笑した。目がうつろになったが、生き生きとした唇から歯がのぞいた。〈羊飼い〉は娘を床に横たえ、慎重にブラウスのまえを開くと、袋から斧をとりだした。

〈羊飼い〉が細長い円筒にそって指を動かすと、一方の端に小さな光がともった。〈羊飼い〉は斧のきらめく先端を一方の乳房の下に当て、大きく円を描いた。斧が通ったあとにかすかな赤い線が生じた。そして〈羊飼い〉が乳房をつかむと、乳房は外れて彼の手に落ちた。〈羊飼い〉は、乳房をわきに置いてから、斧を上下になでた。光が暗い青に変わった。赤い傷の上で〈羊飼い〉が斧を動かすと、血がかたまり、乾いて、傷が癒えはじめた。

〈羊飼い〉は乳房を袋にしまい、もう一方の乳房にも同じことをした。娘はそのすべてを無関心におもしろがっているかのように眺めていた。口元にはずっと笑みが浮かんでいる。平安が切れるまでの数日間、娘はこんなふうに微笑しつづけるはずだ。

ふたつめの乳房を袋におさめると、〈羊飼い〉は斧と杖をしまい、娘のブラウスのボタンを慎重にかけた。そして手を貸して立ちあがらせ、またもやさしく巧みに頬をなでた。娘は赤ん坊のように唇で指先を求めたが、〈羊飼い〉は手を引いた。

〈羊飼い〉が出ていくと、娘は食器棚から赤ん坊を出して胸に抱き、やさしく声をかけた。赤ん坊が奇妙に悲惨な胸に鼻をすり寄せると、娘は微笑し、子守り歌を口ずさんだ。

〈羊飼い〉は、一歩ごとにベルトにつけた袋を揺らしながら村のなかを歩いた。村人たちは袋を見つめて、中身はなんだろうと考えた。しかし、〈羊飼い〉が村を出ていくよりも早く、噂は村じゅうに広まって、人々の目は袋にではなく〈羊飼い〉の顔に向けられるようになった。〈羊飼い〉は右も左も見なかったが、痛いほど視線を感じ、目がしだいにぼんやりと悲しげになっていった。

やがて〈羊飼い〉は堀に戻り、狭い橋を渡り、門を抜けて、城の高く暗い階段をのぼった。袋を差しだすと、料理人は顔をしかめて〈羊飼い〉を見つめた。〈羊飼い〉は黙ってほほえみかえし、袋から杖をとりだした。料理人はたちまち従順になり、平然として赤肉を薄切りにしはじめた。そして軽く粉をまぶし、バターを溶かしたフライパンに入れた。匂いは甘く強烈で、乳の玉がフライパンでじゅうじゅう音をたてた。

〈羊飼い〉は厨房にとどまって、料理人が王の食事の用意をするさまを眺めた。それから、食堂の扉のまえまで給仕長についていった。そして給仕長だけが湯気のたつ薄切り肉を盆に載せて、王のまえへと進んだ。王と王妃は、最高のごちそうを分かちあうときの厳めしくも上品な儀礼にのっとって、黙って食事をとった。

食事を終えた王が給仕長にひとことささやき、給仕長は食堂に入ってくるようにと料理人と〈羊飼い〉を手招きした。

そして、料理人と給仕長と〈羊飼い〉が王のまえにひざまずくと、王は三本の腕を差しのべて三人の頭に触れた。長年の習慣から、彼らは王にさわられるがままになって尻ごみしなかったし、まばたきすることさえなかった。そんなことをしたら王の機嫌をそこねてしまうとわかっていたからだ。なんといっても、王に仕えられるだけでも大変な恩恵なのだ。城で働いているかぎり、自分の体を王の食肉にされることはなく、自分の皮をタペストリーにされて城内の壁にかけられたり、狩り用のケープの長く引きずる裾にされることもない。

王の腕の先がまだ三名の下僕の頭に触れているあいだに、突如として城内に振動が走り、警告音が低く鳴りはじめた。

王と王妃はテーブルを離れ、努めて威厳を保ちながら制御卓に移動して腰をおろした。そして、つぎつぎにボタンを押し、目には見えない城の防御機構をすべて作動させた。

一時間におよぶ必死の努力のあと、彼らは敗北を認め、それまでおこなっていた、もはや無用となった作業からすべての腕を引いた。長いあいだ城の薄い壁をその絶妙な高さに維持していた力場が消えたため城壁が崩れ落ち、廃墟の中央にぴかぴかの金属でできた船が音もなく姿をあらわした。

スカイシップの側面が開き、そこから武器を構え、目を怒りでぎらつかせた四人の男が出てきた。それに気づくと、王と王妃は悲しげに顔を見合わせると、ともに頭部のうしろの刀掛けから儀礼用の短剣をとり、たがいの目と目のあいだを同時に刺し貫いた。彼らは即死した。こうして、二十二年にわたったアビイ入植地の征服が終わった。

死んでしまうと、王も王妃も漁船の甲板で惨めったらしくぺちゃんこになっているイカにそっくりで、惑星の征服者にも人食いにも見えなかった。スカイシップから降りてきた男たちは死骸に歩みよって念のためにとどめを刺した。そして周囲を見まわし、ようやく自分たちのほかにも人間がいることに気づいた。

〈羊飼い〉と給仕長と料理人が、あまりのことに目を見開いたまま、王宮の廃墟で立ちつくしていたのだ。

船から降りてきた男のひとりが手を差しだした。

「どうして生きていられたんだ？」男がたずねた。

三人は答えなかった。質問の正確な意味がわからなかった。

「こんなところでよく生きのびられたもんだ。いったい――」

言葉がとぎれた。四人の男は、王宮の周囲にめぐらされた堀の向こうに集まって、自分たちを眺めている入植者や入植者の子孫たちのほうに顔を向けていた。そして人々が腕や脚や目、乳房や唇を失って立っていることに気づいて、スカイシップの男たちは武器を取り落とし、手で顔をおおって泣いた。そして橋を渡り、解放された人々の歓呼の声のなかで悲しんだ。

説明している暇はなかったし、そんな必要もなかった。入植者たちは這ったり、足を引きずったり、ときには歩いたりして橋を渡り、廃墟となった王宮に入って王と王妃の死骸を取りかこんだ。それから仕事にかかった。一時間もたたないうちに死体はかつての城の基礎だった穴に放りこまれ、大小便を浴びせられて、早くも腐臭を放っていた。

それから入植者たちは、振り返って王と王妃の下僕たちのほうを見た。

船の男たちは、遠い惑星で判断力と敏捷さと技量に基づいて選抜された精鋭だったので、暴徒が意見の一致を見るよりも早く、彼らが動きだす以前に、給仕長や料理人、門番や衛兵たちのまわりに力場の囲いをめぐらせていた。〈羊飼い〉まで囲いで守られていたので、人々は口々に恨み言をつぶやいたが、スカイシップの男のひとりがなだめる口調で、どんな犯罪もしかるべき時に帝国の司法制度にのっとって罰せられるべきだと辛抱づよく説明を繰り返した。

囲いを一週間そのままにして、船の男たちは入植地に秩序を回復しようとし、ふたたび完全に村人たちのものになった畑に人々の関心を向けようとした。だが結局、正義をあとまわしにはできないと気づいてあきらめた。そこで男たちは船から法廷機械を持ちだし、村人たちを呼び集めて裁判を開廷した。

船の男たちが各人の右耳のうしろに金属プレートをテープで貼っているあいだ、入植者たちはじっと待っていた。閉じこめられている下僕たちと船の男たちまでプレートを貼られた。そして裁判がはじまり、各人がそれぞれの記憶から直接に、ほかの全員の心に向かって証言したのだった。

審理は船の男たちの証言からはじまった。人々は目をつぶり、巨大なスターシップのなかで男たちがボタンを押したりコンピュータに早口で話しかけたりするさまを眺めた。とうとう、安堵の表情になった四人の男たちがスカイシップに乗りこみ、地上へと降下していった。入植者たちはそこが自分たちの惑星ではないことに気づいた。生存者がいなかったからだ。その惑星には城がひとつあったが王と王妃しかおらず、彼らが死んだあとで調べると、荒れた畑と、何年もまえに放棄された村の廃墟しかなかった。

彼らは繰り返し似たような光景を見た。人間が生き残っているのはアビィ入植地だけだった。

それから、人々はほかの惑星で王と王妃の死骸が切り開かれるさまを眺めた。ぱっくりと切り開かれた王妃には体腔があった。そのなかでは、ちっぽけで腕がうじゃうじゃある千もの胎児が、うごめく命のかたまりとなっており、子宮の外の冷たい大気にさらされて血を流していた。三十年の妊娠期間が過ぎたら、子供たちはふたりひと組になり、手のつけられない伝染病のように銀河系全体に広がって、ほかの諸惑星を征服し略奪していたことだろう。

しかし、彼らは子宮のなかで阻止された。薬剤を吹きつけられると、胎児たちはたちまち動かなくなり、干からびて、灰色の皮に包まれたしなびた球と化した。

船の男たちの証言はここで終わり、法廷は入植者たちの記憶を探りはじめた。

空から悲鳴のような音と強烈な光が降ってきて、王と王妃が機械を使わずに下りてくる。

だが装置類もすぐにあとに続く。人々は目に見えない鞭に打たれて、闇のなかにいきなり出現した輝く檻へと追いこまれる。その檻は小さく、人々がみな立ったままでもほとんど余裕がない。

空気は重苦しく、息もできない。まずひとりの女が気絶し、ついでひとりの男が気絶して、悲鳴と泣き声が耳をつんざくほどにまで高まる。体が干からびるほどの汗が出て、体が冷えるほどの熱が発せられる。やがて檻が振動する。

扉が開いて王が、だれの想像よりも飢えている王が姿をあらわす。数多い腕が吐き気を誘う。背中に反吐を浴びせられた男が反吐を吐き、恐怖で膀胱を空にする。腕がのび、四方八方で悲鳴が、喉の奥からほとばしる悲鳴があがる。やがて悲鳴が途絶えて静かになる。そしてひとりの男がもがきながら人々から引き抜かれていく。扉が閉じて闇が戻り、悪臭と熱気と恐怖がいちだんと激しくなる。

静寂。そして遠くで長々と続く苦悶の叫び。

静寂。何時間もの静寂。それからまた扉が開き、また王があらわれ、また悲鳴があがる。三度めに王が戸口に姿をあらわしたとき、人々のなかからひとりの男が進みでる。男は悲鳴をあげておらず、シャツに悪臭を放つ反吐がこびりついているが嘔吐はしておらず、目も穏やかだ。口元は安らかで目が輝いている。このときは別の名前で呼ばれているが、この男が〈羊飼い〉だ。

彼は王に歩みよって手を差しだす。王は彼をつかみあげない。彼は導かれて外へ出ていき、扉が閉じる。

静寂、何時間もの静寂。いつまでたっても悲鳴はあがらない。

そして突然、檻が消える。出現したときと同じようにいきなり消えてなくなる。空気はさわやかで太陽が輝き、草が青々としている。変化はひとつだけだ。城が見える。高くて繊細で、尖塔とドームがごちゃごちゃとでたらめにそびえている。周囲に酸の堀がめぐらせてある。ほっそりした橋がかかっている。

それから村人たちはぞろぞろと村に戻る。どの家も無傷で、事件を忘れてしまえそうに思える。

〈羊飼い〉が村のなかをうろつきだすまでは。彼はまだ昔の名前で呼ばれている――だが、なんという名前だっただろう？　人々は彼に話しかけてたずねる。城内はどうなっているのか、王と王妃はなにを求めているのか、なぜわたしたちは監禁されたのか、そしてなぜ解放されたのか。

しかし、〈羊飼い〉はパン屋を指さすだけだ。パン屋は進みでる。〈羊飼い〉は杖でパン屋のこめかみに触れる。男は微笑を浮かべ、城に向かって歩きだす。

さらに屈強な四人の男が、同じようにしてみずから城へ向かう。それから少年がひとり、そして男がもうひとり。村人たちはざわめきだし、〈羊飼い〉からあとずさる。彼の顔は依然として美しいが、人々は檻のなかで聞いた悲鳴を思いだす。彼らは城へ行きたがっていない。城へ行った人々のうつろな微笑が信じられない。

しばらくして、また〈羊飼い〉がやってくる。さらにもう一度。生きたままの男女から、四肢が失われていく。計画が立てられる。襲撃が実行される。だが、〈羊飼い〉の杖か〈羊飼い〉の目に見えない鞭がつねに襲撃を阻止した。そして村人はつねに不自由な体になって家に戻ってくる。人々は待つ。そして憎む。

多くの人々が、あの恐ろしい攻撃の最初の瞬間に死んでいたらよかったのにと願う。しかし、〈羊飼い〉は一度たりとも殺さない。


村人の証言が終わると、法廷は彼らにひと息つかせてから審理を続行した。記憶をよみがえらせたせいで流した涙を乾かす必要があったからだ。また、声にならない悲鳴をあげたせいで喉に違和感があるので、咳払いをする必要があった。

やがて人々はまた目をつぶり、〈羊飼い〉の証言を注視した。こんどはそんなにたくさんの場面はなかった。全員が一対の目を通して眺めた。


ふたたび檻。恐怖に押しあいへしあいする人々。さっきと同様に扉が開く。ただし今回は、全員が戸口の王に歩みより、全員が手を差しだす。そして全員が、冷たい触手が巻きついてきて檻の外へ導きだされるのを感じる。

城がしだいに近くなり、人々は恐怖に駆られる。しかし同時に、穏やかさが、安らかさが恐れの上に押しつけられている。その安らかさのせいで、表情は平静だし鼓動は平常だ。

城。狭い橋。酸の堀。門が開く。橋を渡っているとき、王が獲物を押しやって堀に突き落とすのではないかと思って、一瞬、眩暈を感じる。

そして広々とした食堂。王妃が制御卓のまえに陣取り、赤ん坊を産みつけるのにふさわしいように惑星を改造しようとしている。

あなたはテーブルの上座に立っている。高い腰かけにすわっている王と王妃に見られている。あなたはテーブルを見つめ、なぜほかの人々が悲鳴をあげたのか、はっきりとさとる。喉元まで悲鳴がこみあげてくる。自分は、いやほかの全員があのように引きちぎられ、あのように中途半端にむさぼり食われ、しまいには軟骨や骨の山にされてしまうのだとわかったからだ。

だが、恐怖を押し殺してあなたは観察する。

王と王妃が立ちあがり、すべての腕を低く下げ、強弱のあるリズムでゆらゆらと動かす。どうやら会話をしているらしい。あの動作には意味があるのだろうか？

まもなくわかる。あなたも腕を差しのべ、腕の動きを真似ようとする。

王と王妃が動きを止め、あなたを見つめる。

あなたは不安になって動きを止める。だがまた、ゆらゆらと腕を動かす。

彼らが激しく腕を動かし、やわらかい音をたてる。あなたはそのやわらかい音も真似る。

すると彼らは近づいてくる。あなたは身をこわばらせて必死で悲鳴をこらえようとするが、こらえきれないのはわかっている。

冷たい腕が体に触れ、あなたは気が遠くなる。そして部屋から連れだされ、テーブルから遠ざかる。あたりが暗くなる。

彼らはあなたを何週間も生かしておく。慰みものにするためだ。あなたは生きつづけ、仕事に疲れた彼らを楽しませる。しかし、彼らの真似をしているうちに理解できるようになってくる。やがて王と王妃はあなたの教育にとりかかり、まもなくたどたどしいながらも一種の言語ができあがる。彼らはゆらゆら動く腕とやわらかな声でゆっくりと語りかけ、あなたは二本きりの腕で動作を真似、言葉を発しようとする。緊張は息が苦しくなるほどだが、結局、あなたはいいたいことを彼らに伝える。彼らがあなたに飽きて、また食肉として見るようになるまえに、なんとしてでも伝えなければならないことを。

あなたは彼らに、家畜の群れをどうやって維持すればいいかを教える。

すると彼らはあなたを羊飼いにする。務めはひとつ――食肉の供給が途絶えないようにすることだけ。群れに餌を与えれば人肉は尽きない、とあなたは彼らに伝え、彼らは興味を惹かれたのだ。

彼らは外科用器具置場へ行き、あなたにまず、痛みと抵抗をなくす杖を授け、次に解体と治療のための斧を与える。王と王妃は腐肉のかたまりを使って実地にそれらの使用法を教える。そしてあなたの手に、村のどんな蝶番(ちょうつがい)でも思いのままにできる鍵を埋めこむ。そしてあなたは入植地へ行き、村人全員を生かしておくために、村人の体の一部をわずかずつ殺す仕事にとりかかる。

あなたはなにも語らない。また、村人たちに憎まれても黙って身を隠す。あなたは死にたいと願うが、死にはしない。死ぬわけにはいかないからだ。あなたが死ねば入植地も滅びるのだから、彼らの命を救うために、生きる価値のない人生を生きつづけるしかない。

そしてある日、城は崩れ落ち、あなたもおしまいになる。そこで斧と杖をある場所の地面に埋めて隠し、人々がやってきて自分を殺すのを待つ。

審理は終結した。

人々は耳のうしろからプレートをはがし、信じられないという面持ちで午後の日差しに目をしばたたいた。そして〈羊飼い〉の美しい顔を見つめ、表情を読みとれないたがいの顔を見つめあった。

「法廷の判決をお知らせします」と船の男のひとりがいい、あとの三人が人々のあいだを歩きまわって証言プレートを回収した。「〈羊飼い〉と呼ばれているこの男は、著しい残虐行為に関して有罪である。しかしながら、その残虐行為は、残虐行為を加えられた当人たちを生きつづけさせるための唯一の方法であった。それゆえ、〈羊飼い〉と呼ばれる男はすべての容疑について免責されるものとする。彼を死刑に処してはならない。それどころか、アビイ入植地の住人は少なくとも年に一度、彼を盛大に称讃し、科学と分別の許すかぎり長生きさせるよう努めなければならない」

それが法廷の判決だった。そして、二十二年間孤立していたにもかかわらず、アビイ入植地の人々は帝国法に逆らおうなどとは考えなかった。

数週間後、スカイシップの男たちの仕事は完了した。彼らは空へと戻っていった。そして村は昔どおり、住人がみずから治めるようになった。

星々のあいだで、船の男たちのうち三人が、夕食後に集まっていた。「よりによって〈羊飼い〉だとさ」ひとりがいった。

「それにしてもたいした男じゃないか」別の男がいった。

四人めの男は眠っているように見えた。だがそうではなく、がばっと起きあがって叫んだ。

「ああくそ、おれたちはなんてことをしちまったんだ！」


月日が流れ、アビィ入植地は繁栄した。五体満足な新しい世代が力強く成長していた。人々は子供たちの子供たちに、長かった隷従の日々について、自由が、自由と力と健全さと命がどれほど貴重かについて話して聞かせた。

そして毎年、法廷が命じたとおり、村人は村のある家に穀物と牛乳と肉の贈り物をもって出かけた。そして扉の外に一列に並び、ひとりずつその家に入っては〈羊飼い〉に敬意を表した。

人々は台のそばを歩いた。人々がよく見えるように、彼は台上で上体を起こされていた。入ってきた村人は、やさしい唇と柔和な目をしたその美しい顔に、ひとりずつ見入った。だが、大きな力強い両手はもうなかった。あるのはもう、頭と首、背骨と肋骨、それに命で脈打っているだらりと垂れた肉の袋だけだった。人々は彼の全裸の体を見まわし、傷跡に見入った。ここには脚が、それに腰があったんじゃないか？　そうとも、それにここには生殖器が、ここには肩と腕があったんだ。

この人はどうやって生きてるんですか、と子供たちはたずねた。

われわれが生かしつづけてるんだ、と大人たちは答えた。法廷の判決によって、と彼らは年ごとに繰り返した。科学と分別が許すかぎり長く、男を生かしつづけなければならないんだよ。

そして村人たちは贈り物を置いて去った。その日の終わりに、〈羊飼い〉はハンモックに戻された。彼はそこで何年も、窓から空模様を眺めていた。舌を切りとられていても不思議ではなかったが、彼がまったく口をきかなかったので、村人はそうしようと思いつきもしなかった。目をくり抜かれていても不思議ではなかったが、村人たちは自分たちの笑みを彼に見せたがっていた。

深呼吸

Deep Breathing Exercises

金子 浩訳

　デイル・ヨーガスンがもしも気まぐれでなかったら、たぶんその息づかいに気づくこともなかっただろう。しかし、着替えをしに二階へ行く途中で新聞の見出しに目がとまり、たちまち気が変わった。階段をのぼるのをやめて腰をおろし、新聞の記事を読みだした。だがもちろん、それに集中することもできなかった。いつのまにか、彼は家じゅうのすべての物音に耳を澄ましていた。二歳になる息子のブライアンが二階で、眠ったまま深い息をしていた。妻のコリーはキッチンでパンをこねながら、これまた深い息をしていた。

　ふたりの息づかいはぴたりと一致していた。二階のブライアンはいかにも眠っている幼児らしく、鼻汁をずるずるさせているような息づかいだった。いっぽう、コリーは懸命にパン生地をこねながら荒い息をついていた。そこでデイルは新聞そっちのけで考えはじめた。人がこんなふうに——何分間もぴったり同時に——呼吸するなどということは、どれくらいあるものなんだろう？　彼は偶然の一致について頭をひねった。

そしてデイルは気まぐれだったので、着替えなければならないことを思いだして二階へ行った。そして、もうすっかり春なので、外でバスケットボールの試合を楽しむべく、ジーンズにスウェットシャツという格好で階下におりると、コリーが声をかけてきた。「シナモンを切らしちゃったの、デイル！」

「帰りに買ってくる！」

「いますぐほしいの！」

「この家には車が二台あるんだよ！」デイルは叫び返してドアを閉めた。一瞬、手伝ってやらなくて後悔したが、もう遅れそうなんだし、コリーにとっても、ブライアンを連れて外出するのは悪くないんだと自分に言い聞かせた。なにしろ彼女は近ごろ、家からまったく出なくなっているように思えたのだ。

オールウェイズ・ホーム・プロダクト社の友人同士でつくっているチームは勝利し、デイルは心地よい汗をかいて家に戻った。家にはだれもいなかった。パン生地はありえないほどふくらみ、調理台全体に広がって、大きなかたまりがいくつも床に落ちていた。コリーはずいぶん長く家をあけているらしかった。どこで長居をしてるんだろう、と彼はいぶかった。

やがて警察から電話がかかってきた。それであれこれ考える必要がなくなった。コリーにはうっかり赤信号を見逃してしまう癖があったのだ。

葬式には大勢が参列した。デイルの実家が大家族だし、デイルは会社で好かれているからだ。デイルは自分の両親とコリーの両親のあいだにすわった。弔辞がだらだらと続いたが、デイルは気まぐれなので、これだけの弔問客のなかで心から悲しんでいるのは数人しかいないという事実について考えつづけた。コリーは会社の行事や社交上の集まりを毛嫌いしていたので、実際に彼女を知っているのは数人だけだった。コリーは、たいていはブライアンとふたりで家にいて主婦の務めを完璧にはたし、本を読み、つまるところひとりでいた。弔問客の大多数はデイルのために、彼を慰めるためにやってきていた。ぼくは慰められてるんだろうか、とデイルは自問した。友人たちには慰められてないな——彼らはなんと声をかけていいかわからず、ぎこちなくとまどっていた。正しい本能に恵まれているのはデイルの父親だけだった。父親はデイルを抱きしめると、いまは亡き妻子以外のあらゆる事柄について話しかけた。ふたりの遺体は事故で無残なありさまになっているので、棺の蓋は閉じられたままになっていた。夏になったらスペリオル湖へ魚を釣りに行こうという話が出た。六十五歳定年制は社長にも適用されるべきだと主張している、コンチネンタル・ハードウェア社のくそ野郎どもも話題になった。どうでもいい話だった。だが、それがよかった。デイルは悲しみを忘れられた。

しかしデイルは、自分がコリーにとって良い夫だったかどうかについて悩みはじめた。毎日家に閉じこもったままで、彼女は本当に幸せだったのだろうか？　デイルは何度も連れだそうとした。連れだして人に会わせようとしたのだが、彼女はいつもいやがった。けれども、デイルには自分がコリーを理解していたかどうかわからなかったので、答えは、確信のもてる答えは見つからなかった。それにブライアンだ——ディルにはブライアンがまったくわかっていなかった。息子は頭がよくて飲みこみが早く、ほかの子が単語で苦心しているのに文章をしゃべっていた。だけど、ぼくはあの子となにか話したことがあったっけ？　ブライアンが親しかったのは母親だけだった。そして、コリーが親しかったのもブライアンだけだった。ある意味で、それはふたりのあのぴたりとそろっている呼吸——最後にディルが耳にしたあの息づかい——のようなものだった。体のリズムまでそろっているかのようだった。ふたりは息を引きとったのも同時だったし、リズムの一致は墓地まで続いたのだと考えると、なぜかうれしくなった。ブライアンが生まれて以来、なにもかも分かちあっていたふたりが、いま同じ棺を分かちあって墓穴におろされるのだ。

またも悲しみが押し寄せてきた。泣きに泣いて、涙はもう涸れはてたと思っていたから、ディルは驚いた。ところが、流す涙はまだたっぷり残っていた。これからは無人の家に帰らなければならないからか、それともいつも家族からいささか疎外されていたせいなのか、彼にはよくわからなかった。結局のところ、あの棺はぼくたちの関係のあらわれにすぎないんじゃないのか？　それは生産的な思考ではなかったので、ディルは気分を変えることにした。

そして彼の両親が同時に呼吸していることに気づいた。

穏やかな、ほとんど聞こえないほどの息づかいだ。しかしディルは聞きとめて両親のほうを見やった。ふたりの胸は同時に上下している。ディルは動揺した——呼吸の一致は、思ったより一般的な現象なのだろうか？　ほかの人々の息づかいにも耳を澄ましてみたが、コリーの両親は同時に呼吸していなかった。また、デイル自身の呼吸はまちがいなく独自のリズムを刻んでいた。しばらくすると、デイルの母親が彼を見つめて微笑し、無言のコミュニケーションをとろうとやさしくうなずいた。デイルは無言のコミュニケーションってやつが苦手だった。意味ありげな間をおかれたり、わけ知り顔を向けられたりすると、いつも途方に暮れてしまった。そしていつも、ズボンのファスナーがあいていないかどうか確かめたくなった。また気分が変わり、あっさり呼吸のことを忘れた。

空港に着くまでは。ロサンゼルスで技術的な問題が発生したせいで、飛行機の到着が一時間遅れていた。両親と話すことはたいしてなかった。父親でさえ話題が尽きてしまい、彼らはほとんど黙ってすわっていた。ほかの乗客たちもほとんどが無言だった。そばにすわっていたスチュワーデスとパイロットでさえ、黙って飛行機の到着を待っていた。

静寂が特に深くなったとき、デイルはふと、父親とパイロットが組んだ脚をぴったり同じリズムでぶらぶら動かしていることに気づいた。そこで耳を澄ますと、そのゲートの待合所には強烈な音が流れているのがわかった。多くの乗客が同時に息を吸い息を吐く、シューシューというリズミカルな音だ。デイルの母親と父親も、パイロットもスチュワーデスも、それ以外の数人の乗客も同時に呼吸していた。彼は動揺した。どうなってるんだ？　ブライアンとコリーは母子だった。両親は何十年も連れ添ってる。だけど、どうしてこの待合所にいる人の半分が同時に呼吸してるんだ？

デイルはその事実を父親に指摘した。

「妙な話だが、おまえのいうとおりのようだな」父親は、その奇妙な出来事をむしろおもしろがった。デイルの父親は奇妙な出来事が好きだった。

そのときリズムが乱れた。飛行機が地上走行して窓のほうに近づいてきたので、人々が動きだし、飛行機に乗る準備をはじめたからだ。しかし、実際に搭乗できたのは、それからたっぷり三十分待たされたあとだった。

その飛行機は着陸に失敗してばらばらになった。乗っていた人々の約半数が生き残った。しかし、全乗員とデイルの両親を含む数名の乗客が墜落時に死亡した。

そしてそのとき、デイルはあの呼吸が、偶然の一致や長年の親密さの結果ではないことに気づいたのだった。それは死の前触れだった。彼らが同時に呼吸していたのは、一緒に息を引きとることになっていたからなのだ。デイルはこの考えをだれにも打ち明けなかったが、なにかから気がそれたとき、ついそのことに思いをめぐらしてしまった。心から大切にしていた家族を全員失ってしまったことでくよくよするより、そのほうがましだった。自分をさらけだせる相手、一緒にいてくつろげる相手がいなくなったいま、気が安まるときがなくなってしまった、などと思い悩むのはもううんざりだった。この知識を利用すれば命を救えるかもしれないと考えるほうがずっとましだった。結局、デイルはしばしば、こんどこの現象に気づいたら、その人の命を救うために注意か警告をするべきかどうかについて、終わりのない循環論法にも思える考えにふけった。でも、ぼくが命を救おうとしたら、彼らは同時に呼吸しなくなるんだろうか？　もしもぼくがあのとき警告して、両親が飛行機の便を変更し、そのおかげで死なずにすんだら、そもそも同時に呼吸することはなかったんじゃないだろうか？　だとしたら、ぼくは警告できなくて、両親は便の変更をすることなく、その結果死んでしまったんじゃないだろうか？　でも、だとしたら同時に呼吸したはずだし、ぼくはそれに気づいて警告したはずだから……

かつてデイルの脳裏をよぎったどんな思いよりもこの考えは彼の心に強くとり憑き、容易にほかのことを考えられなくなった。そして仕事に支障が出はじめた。仕事の速度が落ち、ミスが多くなった。呼吸にばかり神経を集中し、秘書たちや同僚の重役たちの息づかいに絶えず耳を澄まし、彼らが同時に呼吸する致命的な瞬間を待ちかまえていたからだ。

フレンチレストランでひとりで食事していたとき、デイルはまたその音を聞いた。近くのすべてのテーブルから、いっせいにため息のような息づかいがはじまった。すぐに確信を抱いた。そこでテーブルからさっと立ち、急ぎ足でレストランの外へ出た。レストランのドアの右側のテーブルすべてから、あいかわらず同時の呼吸音が聞こえていたので、勘定を払うためにに立ちどまりさえしなかった。

当然のことながら、給仕長が無銭飲食に激怒して大声で呼びとめた。デイルは返事をしなかった。「ちょっと！　お勘定をいただいてませんよ！」男はそう叫ぶと、デイルを追って通りに飛びだした。

デイルには、どれだけ遠ざかればレストラン内の全員が直面している危機から逃げられるのかわからなかった。だから結局、逃げつづけるしかなかった。レストランから二、三軒しか離れていない歩道上で給仕長が追いついてきて、デイルを店に連れ戻そうとしたが、デイルはあくまで抵抗した。

「勘定を払わないで逃げやがって！　いったいどういうつもりだ！」

「戻るわけにはいかないんだ」デイルは叫んだ。「金なら払う！　いまここで払ってやる！」そして財布から金を出そうともたついているとき、大爆発によって彼と給仕長は地面に吹き飛ばされた。レストランから炎が噴きだして人々の悲鳴が渦巻き、爆発の勢いで建物が崩れだした。建物のなかにいた人が、ひとりでも生きているとは思えなかった。

デイルが立ちあがると、レストランの給仕長も、恐怖に目を見開きながら立ちあがった。そして、そうかわかったぞという顔でデイルをにらみつけて、「知ってたんだな！」と叫んだ。「あんたは知ってたんだな！」

デイルは裁判で無罪になった――過激派からの電話と、いくつかの州にわたる大量の爆発物購入を手がかりに、別の人物が起訴され有罪判決を受けたからだ。しかし、裁判中の言動からデイル本人も数名の精神科医も、彼には深刻な異常があるという確信を抱いた。そこでデイルは自主的に入院し、そこでハワード・ラミング博士と何時間にもおよぶ面談をした。そこで博士はデイルの異常、つまり呼吸が迫りくる死の予兆であるという強迫観念を理解しようと努めた。

「これ以外のすべての点では、ぼくは完全に正常ですよね、博士？」デイルは何度もそうたずねた。そして博士のほうも繰り返し訊き返した。「正常とはなにか？　だれが正常なのか？　どうしてわたしにそんな判断ができると思うのかね？」

やがてデイルは、その病院が居心地の悪い場所ではないことに気づいた。そこは私立病院で、大金がどんどん流れこんでいた。ほとんどの患者が自発的な入院患者だったので、環境を極上に保っておく必要があったのだ。デイルはこれで何度目かに、父親の遺産をありがたく思った。病院内なら安全だった。外界との唯一の接点がテレビだったからだ。やがて病院内で人と会って交流するようになり、デイルはしだいに緊張を解くようになった。呼吸についての強迫観念もしだいに薄れ、呼気と吸気の音に熱心に耳を澄ますことがなくなって、他人同士の呼吸のリズムが一致しているかどうかを気にしなくなった。デイルは昔の、気まぐれな自分を徐々に取り戻しはじめた。

「もうほとんど治りましたよ、博士」ある日、バックギャモンに興じながら、デイルはそう宣言した。

博士はため息をついた。「わかっているよ、デイル。わたしもそれを認めざるをえない——がっかりだね。いや、きみが完治したことがではない。ただ、きみといると、差し障りのある表現かもしれないが、新鮮な空気を呼吸できるような気がしていたものでね」ふたりともちょっと笑った。「はやりの神経衰弱をわずらっている中年女性には、もううんざりなんだ」

デイルは二倍勝ちをされた――サイコロの目がことごとく裏目に出たのだ。だが、この次はたぶん勝てるだろうと思ったので気にしなかった――デイルはいつもそんなふうだった。

やがてデイルとラミング博士はテーブルを立ち、娯楽室の正面のほうへ歩いていった。そこではちょうど、テレビ番組がニュース速報で中断されているところだった。テレビを観ていた人々は不安そうな表情になっていた。病院のテレビでは、ニュース番組は許されていなかった。このようなニュース速報だけが、ときたま侵入してくるのだった。ラミング博士はすぐにテレビを消そうとしたが、そのときアナウンサーの声が耳に入った。

「……衛星から、合衆国の主要都市すべてが完全に破壊される可能性があります。大統領にはすでに、軌道上のミサイルの標的となっている五十四都市のリストが伝えられています。声明によれば、これがただの脅しではなく、要求が受け入れられなかったら攻撃が実行されることを証明するため、そのうちひとつの都市はただちに破壊されるのだそうです。また、民間防衛当局者に対してもすでに通告がおこなわれており、五十四都市の市民には、まもなくただちに避難するよう伝えられることになっています」そして、例によって特別レポートや背景解説が続いたが、記者や解説員はみな不安そうだった。

しかし、デイルは特別報道番組に集中していなかった。もっとずっと気がかりなことにすっかり心を奪われていたからだ。デイル自身を含め、部屋にいる全員の呼吸が完璧に一致していたのだ。彼は必死にリズムを破ろうとしたが、できなかった。

ぼくが怖がってるせいだ、とデイルは考えた。報道番組のせいで息づかいが聞こえてるような気になってるだけなんだ。

　そのとき、デンバーの記者が全国ネットの放送を押しのけて画面にあらわれた。「デンバーは、みなさん、デンバーは標的になっている都市のひとつです。市当局の要請によりお知らせします。ただちに秩序ある避難を開始してください。すべての交通法規を守ってください。次にお知らせする地区のかたから、車で市の東へ……」

　記者がふいに口を閉ざし、荒い息をつきながらイヤホンに聞きいった。

　記者の呼吸は、部屋にいる全員の息づかいとぴったり一致していた。

「デイル」ラミング博士がいった。

　空から死にねらわれているのを感じながら、デイルは黙って息をしていた。

「デイル、息が聞こえているかね？」

　もちろん聞こえていた。

　記者がまた話しだした。「まちがいありません、標的はデンバーです。ミサイルはすでに発射されています。ただちに市内から退去してください。なにがあっても止まらないでください。残された時間は、推定で——三分を切っています。ああ、なんてこった」記者は椅子から立ち、荒い息をつきながらカメラの範囲から走りでていった。テレビ局にはもう、機器のスイッチを切る者はいなかった——テレビはローカルニュースのセットを映しつづけた。

　空っぽの椅子、テーブル、それに天気予報図。

「いまから避難してもまにあいません」ラミング博士が部屋の患者たちにいった。「ここはデンバーの中心のすぐ近くです。われわれにできるのは、床に腹這いになるくらいのものです。なるべくテーブルや椅子の下に入ってください」おびえきっている入院患者たちは権威者の指示に従った。

「治ったと思ってたのにな」ディルが震える声でいった。ラミングはかすかに笑みを浮かべた。彼らは部屋の真ん中に並んで腹這いになった。家具はほかの人々に譲った。ふたりとも、家具の下に入ってもなんの役にもたたないと知っていたからだ。

「きみがここにいるのは大間違いだ」ラミングがディルにいった。「生まれてこのかた、きみ以上に正気な男には会ったことがない」

だが、ディルはうわの空だった。差し迫った自分の死のことではなく、棺に入ったコリーとブライアンのことを考えていた。そしてすさまじい強風が大地を吹きさらい、空で起きた真っ白な爆発が棺を一瞬で灰にするさまを想像した。ついに壁が崩れるんだ、とディルは思った。もうすぐぼくは、可能なかぎり完全にあのふたりに寄り添えるんだ。ディルは、歩く練習をしていたブライアンが、倒れて泣いたときのことを思いだした。そのときコリーは、「泣くたびに抱き起こさないで。泣きさえすればなんとかなると思っちゃうじゃないの」といったものだった。そこで三日間、ディルは泣きわめくブライアンの声を聞いているだけで、一度も手を貸さなかった。するとブライアンは、たちまち上手に歩けるようになったのだ。しかし、突如としていま、ディルはまた抵抗しがたい衝動に駆られ、もう一度ブライアンを抱き起こし、あの哀れなほど赤い泣き顔を自分の肩にあてながら、もう大丈夫だよ、パパが抱っこしてるんだからね、といってやりたくなった。

「もう大丈夫だよ、パパが抱っこしてるんだからね」ディルは低く声に出してつぶやいた。するとそのとき、真っ白な光が強烈にひらめいて、窓から見るように壁の向こうがはっきり見えた。もう壁がなかったからだ。そして全員の体からいっせいに息が絞りだされた。いきなり声を奪われたので、無意識に全員が叫び、それから永久に沈黙した。まったく同時に全員の喉からひねりだされた彼らの叫びは、あらゆる音をさらう暴風にすくいあげられて、かつてデンバーだった廃墟を包みこんでいる雲へと舞いあげられていった。

そして最後の一瞬、叫びが肺から絞りだされ、熱で顔から眼球が飛びだしたとき、ディルは思いあたった。あれだけの予知をしたというのに、命を救えたのはあのレストランの給仕長の命だけだったし、おまけにその命はディルにとって、まったく意味のない命だったということに。

タイムリッド
Closing the Timelid

山田和子訳

ジェミニはクッションを置いた寝椅子に体を預け、ボックスを頭上にスライドさせた。ボックスの内部は真っ暗で、光は肩の下から入ってくるだけになった。

「よし、始めるぞ」オリオンが言った。ジェミニは身構えた。スイッチのカチリという音が聞こえ（それとも誰かがハッと口を閉じた時に歯がぶつかった音？）、タイムリッドの闇が彼を包みこんで、外の明かりが完全にシャットアウトされた。目の隅に緑や橙や紫やその他名前のない無数の色が躍った。

次の瞬間、ジェミニは、道路脇の深い繁みの中に立っていた。生い繁った草の葉が風に揺れて、重たげに腰を撫でた。ジェミニは進み出た。行く手にあるのは――

道路。オリオンの言ったとおりだ。待つのは一分ほど。

ジェミニは両手を突いて、こわごわと土手を滑り降りていった。驚いたことに、土は柔らかく湿っていて、手が泥だらけになった。土は硬いはずだとジェミニは思っていた。百科事典の写真だけで、そう思いこんでしまっていたようだ。足の下からも柔らかな地面の感触が伝わってきた。

ちらりと背後を振り返ってみる。土手に、自分が降りてきた跡が二本の筋になって残っている。ぼくはこの世界に印をつけたんだとジェミニは思う。特別の意味があるわけではないけれど、ともかく、人間がまだ世界に痕跡を残すことができたこの時代に、ぼくの痕跡がある。

道路の先にまぶしい光が現われた。トラックが近づいてくる。空気をかいでみたが、何の匂いもしない。どの本にも、この時代の車のガソリンの匂いはすごかったと書いてあるのに。きっと、まだ離れているからだろう。

ライトの方向が変わる。カーブだ。もうまもなく、ここにやってくる。くねくねと曲がる山道で、約束の時間に遅れないようにするために、脇道に入ったのだ。

ジェミニは道路に踏み出した。これから起こることを考えて、体じゅうに震えが走った。もちろん、タイムリッドはこれまでにも何度か経験している。みんなと同じように、歴史上の大きな出来事をいくつかまのあたりにした。システィーナ礼拝堂の天井画を描いているミケランジェロ。『メサイア』を作曲中のヘンデル（どの一節であれハミングするのは厳禁）。『恋の骨折り損』の初日公演。ほかには、ジェミニの歴史の趣味に合った、ちょっと変わった出来事がいくつか——政治家ジョン・F・ケネディの暗殺、ロレンツォ・デ・メディチとナポリ王の会談、火あぶりにされるジャンヌ・ダルク。あれは陰惨だった。

そして今ついに、ジェミニは、自分が生きている現在では体験できないこと――生きたまま体験するのは絶対に不可能なことを、過去の時間の内で体験しようとしていた。

死だ。

トラックが車体を傾けながらコーナーをまわる。ヘッドライトが反対側の土手を照らし出し、大きく弧を描いてこちら側に向きを変える。そのライトに明々と照らし出された直後、ジェミニはフロントガラスめがけて思いきりジャンプした（驚愕した運転手の顔、目をくらませるライト、金属のゴツゴツした感触）。そして、
あああああああ。なんだなんだなんだこの痛さは。引き裂かれていく全身の分子ひとつひとつが感じられるほどのこれまでに体験したことのない猛烈な痛みに全身が絶叫する。骨がハンマーで叩き割られる古い材木のように激しい音を立てて砕ける。ゼリーのようにずるずると四方八方に流れていく肉片と脂肪。トラックの前面を覆いつくすおびただしい血。頭蓋骨と脳がつぶれた瞬間、眼球がぐいと押し出されて、そのままの勢いでどこかに飛んでいってしまおうとする。ノーノーノーノー――意識が消える最後の瞬間、ジェミニは叫んだ。ノーノーノーノー、やめてくれ！

緑と橙と紫とその他無数のまばゆい色が視野の隅で躍りまわった。体の内部がねじれ、意識が大きく揺らぎ、そしてジェミニは戻っていた。タイムリッドの絶対不変の数理システムによって、死から引き戻されたのだった。傷ひとつない全身の感覚がいっきに蘇ってくる。分子のひとつひとつが感じ取れる。そう、トラックに激突した時と同じくらいはっきりと、

だが今はとてつもない喜びとともに――その喜びは完全無欠だった。単なる身体的なオルガスムには気づきさえしないほどの、圧倒的な歓喜の一大シンフォニー。タイムリッドの闇の帳が上がり、ボックスがスライドバックした。ジェミニはぐっしょりと汗をかき、喘ぎながら、同時に笑い、泣いていた。歌いたくてたまらなかった。どうだった？――周りに集まったみんなが目を輝かせて聞いた。どうだった、どんな感じだった、何に似ていた？

「何にも似ていなかった。そう――」ジェミニには言葉が見つからなかった。「神が正しい者に約束して、サタンが罪人に約束したありとあらゆるものが一緒くたになったみたいな――」ジェミニは、あの甘美な苦悶を何とか説明しようとした。この世のあらゆる喜びを無にするほどの歓喜、それは――

「妖精の粉よりいい？」ひとりの若者がおずおずと聞いた。彼がこれほどまでにおとなしいのは、間違いなく妖精の粉を使っているからだとジェミニは察知した。

「これを体験したあとだと、妖精の粉なんてトイレに行くみたいなものだ」

全員が大笑いし、口々に次は自分の番だ（「オリオンには本当にパーティってものがわかってるよな」）と騒ぎ立てる中、寝椅子を離れたジェミニは、オリオンが数メートル先の操作盤の前に立っているのに気づいた。

「楽しんだかい？」オリオンは友人にやさしく笑いかけた。

ジェミニは首を横に振って、「二度とやらない」と言った。

オリオンは瞬時、動揺したようだった。その顔に心配そうな表情が浮かぶ。「そんなにひどかった？」

「そうじゃない。強烈だった。絶対に忘れられないよ。あれほどまでに——生きているって感じたことはこれまでに一度もなかった、オリオン。いったい誰に考えられる？　死があんなにも——」

「輝かしいものだとは」とオリオンが言葉を継いだ。髪がはらりと垂れて額を覆った。日にかかった髪を振り払うと、「二度目はもっといい。死をゆっくりと味わう余裕ができる」

ジェミニは再度首を振った。「ぼくには一度で充分だ。人生はもう絶対に退屈なものにはならない」そして、笑いながら「そろそろほかの誰かの時間だよ。ほら」

寝椅子にはすでにハーモニーが横になっていた。素っ裸だった。ゲストたちには少々刺激が強すぎる姿だが、彼女は、「冷たい金属をじかに感じたいの」と言った。オリオンはその格好のまま彼女を待たせ、セッティングを調整した。その間に、ジェミニはひとつ質問を思いついた。「オリオン、あなたはこれまで何回くらい、これをやったの？」

「嫌ってほどさ」オリオンはタイムクリップのホログラフィモデルを調べながら言った。ジェミニはふと思った。死は妖精の粉みたいに中毒にならないんだろうか。どんどんエスカレートしていって、はまりこんで抜け出せなくなったりなんてことはないんだろうか。

ロッド・ビングレーは、ショックと恐怖に激しく喘ぎながら、何とかトラックを停めた。

目はまだフロントガラスにべっとりとついた血糊に釘づけになったままだ。血糊は本物としか思えない。あとは、嵐のあとの道路からタイヤが撥ね上げた砂と泥。

ロッドは力まかせにドアを開けてトラックから跳び降り、前方にまわった。何とかしなければ——何を？　あの男が生きている見込みはない。でも、身元を確認できるものは何かあるだろう。不気味な白い服を着て、こんな山道をふらふら歩いているなんて——精神病院から脱走してきたのか？　しかし、このあたりには病院などひとつもないはずだ。

そして、トラックの前方には、死体もなかった。

ロッドはピカピカの金属や、何もついていないフロントガラスに手を走らせた。ラジエーターに貼りついた虫が何匹か。

このへこみは前からあっただろうか。ロッドには思い出せなかった。次いで、後ろ側も含めてトラックの周囲をじっくりと眺めてみた。何の痕跡もない。あれは頭の中で想像しただけだったのか？

そうに違いない。しかし、あまりにもリアルだった。酒は飲んでいないし、薬もいっさい使っていない。まっとうなトラック運転手なら、目を覚ましておくための薬を使うなど絶対にしない。ロッドは首を振った。背中がゾワッとした。誰かに見られている。そっと肩越しに振り返ってみる。だが、風に小さく揺れている木があるばかりで、動物の気配すらない。蛾が何匹かヘッドライトに集まりはじめている。それだけだ。

何もないことを怖がっている自分が恥ずかしくなった。それでも、ロッドは急いで運転席に戻り、バタンとドアを閉めてロックした。スターターのキーをまわす。それから、否応なく目を上げて、フロントガラスの向こうを見る。あの目がまた見えるのではないか――なかばそう思いながら。

フロントガラスはきれいなままだった。時間に間に合うよう、急がねばならなかった。行く手には延々とカーブが続いている。

ロッドはさらにスピードを上げた。また幻覚に襲われたりしないうちに、一刻も早く人間のいる場所に着かなくては。

そして、新たなカーブにさしかかり、ヘッドライトが弧を描きながら行く手の木々を浮かび上がらせていく中、右手前方に白いものが翻ったのが見えたような気がした。ライトが彼女の姿をとらえた時、トラックはもうすぐそばまできていた。裸で立っている美しい若い女。全身から欲望を発散させて。両脚を大きく広げ、両腕を高く掲げて。トラックがぶつかる寸前、彼女は軽く膝を曲げ、ジャンプした。ロッドは渾身の力をこめてブレーキを踏みこむと同時に、右に大きくハンドルを切った。結果、彼女はトラックの中央ではなく左側、ロッドの真正面に突っこんできた。片方の腕が運転席の端で狂ったように動きまわり、手がサイドウィンドウを連打したかと思うと、全身がバシッとトラックに叩きつけられた。

トラックが完全に停止した時、ロッドはすすり泣きのような声を漏らした。女の手は体の横にだらりと垂れ下がっていて、もうドアをブロックしてはいない。即座に運転席から降り、開いたドアをぐるっとまわって前部に行くと、車体に貼りついた女に手を伸ばした。体はあたたかい。手は本物だ。目の前に突き出した尻に触ってみる。それは柔らかく甘美な感触を伝えてきたが、しかし、その下で骨盤が砕けているのがわかった。その時、体が車体から滑りはじめ、ずるずると、油にまみれた砂利の路面に落ちていった。

そして、消えた。

瞬時、ロッドはその事実を冷静に受け止めた。彼女は車体から落ちた。そして今、そこには何もない。フロントガラスに残った小さなひび割れ（これは新しいものだ、これまでは絶対になかったものだ！）以外に、女がいたことを示すものは何もない。

ロドニーは絶叫した。

その声は渓谷の反対側の断崖にぶつかり、木霊が返ってきた。木々が音を増幅させたらしく、木立の中に戻ってきた声は大きくなっていた。フクロウがホーホーと鳴き返した。

ロッドはようやく運転席に戻り、再びトラックを走らせはじめた。ゆっくりと、だが、右に左にふらふらと蛇行しながら。彼は考えつづけた。いったいぜんたいおれの頭はどうなってしまったんだ……。

ハーモニーは激しく喘ぎ、全身をブルブルと震わせながら、寝椅子から転げ出た。

「セックスよりよかったか？」とひとりの男が聞く。彼女のベッドにもぐりこもうとして失敗したやつに違いない。

「セックスそのものだったわ」とハーモニー。「でも、あなたとのセックスよりずっといいのは確かね」

全員が大笑いした。最高のパーティだ。これよりすごいお楽しみを提供できる者がほかにいるか？　日ごろ、パーティ主催者を自認している者たちも、これは認めざるをえず、口々に次は自分にタイムリッドを試させろと騒ぎ立てた。

その時、ランダムアクセスボックスのドアが開き、警察優先使用のブザーが鳴った。「ガサ入れだ！」誰かがうれしそうな声を上げ、全員が笑いながら拍手した。

警官は若い女性で、エネルギー遮蔽場には慣れていないらしく、おっかなびっくりといった様子で入ってくると、盛り上がっている部屋の真ん中に歩を進めた。

そして、あたりを見まわしながら、「オリオン・オーヴァーウィードは？」と言った。

「わたしだ」操作盤の前にすわったオリオンが油断のない面持ちで言った。横にはジェミニがいる。

「マーシー・マンウール巡査。ロサンゼルス時間部隊所属」

「やばい」誰かがつぶやく。

「ここに入る権限はないはずだ」オリオンが言う。

「われわれはカナダ・クロノスポット・コーポレーションと司法権行使の相互協約を交わしています。さらに、あなたが二十世紀第八期の時間軌跡に干渉したと信ずべき理由があります」女性警官は冷ややかな笑みを浮かべた。「われわれはふたつの自殺を目撃しました。そして、あなたの個人タイムリッドの最近の使用履歴を詳細チェックしたところ、これまでにも何度か同じ行為を行なった事実が判明しました。あなたはどうやら新式の時間レクリエーションを実施しているようですね、ミスター・オーヴァーウィード」

オリオンは肩をすくめる。「単なる思いつきの気晴らしですよ。でも、わたしは時間軌跡に干渉したりなどしていない」

女性警官は操作盤に歩みより、迷うことなく電源スイッチに手を伸ばした。その手首を、オリオンがぐいとつかんだ。前腕の筋肉が強烈な力でふくれ上がっているのを見て、ジェミニはびっくりした。オリオンは何かスポーツでもやっていたのだろうか。もちろん、いかにもオリオンらしいけれど、こういった下級警官に対しては——

「令状を」オリオンは言う。

女性警官は腕を引き、「時間部隊監視チームから公式な申し立てが提出されています。それで充分です。わたしにはあなたの行為を中断させる義務があります」

「法律によれば」とオリオン。「あなたは正当な理由を示さなければならない。われわれが今晩やったことは、どんな形であれ、絶対に歴史を変えたりはしていない」

「あのトラックは自動操縦されているわけではありません」女性警官の声がしだいに高くなっていく。「人間が乗っているんです。あなたは、彼の人生を変えようとしている」

オリオンは笑っただけだった。「監視官たちはまだ宿題を終えていないようだな。わたしはちゃんとすませている。ほら」

オリオンは操作盤に向きなおり、シークエンスを早送りさせた。フォーカスは、すごい勢いで山道を下っていくトラックのシャドウイメージに合わせられている。右に左に果てしなくターンを繰り返すトラック。やがて、ホログラムはトラック上に固定され、画面は躍るように飛びすぎていく周囲の風景となった。トラックがカーブを曲がったり道路の窪みを通過したりするたびに、風景は右に左に上に下にと揺れ動いた。

そうしてふたつの尾根にはさまれた渓谷の底近くまで来たところで、トラックは、河を渡る細い橋に続く長いゆるやかなカーブにかかった。

しかし、そこに橋はなかった。

トラックは停まりきることができず、切れ落ちた道路の端で大きく横滑りし、渓谷を見おろす空中に宙吊りになったかと思うと、次の瞬間、横ざまにぐらりと路端を離れ、そのまま回転しながら——断崖の壁面にトラックの右側が、次いで左側が激突する——落下していき、水面から十メートルあまり上のところに突き出たふたつの岩の間に突っこんで停まった。運転席は完全につぶれていた。

「彼は死んでいる」オリオンが言う。「つまり、われわれが何をやったにせよ、それは彼が最後に他人に接触してから死ぬまでの間のことであって、これは禁止条項には抵触しない。規定によれば、そうなっている」

警官の顔が怒りに赤く染まった。

「あなたが飛行機や沈んでいく船でちょっとしたゲームをやったのも見ています。でも、これはあまりに残虐です、ミスター・オーヴァーウィード」

「死んだ人間に対する残虐行為は、当然ながら、残虐行為には当たらない。わたしは歴史を変えていない。そして、ミスター・ロドニー・ビングレーは死んでいる。もう四世紀以上も死んでいる。わたしは、生きている人間には誰ひとりとして危害を加えてはいない。だから、あなたはわたしに謝罪する義務がある」

マーシー・マンウール巡査は首を振った。「あなたはローマ人と同じくらいひどい。大勢の人を円形劇場に投げこんでライオンに食いちぎらせたあの連中と――」

「ローマ人のことは知っている」オリオンは冷ややかに言う。「彼らがライオンの前に放りこんだ人たちのことも。だが、わたしが放りこんでいるのは友人たちだ。そして、全員を連れ戻している。どのタイムリッドにも取りはずし不可能な形で組みこまれているハンブルガー安全装置の完全回収再構成機能によって、しごく安全に。だから、あなたはわたしに謝罪する義務がある」

警官は背筋をピンと伸ばした。「ロサンゼルス時間部隊は、オリオン・オーヴァーウィードの行為に関して妥当でない申し立てをしたことを公式に謝罪します」

オリオンはにやりと笑った。「心からの言葉とは思えないが、受け入れるとしよう。さて、ここにいるからには、飲み物を差し上げたいが――何をご所望かな？」

「ノンアルコール飲料を」と即答すると、彼女はオリオンからジェミニに視線を移した。ジェミニは悲しげな、だがきっぱりとしたまなざしで彼女を見つめていた。オリオンは、グラスと飲み物を——この家にはたしてノンアルコール飲料があっただろうか——探しにいった。

「とても立派だった」とジェミニは言った。

「そして、ジェミニ、あなたは」とマーシーは静かに（ほとんど声に出さずに）言った。

「このトラベルの最初の被験者だったわね」

ジェミニは肩をすくめた。「これまでぼくが参加しないことについて何か言った者はひとりもいない」

マーシーは振り返った。オリオンが飲み物を手に戻ってきて、笑いながら、「コカコーラだ」と言った。「はるかブラジルから輸入しなければならなかった。ブラジルでは今でもオリジナルのコカコーラが飲まれているんだ」マーシーはコカコーラを受け取って飲んだ。

オリオンは再び操作盤についた。

「次！」と大声を上げると、ひとりの男性と女性が寝椅子に跳び乗った。ほかの者たちが頭上にボックスをスライドさせる間、二人はずっと声を上げて笑っていた。

ロッドには数がわからなくなっていた。最初はカーブの数を数えようとした。次に道路の白線の数。だが、やがて敷きなおされたばかりのアスファルトが白線を覆ってしまった。その次は星の数。しかし、頭にこびりついて離れようとしない数はただひとつ、9だった。

9

全部で九人。

ああ、神様――とロッドは無言で祈る――、いったい何が起こっているんだ、このおれにいったい何が。この夜を変えてくれ、目を覚まさせてくれ、何が起こっているにせよ止めてくれ。

灰色の髪の男がひとり、道路脇に立って放尿していた。ロッドはスピードを落とした。ほとんど前進していないほどの速度まで落とし、じりじりと男の脇を通り過ぎていく。男がわずかでも跳び出そうとする気配を見せたら、即座に停まれるように。だが、灰色の髪の男は小便を終え、たくし上げていたローブを元に戻すと、にこやかにロッドに手を振っただけだった。ロッドは大きく安堵の息をついて、トラックの速度を上げた。

……ローブ。あの男はローブを着ていた。ローブを着ている男なんているわけがない――この血みどろの夜以外には。その瞬間、サイドミラーに、男の白い影がリアタイヤの下に身を投じる映像が映った。ロッドは思いきりブレーキを踏みこみ、ハンドルに頭を叩きつけ、大声で泣きはじめた。身も世もあらぬその泣き声は運転席を揺るがし、頑強なスプリングの上に載ったトラック全体をもかすかに揺らした。

ロッドは、どの死にも、事故（おれのせいじゃない！）の直後の妻の顔を見ていたのだった。彼女は即死し、一方、ロッドはかすり傷ひとつ負わず、大破した車からそのまま歩き去った、あの事故。

おれは生きていてはいけないんだ。事故のあと、ロッドはそう思い、今また、同じことを思った。おれは生きていてはいけないんだ。そして今、神が告げている。おまえは人殺しだと。このタイヤとこのエンジンとこのハンドルで人を殺したんだと。

　そして、彼はハンドルから目を上げた。

　オリオンはずっと笑いながら、トラックの運転手をどうやってだましてスピードを上げさせたかというヘクトルの話を聞いていた。

「あいつは、おれが道路脇の繁みに放出中だと思った!」ヘクトルが再度雄叫びを上げ、オリオンも友人に向けて新たな笑いを爆発させた。

「それから、バック転でタイヤの下に跳びこむとはな! その場面をこの目で見たかったものだ!」ゲストたちもみな笑い転げている。ジェミニとマンウール巡査を除いて。

「見られるじゃないの」マンウールが静かに言う。その声が喧騒を貫いて届くと、オリオンは首を振った。「見られるのはホロの映像だけだ。あれはよくない。ホロの映像は全然ダメだ」

「でも、見られるのは間違いないわ」とマンウール。

　ジェミニがオリオンの背後でつぶやいた。「見てみればいいじゃないか、オリー」

　ジェミニが昔の愛称を使ったのにオリオンは驚いたが、その響きは不思議なほど快いものだった。ジェミニも、あのころの記憶を忘れないでいるのか。オリオン自身がそうであるように。オリオンはゆっくりと振り返り、ジェミニの悲しげな深い目を見た。「おまえもあの場面をホロで見たいのか?」

ジェミニはほほえんだだけだった。それは、ほほえみというより、唇をほんの一瞬、笑みの形にひねるだけのものだった。遠い昔から知っている表情（遠い昔と言っても、ほんの四十年前だが、しかし、四十年前といえば子供時代だ。ぼくはまだ三十歳で、ジェミニは――そう――十五歳。ぼくがスパルタ人で、ジェミニは農奴ヘロット。ぼくがフン族で、ジェミニはスラブ族。そんな遊びをしていたころのこと）。オリオンは笑みを返した。指が操作盤の上で躍った。

ゲストの多くがホロのまわりに集まってきたが、タイムリッドがパーティの余興としてどれほどすごいものだとしても、先刻来の行ったり来たりにうんざりしている者もいて（「メキシコの全域を一時間明るくしていられるだけのエネルギーよ」と、ひとりの女性が蓮っ葉に笑いながら言った。彼女はすでに四人の男性とひとりの女性にセックスの約束をしていて、今は、待ちきれそうにない別のひとりと事を始めようとしていた）、彼らは暗くした部屋の隅で、自分たちだけのデカダンな快楽の行為にふけっていた。

ホロの画面がフラッシュオンした。道をゆっくりと進んでいくトラック。そのホログラフィ画像はちらついている。

「どうしてこんなふうになるんだ？」と誰かが聞く。オリオンは機械的に答える。「時間子クロノンは光子フォトンほど数が多くない。そして、時間子は光子よりずっと広いエリアをカバーしなければならない」

続いて、道路脇に立っている男の画像が現われる。それが繁みの中に心ゆくまで放尿しているヘクトルであることがわかると、全員が笑った。彼がローブの裾をおろして手を振ると、再度笑いが湧き起こる。トラックがスピードを上げる。次の瞬間、バック転でタイヤの下に跳びこむ男の姿。後部の二本タイヤの下で体が激しくばたつき、トラックが数メートル先で停まった時には、路上には完全に押しつぶされてぐにゃぐにゃになった体が横たわっていた。ややあって、死体は消滅した。

「見事だ、ヘクトル！」オリオンが再度叫ぶ。「話で聞いたのよりずっといい！」全員が賛意を表わして拍手喝采した。オリオンはホロを切ろうと手を伸ばした。だが、マンウール巡査がそれを押しとどめた。

「オフにしないで、ミスター・オーヴァーウィード。シーンはそのままで、画面を少し先に移動させてみて」

オリオンは瞬時、彼女を見つめたのち、肩をすくめ、彼女の言うとおりにした。画面がズームバックし、それとともにトラックが小さくなっていった。次の瞬間、オリオンの体が強張った。間近で熱心に覗いていたゲストたちも気づいて、同様に息をのんだ。トラックの前方、十メートルと離れていないところに渓谷があり、壊れた橋が待ち受けていたのだ。

「あいつにも見えてるはずだ」誰かが喘ぐように言う。マンウール巡査はオリオンの手首にラブコードを巻き、ピンと張って、反対の端を自分の制服のベルトに留めつけた。

「オリオン・オーヴァーウィード、あなたは逮捕されました。あの運転手には渓谷が見えています。彼は死にません。彼は車を停めました。目前に死が待ち構えていることに気づくだけの時間は充分にあります。彼は生きつづけるのです——この夜、何であれ自分が見たものの記憶とともに。そして、あなたはすでに未来を変えてしまった。未来と現在、そして、彼の時代から現在に至るすべての過去を」

オリオンは生涯で初めて、今、自分には恐れねばならない理由があるのだということを認識した。

「極刑に値する犯罪だ」オリオンはぎこちなく言った。

「わたしとしては、その刑に拷問も加えられることを願うばかりです」マンウール巡査は激した口調で言う。「あなたが、あの哀れなトラック運転手に味わわせたのと同様の拷問を！」

そして、彼女はオリオンを部屋から連行しようとRAMボックスのドアに向かった。

ロッド・ビングレーはハンドルから目を上げ、釈然としない様子で前方の道路を見た。トラックのヘッドライトは何メートルも先まで道路をくっきりと照らし出している。そして、五秒か三十分かもっと長くか、瞬間とも無限とも思える時間を置いて、彼は、自分が見ているものの意味を理解した。

ロッドは運転席を降りて渓谷の端まで歩いていき、下を見おろした。数分間、彼は深い安堵感に包まれていた。

それからトラックに戻ると、車体の傷を数えた。ラジエーターとメタルにへこみがいくつか。フロントガラスに三つのひび割れ。

次いで、男が放尿していた場所まで戻る。間違いない。尿は残っていなかったものの、地面には熱い液体が当たった跡があった。液体が散った土の上の染み。

そして、その朝舗装したばかりなのは間違いない真新しいアスファルト（しかし、それなら橋の前に警告板がまったくないのはどうしてだろう？　今夜の強風が全部吹き飛ばしてしまったのか）の上にくっきりと残ったタイヤの跡。左のリアタイヤの跡だけが、人間の体の幅の分、欠け落ちている。

ロドニーの脳裏に、今日これまでに見た死体の様がまざまざと浮かぶ。つぶれた顔、とりわけ、おびただしい血と砕けた骨の間で輝いていた鉛色の眼球。ロッドには、どれもレイチェルのように思えた。レイチェルがおれにやってほしいと求めていたのは——いったい何だったろう？　おれにはもう夢を思い出すことさえできないのか？

ロッドは運転席に戻り、ハンドルを握った。めまいがし、頭がズキズキと脈打っていたが、彼には、自分が信じられないほど素晴らしい結論の手前にいることが感じられた。このいっさいに対するシンプルな答え。証拠はある。そうとも。死体は消えていたが、自分が彼らを撥ね、轢いたという証拠はある。頭の中の想像ではないのだ。

つまり、彼らは——ここでロッドは次の言葉を出すのをためらった。頭の中でさえ、自分が出した結論に笑わずにはいられなかった——天使に違いない。神が彼らをつかわして教えてくれたのだ。遠い昔、母が教えてくれたように。天使を殺したのは、あの死の意味を教えるためだったのだ。自分は傷ひとつ負わずに現場から立ち去り、妻だけを死なせてしまった、あの死の意味を。

今こそ、この負債を清算する時だ。

ロッドはエンジンをかけ、切れ落ちた道路の端に向けてゆっくりとトラックを前進させていった。前輪がガタンと道の端をはずれて胸が悪くなるような瞬間が経過し、彼は不安になった。トラックが重すぎて、駆動輪はこのまま前部のグリップを失ったトラックを前に進めることができないのではないか。顔の前で両手を組み、ロッドは大声で祈った。「進んでくれ！」

トラックは前方に滑り出し、フロント部分が下を向き、しばし空中に宙吊りになり、そして——落下した。全身がシートに押しつけられ、組んだ手が顔に叩きつけられた。「あなたの御手にこの魂を委ねます」と言うつもりだったのが、代わりに口からほとばしり出たのは「ノーノーノーノーノー」という叫びだった。この際限のない死の否定は、しかし、なんら意味を持たなかった。すでに彼は、渓谷のやさしくも断固たる手に身を委ねてしまっていた。渓谷の手は彼をつかみ、包みこみ、強烈な圧力をかけ、目を閉じさせ、その頭をガソリンタンクと花崗岩の間に導いた。

「待って」ジェミニが言った。

「今さらどうして？」マンウール巡査は言ったが、それでも、ラブコードにつながれて従順に従っていたオリオンともどもドアの前で足を止めた。オリオンは、ラブコードを装着された誰もが浮かべる熱愛のまなざしで巡査を見つめていた。

「彼にもう一度チャンスをあげて」ジェミニは言う。

「そんなもの、あげるに値する人間じゃないわ」とマンウール。「もちろん、あなたもね」

「ぼくは、彼にチャンスをあげてくれと言ってるんだ。せめて、証拠を確認するまで待ってほしい」

マンウールは鼻であしらった。「これ以上どんな証拠が必要だって言うの、ジェミニ？　ロドニー・ビングレーから、オリオン・オーヴァーウィードは残虐非道なヒトラーだっていう署名入りの供述書でももらってこいと？」

ジェミニはにっこり笑って両手を広げた。「ぼくたちはロドニーが次に何をするかを実際には見ていない、いいかい、そうでしょう？　もしかしたら二時間後、まだ誰にも会わないうちに雷に打たれるかもしれない。要するに、あなたたちには時間軌跡がダメージを受けたことを明示する必要がある。それに、ぼくには、現在が変化したという感じが全然しないし――」

「変化は感じられないものなのよ。変化は知られることもない。わたしたちは、実際に起ったこと以外には何も憶えていないのだから！」

「せめて、何が起こるかを見て、ロドニーが誰に話すかを確認してほしい」ジェミニは言い張った。

マンウールはオリオンとともに操作盤の前に戻り、オリオンは、彼女の指示のもと、愛おしげにホロ画像を再び動かしはじめた。

全員が見つめる中、ロドニー・ビングレーは渓谷の端まで歩いていき、そののちトラックに戻ると、トラックを前進させて渓谷に落下し、岩にはさまれて死んだ。

間髪を容れず、ヘクトルが歓喜の雄叫びを上げた。「結局死んだんじゃないか！　オリオンは何も変えなかった。そうとも、何ひとつ変えちゃいない！」

マンウールは不快感もあらわに、ヘクトルに向きなおった。「吐き気がするわ」

「あいつは死んだ」と有頂点で続けるヘクトル。「だから、その馬鹿げたコードをはずせ。でないと、訴えてやる――」

「すっこんでろ、このマスカキ野郎」彼女は言い放ち、何人かの女性がショックを受けたふりをした。マンウールはラブコードをゆるめ、オリオンの手首からスライドさせた。コードがはずれた途端、オリオンは彼女に向きなおって怒鳴った。「出ていけ！　ここからすぐに出ていけ！」

オリオンは、RAMボックスのドアまで彼女についていった。オリオンが彼女を殴るのではないかと思ったのは、ジェミニだけではない。だが、オリオンは自制心を発揮し、マンウールは無傷で部屋を去った。

オリオンは、よろよろとRAMボックスから戻ってきた。石鹼を使っているみたいに、両腕をこすりながら――まるで腕からラブコードとの接触の跡を完全に拭い去ろうとしているかのようだ。「あんなものは絶対に違法にするべきだ。あれをつけた途端、本当に好きになってしまったんだ。あのくそったれな忌々しい女狐ポリ公が好きで好きでたまらなくなってしまったんだ！」オリオンは激しく体を震わせ、それを見て何人かのゲストが笑い、そして呪文は解けた。

オリオンは何とか笑みを浮かべ、ゲストたちはそれぞれのお楽しみに戻った。無神経で冷笑的な者たちでさえ時として見せる気遣いのもと、オリオンはタイムリッドの操作盤の前でジェミニと二人だけになった。

ジェミニは手を伸ばして、オリオンの目にかかったひとふさの髪を払った。「櫛を入れたほうがいいね」ジェミニが言う。オリオンは笑みを浮かべて、やさしくジェミニの手を撫でた。ジェミニはゆっくりと手を引いた。「ごめん、オリー。でも、もう、そういうことはなしだ」

オリオンは肩をすくめるふりをした。「わかってる。いくら昔のよしみだって言ってもな」彼は静かに笑った。「あの忌々しいコードは、ぼくに彼女を好きになるようにさせた。あんなことは、犯罪者にだって絶対やっちゃいけない」

オリオンは、オンになったままのホロの操作盤をあれこれといじった。画面がズームインし、トラックの運転席がどんどん大きくなっていった。時間子(クロノン)の散乱が激しくなって、画像がぼやけ、薄れはじめたところで、オリオンはズームインを止めた。

二人が頭を少し下げ、トラックのウインドウごしに運転席を覗きこむと、ロッド・ビングレーの頭が突き出した岩とガソリンタンクにはさまれて押しつぶされている、まさにそのシーンが見えた。もちろん、細部は識別できない。

長い沈黙ののち、オリオンが「どうなんだろう」と言った。「何か違いはあるんだろうか」

「違いって、何の？」ジェミニがたずねる。

「死さ。直後に目が覚める場合とそうでない場合の死には、どんな違いがあるんだろう」

沈黙。

次いで、ジェミニが小さく笑う声。

「何がおかしい？」

「あなただよ」年下の若者は答える。「あなたがまだ試してみていないことがひとつだけあるよね──違う？」

「どうすれば自分でそんなことができると言うんだ？」オリオンはなかば本気で（本当に〝なかば〟だけか？）問う。「結局は再構成されて連れ戻されるしかないんだから」

「簡単だよ」とジェミニ。「あなたが向こうにいる間に、マシンのスイッチを切ってくれる友達がいればいい。こちらには何も残らない。そうすれば、あなたは、正真正銘の自殺を自分ひとりでやってのけることができる」

「自殺か」オリオンは笑みを浮かべて言った。「ポリ用語を使うなんて、いかにもおまえらしいな」

その夜、ゲストが全員、泥酔の果てにベッドや手ごろな場所で寝こんでしまったあと、オリオンは寝椅子に横たわり、ボックスを頭上に引き寄せた。ジェミニが頬に最後のキスをし、左手を操作盤に載せると、オリオンは言った。「よし。始めてくれ」

数分後、室内にいるのはジェミニだけになった。ひとときもためらうことなく、ジェミニはブレーカーボックスの前に行き、数秒の間、すべての電力を切った。そののち、接続を遮断されたマシンとからっぽの寝椅子の前に戻り、横の椅子にすわった。ほどなく、警察介入のブザーが鳴り、RAMボックスからマーシー・マンウールが歩み出てきた。彼女はまっすぐにジェミニのもとに向かい、彼を抱きしめた。ジェミニは彼女に強くキスした。

「やったのね？」マンウールが言う。

ジェミニはうなずく。

「あの男は生きるに値しなかった」

ジェミニは首を振った。「あなたの考える裁きが実行されたわけじゃないよ、マーシー」

「死んでないの？」

「もちろん死んだrange。でも、それは彼が望んでいたことなんだ。ぼくは、ぼくが考えたプランを彼に話した。そうしたら、彼はぼくにやってくれと頼んだ」

マンウールは怒りもあらわにジェミニを見つめた。「そういうつもりだったのね。あなたが実行して、それからわたしに話す。そうすれば、わたしがそこから喜びを得ることはいっさいできない」ジェミニは肩をすくめただけだった。

マンウールはジェミニに背を向け、タイムリッドに歩みよると、ボックスを撫でた。それからベルトのレーザー銃をはずし、タイムリッドに照射した。タイムリッドはゆっくりと融けていき、やがて、金属のスタンドに熱いプラスチックの塊が残るだけとなった。金属のコンポーネントもいくらか融けて、ほんの少し変形し、曲がっている。

「いずれにしても、過去の蓋はちゃんと閉めておかないと」彼女は言った。「過去は、本来あるべき場所にとどまっていればいいのよ」

ブルーな遺伝子(ジーンズ)を身につけて

I Put My Blue Genes On

金子　司訳

そこに到達するには三週間を要した――誰の記憶にもないほど長期間の宇宙空間滞在のすえに。そのあいだじゅう、おれたち四名はちっぽけなハンターⅢ型スキップシップに押しこめられ、おかげでかつての開拓者たちへの心からの称賛の念を新たにした。彼らは光速の十分の一の速度で宇宙空間をじりじり這い進まないといけなかったのだから。植民星がわずか三つしか開拓されなかったのも無理はない。残りの連中は、宇宙での最初の一ヵ月の苦闘のあとで、おたがいの肉を喰らいあったのだろう。

ハロルドが昨日、アマウリに殴りかかった。誘導（ホーミング）シグナルを受けとっていなかったら、宇宙船を方向転換してヌンカマイスに戻るよう指令を出していたところだ。あそこはおれ以外の三人にとっての故郷だ――おれひとりがペンシルヴェニアの出身だった。しかしおれたちは誘導シグナルを受けとって、コンピュータに古い地図をスキャンさせ、数時間後にはアリゾナ州のプレスコット上空の静止軌道上にあることがわかった。

少なくとも、地質観測装置(ジオロジャー)はそう告げているし、コンピュータは嘘をつけない。古い書物が告げるとおりのアリゾナのようには見えなかったが。

しかし誘導シグナルがあって、古英語(オールド・イングリッシュ)でこう呼びかけてきた。「アメリカに神の恵みあれ。おいでなさい、安全な着陸を保証(ギャランティ)します」と。古英語の〈guarantee〉という言葉に卑猥(ひわい)な意味はなく、むしろ、かなり信用するに足(た)る宣言と関係のある言葉だとコンピュータが請けあった——おれたちはこれを聞いて、くっくっと笑いあった。

しかしおれたちは興奮してもいた。数えきれないほど何乗ぶんもさかのぼったおれたちの曾曾曾曾曾祖父や曾曾曾曾曾祖母たちが八百年前に古き乾いた大地(テラ・フィルマ)から宇宙船団を打ち上げたのは、その当時はじまったばかりの細菌戦争による荒廃から脱出するためだった（マダガスカルがいきなりいくつかの細菌で攻撃され、そこから疫病的な規模で広がると、南アフリカが解毒薬を楯に世界を脅し、すみやかに伝染性の悪性ガンによる報復があった。あとの進展は推測におまかせしよう）。そうして今、宇宙空間を数マイル離れた地点から眺めていてさえも、戦争がそれだけでおさまらなかったことはひどく明白だった。それでいて、この誘導シグナルが届いた。

「Obviamente automática（明らかに自動のやつだな）」とアマウリがもらした。

「Que máquina, que não pofa em tantos anos, bichinha! Não acredito!（機械がそんなに何年ももつわけないだろ、間抜けめ！　信用できるか！）」とハロルドがやり返す。また昨日のような騒ぎがぶり返すのではないかとおれは心配になった。

「英語を使え」おれが諫める。「慣れておいたほうがいい。これから数日間は英語を使わないといけなくなるだろうからな、少なくとも」

ウラジーミルがため息をもらした。「Merda（くそっ）」

おれは声をあげて笑った。「よし、汚い言葉は移民語にとどめておいてもいいぞ」

「この下に誰かが生存してるって、そこまで確信があるのかい？」とウラジーミルが訊いた。

おれに何がいえよう。なんとなくそんな気がする、とでも？ そこでおれは、単にスポンジを投げつけてやった。おかげで船室内のあちこちに飲料水がはねとんで、それから数分間、おれたちは水かけ合戦をくり広げることになった。わかってるとも、大切なのは規律、規律だ。だがおれたちは陸の兵士ではないし、かまうものか。おれとしては、部下たちが怒り狂った大人であるよりは、狂ったように騒ぐ子どもであるほうを望みたい。

実際、おれたちの祖先が一九九二年に到達していた科学技術のレヴェルでは、二八一〇年まで作動しつづけるような装置がつくれたとは信じがたい。眼下にあるこの星には、誰かが生きているに違いない――または、彼らが急に賢くなったかだ。だとしても、古き地球の表面には、誰かが賢くなったような兆候はあまり見あたらなかった。

つまり、この下には誰かが生きている。そしておれたちは、まさしくそのために送りこまれたのだった。

モンキースーツを着るようにとおれが命じると、部下たちは不平をもらした。

「この下にあるのは、なつかしき、母なる地球なんだぜ！」とハロルドが訴えた。IQ一五〇のでかぶつ（ハリバット）であるにしては、確かに彼はときどき抜け作（バイアーノ）のようにふるまうこともできる。

「だったら、都市の数々を見せてくれ」おれは応じた。「数百万もの人々が、生皮でつくった夏服姿で日射（ひざ）しのもとを駆けまわってるようすを見せてくれ」

「それに、細菌が残ってるかもしれないぜ」とアマウリがこれ以上ないくらい生意気な口調でつけ足したから、もっと状況をわきまえているべき褐色のふたりのあいだで、すぐにまた口論がはじまった。

「標準的な惑星探索時の行動基準に従うことにする」船長らしく、厳しい口調でおれはいった。「ここが母なる地球だろうが、くそったれ（マザー・ファッ）――」

ちょうどそのとき、単調な誘導シグナルの調子が変わった。

「応答してください、身分を名のってください、応答してください、さもないと、あなたがたを上空から撃ち落とします」

おれたちは応答した。その後まもなく、おれたちはモンキースーツを着こんで、とろりとしたエンドウ豆のスープのような液体にへそまで浸（つ）かって渡り（こうして生命維持装置つきのスーツに身を包んだ状態で、地図の助けもなしに自分のへその位置を探しあてられるとすればの話だが）、誰かが扉を開けてくれるのを待った。

扉が開き、おれたちはとても固くしっかりした床に立った。エンドウ豆のスープもハッチ内に少し入りこんだ。おれたちが待っているあいだに、滅菌室にガスが注入された。たちまちエンドウ豆のスープは沈澱して、泥に変わった。

「Marijosejesus!（マリアヨセフイエス！）」アマウリがつぶやいた。「Aquela merda *vivia*!（このくそったれは生きてやがったぜ！）」

「英語でいえ」とおれはモンキースーツのマウスごしにもらした。「それと汚い言葉は慎むんだ」

「こいつは生きてやがった」とアマウリがましな言葉でいい換えた。

「そして今は、もう生きてない。だが、おれたちのほうは生きてる」忍耐づよく話すのは簡単ではなかった。

おそらく、人類という呼び名でとおっているこの星の連中は、宇宙飛行士を捕らえて食べることを好んでいるのだろう。または、この地の神に生け贄として供えることを。この小部屋で不安な四時間を過ごすあいだに、おれは望みのない脱出プランを五通りは考えてみた――そのあとでいきなりドアが開き、人間がひとり姿をあらわした。

男は白い農作業用のつなぎを着ていた。または、少なくともそれに近いものを。とても背が低くて、しかし愛想よく笑みを浮かべ、手招きしている。確かな証拠だ。生きている人間が存在する。おれたちの任務は成功した。さて、今になってみれば、おれたちには喜ぶ理由など何もなかったのだが、このときのおれたちは目標達成を喜んだ。背中をぽんと叩き、小柄な招待主と抱きあって（彼を押しつぶしてしまわないかと少し心配しながら）、そしてアメリカ軍軍用兵器基地〇〇四の迷宮に入っていった。

彼らは全員がとても小さかった――身長は一四〇センチもない――まず最初におれの頭

に浮かんだのは、地球を脱出して以降、人類の体格が大きくなったのだろうかということだった。新しい星の環境が、おれたちの成長に協力してくれたに違いない。

だがそれは、口数が少なく整然とした思考の持ち主で、いつものとおり幽霊のように蒼白(あおじろ)い顔をしたウラジーミルが、これ見よがしにドアノブをまわして、照明のスイッチ（実際にそれは機械だった）を入れるまでのことだった。どちらもわれらが小さな友人たちの目の高さよりも上にある。つまり、われら植民者の体格が大きくなったわけではない——古き大地(ガイア)で暮らしてきたいとこたちのほうが縮んだのだ。

おれたちは彼らに移民後の歴史を知らせようとしたが、彼らは自分たちの政治の信条しか気にかけていなかった。

「あなたがたはアメリカ人ですかな?」彼らはその点ばかりを尋ねた。

「わたしはペンシルヴェニアの出身です」おれはいった。「残りの連中(ハンブルパット)はヌンカマイスの生まれですが」

彼らはこの意味を解さなかった。

「Núncamais——〝二度とくり返すまい〟という意味です。移民語(リングア・デポルト)で」

今度もまた、困惑した顔。しかし彼らは、別の質問をくり出してきた。「あなたがたの植民地の住民はどこから出たのですか?」わきにそれることを知らない一途(いちず)な思考法だ。

「ペンシルヴェニアはハワイ出身のアメリカ人によって植民されました。あの星がなぜペンシルヴェニアと名づけられたのかは、さっぱりわかりませんが」

小さな人々のうちのひとりがかん高い声をあげた。「その点は明白です。自由のゆりかごの地ですからな、ペンシルヴェニアは。それで、彼らのほうは？」

「ブラジルからです」おれはいった。

彼らはこの点につき小声で話しあって、どうやらブラジル人の子孫というのは死罪に相当するほどの罪ではないにしても、その人物の地位を高める助けにはなるまいと判断したらしい。それ以降、彼らはわが部下たちに話しかけようともしなくなった。用心ぶかく彼らを見守るだけで、おれにばかり話しかけた。

おれのことを、彼らは心から気に入ってくれた。

「アメリカに神の恵みあれ」彼らはいった。

おれは調子よくあわせておくことにした。「アメリカに神の恵みあれ」

そのあとで、彼らはまたしても、ロシア人をどうすべきかについて卑猥な提案をしてきた。おれは同朋である旅の仲間たちにちらっと目をやって、肩をすくめた。小さな人々が望むとおり、おれもロシア人を性的にとことんぶちのめせ（ファック）とくり返しておいた。

そろそろ真実を告げる時間だ。巧妙な質問や、さらなる情報を引き出すためのさぐりをくり返してきみたちをうんざりさせるつもりはない。その理由のひとつは、それ以上質問をする必要もなかったからだ。彼らは長年にわたって、外界からやってくる訪問者に何を話すつもりか練習していたかのようだった。とりわけ、失われて久しい移民者の子孫たちに。説明はこのようにつづいた。

細菌戦争がいっそう勢いを増したのは、おれたちの祖先が旅立って三年後のことだった。とても巧妙に開発された三種の悪性ガンのウィルスが、どこからともなく世界じゅうに広まった。というのも、ロシア人とアメリカ人はその関与を否定しているし、中国人はすでに滅亡していたからだ。そのときになって、科学者たちは本腰を入れて研究に取り組みはじめた。おれたちの祖先が星に旅立った当時、組み換えDNAはかなりあやふやな科学だった──そしておれたちは、それ以降もあまりその分野について開拓してこなかった。未開発の星を開拓するとなれば、ほかにもっとやるべきことがある。しかし、戦争の脅威のもと、地球では手製の遺伝子工学が存分に発展する機会があった。

「われわれはつねに、新種のウィルスやバクテリアを開発しつづけてきました」と彼らは説明した。「そしてわれわれは、つねにロシア人の最新の兵器による攻撃を受けてきたのです」彼らは追いつめられていた。この軍用兵器基地にあまり人員は残っていなかったし、敵の攻撃はとても巧妙だった。

そうしてついに、全容がはっきりした。おれたち全員が、いっぺんに理解した。声に出していったのはハロルドだった。

「Fossa-me, mãe!(なんてこった、母ちゃん!)八百年ものあいだ、あんたらウサちゃんたちは地下にもぐってたのか?」

あらためておれが質問しなおすまで、彼らは答えようともしなかった。しかも、もっと礼儀正しい言葉で問いかけないといけなかった。というのも、ハロルドが〝ウサちゃん〟と呼んだときに、彼らのはかりがたい顎がぐいっと引き締まったことに気がついたからだ。さて、彼らは確かにウサちゃんふうで、これ以上ないくらい肌が白かったが、ハロルドが面と向かってそう呼んだのは適切ではない。とりわけ、ウラジーミルの前では。彼自身もかなり色白なほうだ。

「あなたがたアメリカ人は、戦争の勃発以来、ここに閉じこめられてきたのですか？」おれは声に畏怖の念をこめようとして、うまくいった。どのみち、恐怖と畏怖はそれほど差があるわけでもない。

彼らは誇りとみなせそうな表情をこめて、にっこりと笑みを浮かべた。おれのほうも、彼らの表情をいくらかは読みとれるようになっていた。アメリカを褒めておくかぎり、関係はうまくいく。

「ええ、ケイン・カニア船長、われわれや父祖たちは、戦争の開始当初からここにとどまってきました」

「少し手狭ではありませんか？」

「アメリカの兵士にとって、けっしてそんなことはありませんよ、船長。生きる権利、自由、そして幸福の追求のためなら、われわれはどんなことでも犠牲にしてみせます」岩にあいた穴の中でどれほどの自由や幸福の追求ができるのかという点を、おれはいちいち尋ねたりしなかった。われらが英雄は話をつづけた。「数百万の同朋たちが自由に暮らし、共産主義の攻撃に抑圧されずにアメリカの清浄な空気を吸えるようになるならば、われわれはどこまでも戦いつづけます」

そうして彼らは、紫にけむる山々や黄色い波についての選(え)りすぐりの賛歌をいくつかと、〝アメリカに神の恵みあれ〟という熱狂的な唱和をはじめた。賛歌はどれも力づよい叫びで終わった。〝赤(レッド)に染まるよりは死んだ(デッド)ほうがましだ〟と。

唱和がようやく終わると、おれたちはここでひと晩眠らせてもらえないだろうかと頼んだ。おれたちの宇宙船内の設定時刻でいえば、就寝時間をとうに過ぎていたからだ。

連中はおれたちに簡易ベッドが三つ用意された小さめの部屋をあてがってくれた。ベッドはおれたちには小さすぎた。が、それはたいした問題でもない。どのみち、モンキースーツ姿のままではゆっくりくつろぐことなどできそうになかった。

おれたちだけになると、ハロルドはすぐに移民語(リングア・デポルト)で話したがったが、彼らにいかなる秘密も隠そうとしているとは思わせたくないことを、モンキースーツの懲罰ボタンを使うことなしにどうにか納得させることができた。彼らがおれたちを監視(モニター)していることは、誰もが当然とみなしていた。

そのためにおれたちの会話は、狂信的な愛国者集団に盗み聞きされてもかまわないものに限定された。

アマウリ　アメリカに対する彼らの愛国心が何世紀もつづいてることにびっくりしたよ。

翻訳　とっくに消えてなくなったアメリカ帝国みたいなもんに、連中はなんであそこ

おれ　まで入れこんでるんだ？

翻訳　おそらく、旗、神、国、自由への揺らぐことのない忠誠の誓いがあったおかげで、これほど長く生き抜くことができたんだろう。（少し大げさにいったことは認めるが、安全策やらなんやらをとっておいたほうがましだ）狂信者であることが、連中をこの穴の中で生きつづけさせる要因になったのかもしれないな。

ハロルド　輝かしいアメリカ人の夢というべきわれらが植民星にしぶしぶ戻るまでに、この民主主義の砦にどれくらいとどまることができるんだろうか？

翻訳　連中がおれたちを解放しないという可能性は？　なにしろ、連中はあれほど気が触れてるんだから、おれたちのことをスパイか何かじゃないかと疑ってるかもしれないぞ。

ウラジーミル　彼らからもっといろいろ学べることを願いたいね。彼らの科学は、おれたちのとぼしい科学力がこれまで発達してきたのよりもはるかにまさってる。

翻訳　おれの任務をこなして、この地の植物相や動物相を確認してみるまでは、どこにも行きはしないぞ。八百年間の組み換えＤＮＡの成果は、おれたちがヌンカマイスに持ち帰るだけの価値が何かあるに違いない。

こうして会話は、おれたちの口からもれ出る美辞麗句に自分でもうんざりするまでつづけられた。そのあとで、おれたちは眠りについた。

翌日はガイドつきの基地内見学ツアーの日で、ロシア人の攻撃の日となり、そしてすてきな宇宙船ポリウォグ号の乗組員との別れの日にまであやうくなりかけた。

午前中の大半は、ガイドつきのツアーのために、くり返し丘をのぼっては谷をくだった。ウラジーミルが自分のモンキースーツの位置解析コンピュータを作動させていた。おれのスーツは彼らのありとあらゆるコメントの意味あいを解析するのに忙しく、アマウリは科学の方面を吸収して、ハロルドは手袋をはめたまま鼻をほじる方法をなんとかみつけようとしていた。ハロルドもとりあえずこのツアーに同行していた――武器の専門家としてだ、念のため。ありがたいことに。

おれたちは小さな人々の見分けがつくようになりはじめた。ジョージ・ワシントン・スタイナーはおれたちの通常のガイド役だ。昨日、歴史のレッスンのときにほとんどひとりでしゃべっていたビッグ・ボスは、アンドルー・ジャクソン・ウォリチンスキーだ。そして賛歌を指揮していたのがリチャード・ニクソン・ディクソンだった。どれもアメリカの敬愛すべき大統領たちの氏名に姓をつけ加えたものだ、とコンピュータが教えてくれた。

そしておれのモンキースーツの解析によると、賛歌の指揮者こそが本物のビッグ・ボスであって、アンディ・ジャック・ウォリチンスキーは単に科学研究分野の責任者だということも。どうやら政治家が頭脳をあやつっているのであって、その反対ではないらしい。

われらがガイド役、G・W・スタイナーは、与えられた任務をとても誇らしげにとらえていた。彼はおれたちにすべてを見せてまわった。つまり、モンキースーツがこの星の重力の四分の三を軽減してくれていたにもかかわらず、ランチタイムまでにおれは足が痛くなったほどだ（ランチには、リサイクルされた〝おしっこ〟と〝うんち〟を手ばやくすすっただけだ）。そしてツアーはなかなか見ごたえがあった。今度も、かいつまんで聞かせることにしよう。

この施設は実質的に気密性があって外部から遮断されているものの、実際のところ敵がはなったウィルスやバクテリアはかなり容易に入りこめた。二十一世紀のはじめごろ、ロシア人はラジオ放送をきっぱりやめてしまったらしい（ああ、わかってるとも、これまでの話とは無関係な（ノン・セクィトゥル）発言に聞こえることは。こらえて、こらえて）。はじめのうち、基地〇〇四のアメリカ人は自分たちが勝利したのかと考えた。ところが、いきなり新たな病原菌が襲った。このとき、基地〇〇四内の研究者自身はひとりとして病気に冒されることがなかった――気密システムはうまく機能していた。しかし、当時の指揮官、ロドニー・フレッチャーはとても疑りぶかかった。

「共産主義者（コミー）の策略ではないかと彼は考えたのです」とジョージ・ワシントン・スタイナーが説明した。おれは基地〇〇四の歴史に対する異常なほどの愛国心のみなもとを見てとりはじめた。

そこでロドニー・フレッチャーは、科学者たちに基地内の人員の抗体系を強化するための研究に取り組ませた。彼らは二週間懸命に取り組んで、三種の新しいバクテリアを開発した。

このバクテリアは、人間の体内に本来あるべきでないものを選択的にほぼすべて喰らいつくす。なんとか間にあったのだった。というのも、その直後に新たな病原菌が襲ったからだ。今度のは気密システムでは遮断できなかった。ウィルスの代わりに、ちっぽけなアミノ酸がふたつと乳糖の分子が組みあわさっただけのものだったからだ。それは防護フィルターを簡単にすり抜けた。抗生物質をもすり抜けた。基地〇〇四内の老若男女の別なく、全員の胸に入りこんだ。ロドニー・フレッチャーが偏執的に対策をとっていなかったら、基地は全滅していたろう。最終的に、およそ半数が死ぬだけですんだ。

　このアミノ酸ふたつと乳糖の分子は、人間のDNAのあの部分に直接入りこむ能力があって、DNAはそのとおりに複製された。ほんのひとつ変化させるだけ——それだけで、じきに神経が機能しなくなる。

　生き残った者は、新たな抗体系が病気の進行を遅らせているあいだに、DNAの問題の箇所をふさぐためのより効果的な栓（プラグ）がみつかったため、ロシア人のささやかな策略を遮断できて命が助かったのだった。（これをウィルスと呼べるだろうか？　生物と呼べるだろうか？　その判断は、神に仕えている連中や哲学者にまかせるとしよう）

　ここで問題となったのは、このDNAの栓（プラグ）のおかげで、兵士の赤ん坊は例外なく、とても背が低くて、三十歳までに歯が抜け落ちて失明する傾向を引き起こしたことだった。その後四世代のあいだにどうにか目の異常を修復できたという事実を、G・W・スタイナーはとても誇らしげに語って聞かせた。スタイナーがにんまりしたとき、彼の歯がおれたちのとは違っていることにはじめて気がついた。

「あるバクテリアを特定のウィルスにさらしたときに、それが硬化する作用を利用して歯をつくっています。わが高祖母が開発しました」スタイナーはいった。「われわれはつねに、有効な新しい手段を考え出しています」

どんなふうに研究しているのか見せてもらえないかとおれが頼むと、この日のガイドツアーをぐるっともうひと巡りすることになった。おれたちは研究室内で十一人の研究者がDNAを相手にちょっとした巧妙なゲームをおこなっているのを見学した。おれには何をやっているのかさっぱりわからなかったが、コンピュータが解析中ですとわがモンキースーツが請けあってくれた。

さらにおれたちは、兵器発射システムも見学した。とても巧妙にできていた。小さな箱の中に、たちの悪い細菌兵器を培養皿いっぱいにセットして、箱の挿入口を閉め、そしてボタンを押すと、外界に通じた反対側の開放口が開く仕組みだ。

「そこからは、風にのせて運ばれることになります」とスタイナーが説明した。「新たな兵器がロシアまで到達するには、一年近くかかると見積もっています。しかしそのころまでには、圧倒的な数に増えているでしょう」

バクテリアは何を食べて生きているのか、とおれは訊いた。

彼は笑って答えた。「なんだって食べるのですよ」彼らの基本的な培養種は、光合成をして、同時にどんな形の鉄でも分解できるバクテリアだということが判明した。「ほかにこの細菌兵器の何を変えるにしても、その点だけは変えません。われわれの兵器は、宿主がなくてもどこにでも移動できます。隔離室はなんの効果もありません」

ハロルドが質問をひとつ思いついた。おれは彼のことを誇らしく思ったものだ。「この小さな微生物が鉄を溶かせるなら、ジョージ、いったいどうしてこの基地全体が溶けちまわないんだい？」

スタイナーはこの質問を期待していたかのような顔をした。

「基本となるこの培養種を開発したときに、バクテリアが繁殖して鉄を食べつづけることを防ぐカビ菌も同時に開発しておいたのです。このカビは金属の表面にだけ繁殖し、胞子はカビと金属の両方から七十七分の一秒離れただけで死滅します。つまり、カビはこの基地全体に繁殖して、それ以外のどこにも広がりません。わたしの十四代前の大叔父、ウィリアム・ウェストモアランド・ハナメイカーがこのカビを開発しました」

「どうしてあなたは、開発者との血縁関係をいつもつけ加えるのかな？」とおれが訊いた。

「ここで八百年も暮らしていれば、きっと全員が親類同士だろうに」

おれは単純な質問をしたつもりだった。しかしG・W・スタイナーは、冷たい目でおれをスタイナーは、冷たい目でおれを一瞥して、ぷいっと顔をそむけ、次の部屋におれたちを案内した。

そこでは、バクテリアが別のバクテリアを生み出し、それがまた別のバクテリアを生み出すようすを目にすることになった。このバクテリアは、人間の排泄物をとても美味で栄養価の高い食物に変えてくれる。味については、彼らの言葉どおりに受けとっておいた。わかってるとも、おれたちだってスーツ内の管を循環してリサイクルされた排泄物を食べている。だが少なくとも、自分のものがどこからやってきたのかはわかっている。

彼らは、日の光がなくても二酸化炭素と水から酸素とデンプンをつくり出すバクテリアも開発していた。もはや光合成の必要はない。

そしておれたちは、棚から棚へとずらりと並ぶバクテリアが、予防措置をとっていない人間の肉体にどんな影響をもたらすのかという点について、長々と説明された。もし誰かがこれらの瓶をヌンカマイスやペンシルヴェニアやキエフで落としたなら、星じゅうの人間がいとも簡単に消え失せ、完全に食べつくされ、バクテリアやウィルスの生体内や、アミノ酸のつらなりに取りこまれることになるのだろう。

そう考えると同時に、おれはそのとおりつぶやいていた。ただし、キエフという言葉よりも先までつづけることはできなかった。

「キエフ？　あなたがたの植民星のひとつはキエフと名づけられているのですか？」

おれは肩をすくめた。「植民された星は全部で三つしかない。キエフ、ペンシルヴェニア、そしてヌンカマイス」

「祖先はロシア人ですか？」

おっと（ウープス）。〝おっと〟というのは、おれが考えつくかぎりの不敬や冒瀆（ぼうとく）、そして卑猥（ひわい）で汚い言葉へのいいわけをすべてあらわすことのできる、多様な意味をもった言葉だ。

ガイドつきのツアーは、この時点でいきなり終了となった。

寝室に戻ったおれたちは、自分たちがどうしてか、温かなもてなしを台なしにしてしまったことに気づかされた。しばらくすると、ハロルドもおれの発言に責任があるということに気づいた。

「船長、こんちくしょうめ、あんたがキエフのことを口になんてしなけりゃ、こんなふうに閉じこめられるはめにはならなかったんだぞ!」

おれはハロルドをおとなしくさせるために同意しておいたが、モンキースーツの懲罰ボタンを使われるまで彼は落ちつかなかった。

それから、おれたちはコンピュータに助言を求めた。

おれのコンピュータは、おれたちがこれまでに説明されたなかで、ふたつだけ完全に除外された分野があると報告した。小さな人々が過去に人間のDNAについて広範な研究をおこなってきたのは明白だが、今日この分野で研究がおこなわれているしるしはどこにもなかった。そして、彼らが地球の反対側のロシア人に向けて投げつけてきたありとあらゆる兵器については説明があったものの、対人兵器についてはここではなんのしるしも見られなかった。

「おお」とハロルドがいった。「いつでもこのドアをぶち壊しさえすれば、ここから逃げ出すのを止められるものなんて何もありゃしないんだぜ。そしてこのおれは、いつでも好きなときにドアをぶち壊せる」彼はそういって、モンキースーツのボタンをもてあそんだ。おれはコンピュータの報告がすべて終わるまで待つようにとなだめた。

アマウリがいうには、連中の説明や彼のモンキーアイからも充分に情報を収集できたため、

DNA組み換えの科学をまるごとコンピュータに隠し持って、今すぐ星に帰ってもかまわないのだそうだ。

そうして、ウラジーミルのスーツが〇〇四基地のホロマップを投影した。鮮やかな緑色の、極小の微細な線が、壁やドア、通路を示している。午前中に歩きまわった通路はすぐに見分けがついたし、研究室の位置や、おれたちが幽閉されている場所もわかった。そうして、ホロマップの中央にはかなり大きな空白部分があることに気づいた。

「こんなふうな部屋を目にしたか？」おれはみんなに訊いてみた。全員が首を横に振る。

おれたちはこの部屋に入ったんだろうか、とウラジーミルがホロマップに尋ねた。スーツはささやくようなモンキーヴォイスで答えた。「いいえ。立ち入っていない境界を輪郭で示して、入口と思われる隙間を表示しておいただけです」

「つまり連中は、おれたちをそこには入れなかったわけか」とハロルド。「やつらが何か隠してることはわかってたんだ」

「そして、推測してみよう」おれがいった。「この部屋は、対人兵器と関係があるか、または人間のDNA研究と関係してる」

おれたちはその場にすわったまま、たったいま判明したことの意味を考えてみたが、たいした事実が加わったわけでもないとわかっただけだった。ついにウラジーミルが声に出していった。三人の茶色い男たちが思いつかないようなアイデアは、半白のウサちゃんにまかせておけ、と。人種差別的な意見はあてにならないものであることを、ここでいい添えておこう。

「対人用の、とかいうあれ」とウラジーミルがいった。「連中は対人兵器なんて必要としてない。おれたちのスーツに小さな穴をひとつ開けて、微生物をもぐりこませるだけでいいんだからな」

「おれたちのスーツはすぐに穴が閉じるようにできてる」アマウリはそういったが、すぐにみずから訂正した。「ウィルスが入りこむのにあまり時間はかからない、だよな？」

ハロルドはその意見を受け入れようとしなかった。「あのウサちゃんたちに、ナイフを突き立てさせてみるがいい。逆にこっちが、ケツからわきの下まですっぱり切り裂いてやる」

おれたちは彼の発言を無視した。

「ここになぜ微生物がいると思うんだ？　われわれのスーツは何も探知していないぞ」おれは指摘した。

ウラジーミルはすでにそのことを考えていた。「連中がいったことを思い出してみるといい。ロシア人が例のアミノ酸のちっぽけな怪物をここにもぐりこませたことを」

アマウリが鼻を鳴らした。「ふん、ロシア人か」

「ああ、そのとおり」とウラジーミル。「だが、声は低く抑えておけよ、カマ野郎（ヴィアード）」

アマウリは顔を真っ赤にして、こういいかけた。「Quem é que sê chama de viado!（どこのどいつがカマ野郎と呼びやがったんだ！）」と。だがおれは、すばやく懲罰ボタンを押した。こういうばかげた騒ぎをしている場合ではない。

「言葉に気をつけるんだ、ウラジーミル。そうでなくても、おれたちには問題がたっぷりとある」

「悪かったよ、アマウリ、船長」とウラジーミルが謝罪した。「ちょっと気が落ちつかないもんでね、ほら」

「みんなもそうだ」

　ウラジーミルは大きく息を吸いこんで、そしてつづけた。「そういう微生物がいったんここに入りこんだら、基地全体にすっかり浸透してるに違いない。ええと、ロシア人のほうも、基地〇〇四に同じように変種を送りこみつづけてきたに違いないからな」

「なら、どうしてここの連中は全員が死んでいないんだ？」

「おれの推測では、多くの人間が実際に死んだんだろう——だが、生存者の体には、連中がぎりぎりのところでつくり出したあのＤＮＡの栓（プラグ）が組みこまれてる。今じゃ、連中の体にとって栓（プラグ）は通常の化学構造の一部になってる。そうでないといけない、だろ？　連中はこのＤＮＡを次世代に受け継いでるっていってたろ」

　おれにも理屈がわかった。そしてアマウリにもだ。彼がいった。「つまり連中は、七世紀から八世紀ものあいだ、順応性を身につける時間があったわけだ」

「どうしてそうじゃないはずがある？」ウラジーミルが問いかける。「気づかなかったか？　新たな兵器の開発には十一人の研究者が取り組んでた。そして新たな防御手段の開発に取り組んでたのはたったふたりだ。連中はいくら心配してもしすぎることなんてないはずなのに」

アマウリが左右に首を振った。「おお、母なる地球よ。あなたの身にいったい何が？」

「風邪をひいただけだ」とウラジーミルがいって、笑った。「ウィルスのせいで。人類という名の」

おれたちは黙ってすわったまま、しばらくホロマップを眺めていた。おれたちのいる場所から秘密のエリアまで、おれは四つの異なるルートを考えついた――本気でそこにたどり着きたいのだとすれば。それに脱出ルートも三つみつけていた。そのことをみんなに指摘した。

「ああ」とハロルド。「問題なのは、そういうドアが本当に謎のエリアに通じてるのか、誰にわかるっていうんだい？　つまりさ、四つのうち三つは、掃除用具入れか燃料貯蔵庫に通じてるかもしれないんだぜ」

いい指摘だ。

こうしておれたちがその場にすわったまま、まっすぐポリウォグ号をめざすべきか、それとも秘密のエリアに何があるのか確かめにいくべきか考えあぐねていたそのとき、ロシア人の奇襲攻撃がはじまって、おれたちの心は決まった。すさまじい衝撃があった。まるで巨大な犬が〇〇四基地をひょいとくわえてむちゃくちゃに振りまわしたかのように、床が大きく揺れた。振動がおさまったころ、照明が何度か揺らぎ、そして完全に消えた。

「絶好の機会だ」おれはモンキーマウスごしにいった。みんなも同意した。そのため、おれたちはスーツ内蔵のライトをつけ、ドアのほうに向けた。急にハロルドの存在がとても重要なものに感じられた。

ハロルドはドアに近づくと、伸縮式の指でドアのまわりをすっかりさぐってみた。そうして一歩さがり、スーツのスイッチをオンにした。

「ドアに背を向けてたほうがいいと思うぜ」と彼がいう。「かなりまぶしくなるからな」

背後の壁のほうを向いていても、爆発のために数秒間は目がくらんだ。ふたたび振り返ったとき、まわりの世界は少し緑がかって見えた。ドア自体は引き裂かれて床に落ち、ドア枠のほうもあまり無事なようには見えなかった。

「よくやったぞ、ハロルド」おれは彼をねぎらった。

「Graças a deus（神のおかげさ）」と彼が応じたから、おれは笑わずにいられなかった。信仰上のちょっとしたフレーズがどれほど廃(すた)れにくいかは不思議なくらいで、ハロルドのように不遜な荒くれ者(フィリョ・デ・プンタ)にさえもそれはあてはまる。

そうして、自分が指令を与える立場にあることを思い出し、おれはそのとおりにした。

試してみたふたつめのドアは、おれたちが見たいと思っていた部屋へと通じていた。だが、ちょうどおれたちが入りこんだそのとき、照明が復旧した。

「ちきしょう、やつらは基地の統制を取り戻しやがったか」アマウリがつぶやいた。しかしウラジーミルは黙って通路の先を指さした。

エンドウ豆のスープが入りこんでいた。おれたちのほうにのろのろとあふれて近づいてくる。

「ロシア人が何をしたにしても、基地にでっかい穴が開いたに違いない」ウラジーミルはレーザー・フィンガーをどろどろした液体のほうに向けた。フル・パワーであっても、スポット状に蒸気が上がる程度の効果しかなかった。残りはただ単に近づいてくる。

「泳げる者は？」おれはみんなに訊いた。誰も泳げなかった。そのため、もはやそれほど隠されてはいない部屋にみんなを急きたてた。

部屋の中には小さな人々が何人かいて、暗闇にちぢこまって隠れていた。ハロルドが連中を繭にして縛り上げ、部屋の隅に押しこんだ。そうして、室内を見まわす時間ができた。

実際のところ、見るべきものはあまりなかった。標準的な研究室の機材、そして一辺が一メートルくらいの箱が三十二個あって、太陽灯に当てられていた。おれたちは箱の中をのぞきこんだ。

その生き物たちは半固体のように見えた。すぐに手で触れてみようという気にはならなかったが、のろのろと擬足を伸ばすようすから、少なくとも皮のような皮膚があるものと判断できた——中身はゼリー状だ。どの個体も薄茶色で、ウラジーミルの肌の色よりも淡い。しかし、ところどころに小さな緑色の斑点があった。光合成をしているんだろうか。

「こいつらが何の中に浮かんでるのか見てみろよ」とアマウリが指摘したために、それがエンドウ豆のスープだということにおれも気づいた。

「連中はほかのすべての微生物を食べて生きられる巨大なアメーバを開発したみたいだな」ウラジーミルがいった。「爆弾を抱えて運べるように訓練されてるのかも。ロシア人に向けて」

そのとき、ハロルドが武器で撃ちはじめた。小さな人々が研究室のドアに押し寄せてきていたことにおれも気づいた。ひどく動揺しているように見える。手前の数人はすでに死んでいるらしい。

ハロルドはおそらく全員を殺すこともできたろうが、ただしおれたちは、なおも巨大なアメーバが入った箱のそばに立っていた。ハロルドが急に悲鳴をあげたため、おれたちが振り返ると、彼の足にあの生き物が貼りついていた。おれたちが何もできずにいるうちに、ハロルドは倒れた。足の下半分が落ち、アメーバはさらに彼の太腿（ふともも）を喰らいつづけている。おれたちが呆然（ぼうぜん）と見守っているうちに、抵抗するのも愚かに思えるくらいの大人数で小さな人々がおれたちを取り囲んだ。それに、おれたちはハロルドから視線をはずすことができなかった。

鼠蹊（そけい）部のあたりでアメーバは食べるのをやめたが、それは問題ではなかった。ハロルドはどのみち死んでいた――どの病原菌に襲われたのかはわからないが、スーツに裂け目が生じるなり、彼はスーツの中で嘔吐した。顔じゅうに膿疱（のうほう）が浮かんでいた。簡単にいえば、基地〇〇四にウィルスが蔓延しているはずだというウラジーミルの推測はかなり正確だった。

そして今、アメーバ自体が五角形になった。五つのとてもなめらかな側面がある。その生き物は、かつて骨盤だった、ぽっかりあいた傷口にちょこんと腰掛けていた。急にそれが短い痙攣（けいれん）を起こし、すべての側面が二分して、角度が鋭くなり、今やこの生き物には十の側面ができた。中心にひびがはいった。そうして、半分に切ったゼリーがようやく離れる気になったかのように、ふたつの部分がぐにゃりと両側に分かれた。それらはすぐにふたつの新たな五角形になって、またしてもゆっくりと擬足を伸ばし、ハロルドをむさぼりつづけた。

「ふうむ」とアマウリがもらした。「連中は対人兵器をもってるみたいだな」

彼が口をきいたことで沈黙の呪縛がほどけ、小さな人々はおれたちをテーブルの上に手足を押さえつけた状態で寝かせ、先端が鋭いものをおれたちに突きつけた。スーツをほんの少しでもつついて穴が開けば、おれたちは死ぬことになる。おれたちはひどく慎重に、じっとしていた。

リチャード・ニクソン・ディクソン、トップの大物(ハリバット)みずからがおれたちを尋問した。はじめはロシア人についてばかり訊かれた。いつおれたちがロシア人のもとを訪ねたのか、なぜアメリカ人でなくて向こうの陣営に仕えることにしたのか、などと。そんなのはまったくのでたらめだ、とおれたちは主張しつづけた。

しかし連中がウラジーミルのスーツに〝窓〟を開けるぞと脅したとき、もう充分だとおれは判断した。

「連中にいってやれ！」おれはモンキーマウスごしに叫んだ。

「わかったよ」とウラジーミルが応じると、小さな人々は話を聞くためにいったんさがった。

「ロシア人なんてものは存在してない、いない」ウラジーミルがいった。

小さな人々は、スーツに穴を開ける構えを見せた。

「いや、待ってくれ、本当なんだ！　あんたらの誘導シグナルを受けとったあとで、おれたちは着陸する前にこの星の周回軌道上を七周した。人間の生命のしるしはここ以外にまったく見られなかったんだ！」

「共産主義者の得意な嘘だ」とリチャード・ニクソン・ディクソンがいいはなつ。

「神にかけて真実だ！」おれは叫んだ。「彼に触れるな、いいか！　彼は真実をいってるんだ！　このいまいましい星のまわりに存在してるのは、あのエンドウ豆のスープだけだ！　あれは陸地や海を隅々まで覆ってる。極地に少し穴がある程度で」

ディクソンはやや困惑しはじめ、小さな人々がまわりでささやきだした。おれの声に迫真性があったのだろう。

「人間がひとりも生きていないなら」とディクソンがいった。「ロシア人の攻撃はどこからやってくるのかな？」

ウラジーミルがその疑問に答えた。ウサちゃんにしては、彼は呑みこみが早かった。「自然発生による組み換えDNAだ！　あんたらとロシア人は狂ったように競いあって、あらゆる新種の微生物を開発してきた。そのせいで、すべての人間、動物、そして植物も死んだ。そして微生物だけが生き残った。だが、それでもあんたらは新種を開発しつづけた。外にいる生き物たちすべてにとっても手ごわい相手を。適応できないものは死んだ。そして今や、残されたのはそれだけだ――つねに適応できるものだけだ」

研究部門の責任者、アンドルー・ジャクソン・ウォリチンスキーはうなずいた。「ありえる話のように聞こえるな」

「この千年ものあいだに、共産主義者から学んだことが何かあるとすれば」とリチャード・ニクソン・ディクソンがいった。「自分で唾を吐いて飛ばせる距離以上にやつらを信用はできないということだ」

「さて」とアンディ・ジャックがいう。「彼らを試すのは簡単ですが」ディクソンはうなずいた。「やってくれたまえ」

そのため、小さな人々が三人、箱のところに近づいて、中からアメーバをひとつずつ取り出した。それをおれたちの体につけるつもりだということがすぐにはっきりした。アマウリは悲鳴をあげた。ウラジーミルはいっそう顔が蒼ざめた。おれも叫んでいたろうが、懸命に舌を呑みこんで口をつぐもうとした。

「落ちつきなさい」アンディ・ジャックがいった。「きみたちを痛い目にあわせるつもりはない」

「Acredito!（信用しろだって！）」おれは叫んだ。「ハロルドがなんの痛みもなかったみたいに！」

「ハロルドは人々を殺そうとしていた。これらはきみたちを痛めつけはしない。きみたちが嘘をついているのでないかぎりは」

そりゃいい、とおれは心のうちでつぶやいた。大昔の魔女の判別法みたいなものだ。魔女を川に投げこんで、溺れたら無実とされ、浮き上がったら有罪とみなして殺される。

しかし、アンディ・ジャックは真実をいっていて、なんの痛みもないのかもしれない。そしてこのいまいましい生き物に試させるのを拒んだら、おれたちは嘘をついていると“判明”して、連中はモンキースーツに穴を開けるだろう。

そこで、おれひとりにアメーバをつけてくれと小さな人々に頼みこんだ。おれたち全員を試す必要はない。

そうしておれは歯のあいだに舌を挟みこみ、このいまいましい生き物がおれをむさぼりはじめたら舌を嚙み切って、肺いっぱいに血を吞みこむ準備をした。どうしてか、自分から志願するなら、生け贄として気分よく死ねるのではないかと思えた。

連中はおれの肩にアメーバをのせた。そいつはモンキースーツの中にもぐりこみはしなかった。代わりにおれの頭のほうにのろのろと這い上がってきただけだ。

そいつがおれのフェイスプレートに這い上がると、まわりの世界が暗くなった。

「ケイン・カニア」とフェイスプレートのかすかな振動が呼びかけた。

「Meu deus（なんてこった）」とおれはつぶやいた。

このアメーバは話すことができる。だがおれは、答えるために口をきく必要もなかった。質問はフェイスプレートの振動をつうじてやってくる。おれがこうして横たわっていれば、そいつはおれの答えを知ることができる。じつに簡単だ。おれはおびえたあまり、尋問の途中で二度、失禁した。しかし何事にも動じないわがモンキースーツが尿を浄化して、朝食のたくわえにした。いつものとおりに。

そうしてついに、尋問は終わった。アメーバはおれのフェイスプレートから這いずりおりて、待っていた小さな人々のひとりの腕に戻った。男はそれをアンディ・ジャックとリッキー・ニックのほうに運んでいった。ふたりはその生き物に手をあて、そして驚いた顔でおれたちを見た。

「きみたちは真実を告げている。ロシア人はもはや存在しない」

ウラジーミルが肩をすくめた。「なんでおれたちが嘘をつかないといけないんだ?」

アンディ・ジャックはおれのほうに近づいてきた。たった今おれを尋問した、うごめく怪物を抱えている。

「もう一度そいつに触れるくらいなら、その前におれは命を絶つ」

アンディ・ジャックは驚いて足を止めた。「まだこれを怖れているのかね?」

「そいつは知性をもってる。そいつはおれの思考を読んだんだ」

ウラジーミルはぎょっとした顔をして、アマウリは何か小声でつぶやいた。だがアンディ・ジャックは、笑みを浮かべただけだった。「何も不思議なことはない。これはきみの脳の電磁場を読みとって解釈することができる。それと、甲状腺内のアミトロンの流れも」

「いったいなんなんだ、そいつは?」とウラジーミル。

アンディ・ジャックはとても誇らしげな顔になった。「これはわが息子だよ」

おれたちは話のオチを待った。何もなかった。そうして唐突に、おれたちが探していたものをみつけたのだと気づいた——小さな人々が人間のDNAを組み換えてきた成果を。

「われわれはこれのために何年も取り組んできた。ようやく四年ほど前に成功したのだよ」アンディ・ジャックがいった。「この子たちは、われわれの最後の守り手だ。しかし、ロシア人が死んだとわかった今――うむ、この子らをねぐらにとどめておく理由もない」

そして彼は身をかがめ、アメーバをエンドウ豆のスープにおろした。液体は今や床から約六十センチのところまで上がっている。その生き物はたちまち水面にひらたく延びて、直径がおよそ一メートルほどになった。おれはフェイスプレートごしに響いたささやく声を思い出した。

「そいつは、脳をもつには形状が自由に変わりすぎるな」とウラジーミルが指摘した。

「脳はない」とアンディ・ジャックが答える。「脳の機能は全身に振り分けられている。四十個の小片に切り刻んだとしても、それぞれが充分な記憶と脳機能を維持して生きつづける。破壊しようのない生き物なのだ。そしていくつかが集まれば、交感場（フィールド）を形成して、とても聡明にもなれる」

「クラス一の秀才に、ってわけか」ウラジーミルがもらした。その声は嫌悪を隠すことができていない。おれはといえば、吐き気をもよおさないようにこらえていた。

つまりこれが、進化の次なる段階というわけか。人間がこの星をだめにしてしまい、ついには微生物にしか適さなくなった――そうして、バクテリアやウィルスを食べて生きられるように、人間みずからが姿を変えることになった。

「まさしく進化の完璧な次段階だ」とアンディ・ジャックがいう。「この子は新種の寄生性バクテリアやウィルスにもほぼ反射的に適応できる。自身のDNAを意識的に制御してつくり換えることもできる。特化した細胞の半透膜をとおしてほかの有機体を吸収し、他者のDNAをいじくってつくり換え、また解きはなつこともできる」

「どうしてか、おれとしてはそいつにスプーンで食べさせてやったり、おむつを替えてやりたいって気にはなれないな」

アンディ・ジャックがかるく笑った。「彼らは分裂によって再生するため、幼児期の形態がない。おお、あまりに小さく分裂してしまえば、また成体として生きていくにはしばらく時間がかかるだろうがね。しかし、そうでもないかぎり、通常の状態ではつねに成体なのだよ」

そうしてアンディ・ジャックは手を伸ばし、息子を腕にまといつかせると、リチャード・ニクソン・ディクソンが黙って見守っているほうに戻っていった。アンディ・ジャックはアメーバが巻きついたほうの腕をディクソンの肩にまわした。

「ところで、閣下」アンディ・ジャックがいった。「ロシア人が死んだ以上、いまいましい戦争は終わりを告げたわけですな」

ディクソンは驚いた顔をした。「それがどうしたのかね？」

「われわれには、もはや軍事司令官は必要ない」

ディクソンが何か答えるよりも先に、アメーバが彼の首筋を食いちぎり、彼はまさしく死んでいた。少し唐突なクーデターだったな、とおれは考えながら、ほかの小さな人々の反応を見まわした。誰ひとりとして、気にしてはいないようだ。どうやら彼らの異常な愛国心にもとづいた軍国主義は、うわっつらなものでしかなかったらしい。おれはなんとなく安心した。結局のところ、彼らにもおれと共通したところがあるのかもしれない。

彼らはおれたちを釈放することにして、おれたちはその申し出を喜んで受け入れた。出ていく際に、何が〝ロシア人〟の最新の攻撃による爆発をもたらしたのか見せてくれた。基地の鉄の表面を保護していたカビが、ある場所でわずかに突然変異して、鉄を食べるバクテリアと共生関係をもつようになっていた。たまたまそれは、壁ぎわに水素貯蔵用のタンクが置かれていた場所で起こった。壁に穴が開いたとき、エンドウ豆のスープとともに入ってきた最初のアミノ酸の合成物が混じりけのない水素と急激に結びついた。その結果が三秒間の爆発的な個体増加となって、基地〇〇四のかなりの部分を吹きとばした。

おれたちはスキップシップへと戻り、四十メートルほど浮かせて停めておいた愛しい老ポリウォグ号の無事な姿を目にしてうれしくなった。とはいえ、多少のダメージは受けていた。浮遊性の微生物のひとつはひび割れた細い隙間にもぐりこむことを好み、その中で急激に増えたため、船体の微小な隙間を押し広げることになった。だとしても、離陸するのに問題はあるまいとアマウリが判断した。

おれたちは誰とも別れのキスひとつしなかった。

さて、こうしておれたちの二八一〇年の母なる地球訪問について、真実を語って聞かせたわけだ。われわれの現在の状況との類似点は明らかなはずだ。キエフとヌンカマイスとのつかみどころのない戦争にペンシルヴェニアを入りこませたなら、われわれはその結果に甘んじるほかない。あのいまいましい反物質変換装置（コンヴァーター）に比べれば、微生物兵器は薄紅藻（ピンクウィード）のにおいを嗅ぐ程度の好ましいものに思えてくる。

そして人類がこの戦争を生き延びることができるとすれば、今われわれが人間と呼んでいる姿と大きくかけ離れたものになるだろうことは火を見るよりも明らかだ。

近ごろでは、そんなことを誰もあまり気にしていないのかもしれない。しかしおれには気になった。自分の孫が微生物だという考えがおれは好きではないし、甥っ子の息子が反物質だというのは、いっそう喜びには遠い。おれは生まれて以来ずっと人間であったわけだし、そのことが気に入っている。

ゆえに、抑制体を作動させて、いまいましい戦争をやりすごそうと提案したい。両陣営が消えてなくなるまで待って、そのあとで残った人類を生かしつづける問題に取り組むのだ——それと、人間のままの姿をたもてるように。

政治的な面倒なやりとりはもうたくさんだ。しかし、きみたちが戦争に賛成票を投じるなら、一機や二機どころではないスキップシップが、広大な暗い宇宙の向こうをめざして飛んでいくことになると保証しておこう。おれたちは以前も新たな星に植民してきたわけだし、もう一度そうすることだってできる。このヒントを嗅ぎとれなかった場合のためにいっておけば、これは志願者をつのるための呼びかけだ。いつか、現実にそうなったときのために。

以上で報告を終わる。

いや、まだだ。このプログラムをはじめて公表したとき、なぜ戻ってきたときにすぐ報告しなかったのかと多くの人々から質問を受けた。答えは単純だ。ヌンカマイスでは航宙日誌の改竄（かいざん）は死罪に相当する。だが、そうするしかなかった。

母なる地球から飛びたって宇宙空間に出るとすぐに、発見したものすべてをウラジーミルがコンピュータに落としこんだ。すべてのデータ、そして組み換えDNAがもたらした結果もすべてだ。そうして、彼はすべて消去した。

ウラジーミルが何をする気なのか前もってわかっていたら、おれはたぶん制止したろう。だがいったんなされてしまうと、おれもアマウリもそれが正しいことに気づいた。こういったたわごと（メルダ）は宇宙に残すべきでない。そうして、おれたちは組織だてて探索行を隠蔽することにした。基地〇〇四に関する言及はすべて消去して、誘導シグナルを少しでもほのめかすようなものまで根絶した。コンピュータに残されたのは、おれたちが地球上空を旋回して、どこまでもエンドウ豆のスープの海しか存在を確認できなかったという記録だけだった。あぶなっかしいやり方だが、帰還の際に船外活動（EVA）用の生命維持装置に重大な誤作動があったこともつけ加えておいた——そのせいで、われらが親愛なる友人にして同士であるハロルドの命が失われることになった。

そうしておれたちは、航宙日誌にこう記した。「われわれの占有に適さぬ惑星。人間の生命のしるしはみつからず」と。

それがどうした。これは嘘でさえもない。

四階共用トイレの悪夢

Eumenides in the Fourth Floor Lavatory

山田和子訳

エレベーターのないアパートの四階で暮らすのは、アリスへの当てつけのひとつだった。要するに、アリスに向けて、こう言っているというわけだ――「ぼくを放り出す？　それなら、ぼくはブロンクスの安アパートに住んでやる！　トイレとシャワーは四部屋共用だ。シャツはアイロンなしのよれよれで、ネクタイは永久に曲がったままだ。そう、おまえがぼくに何をやったか、よく見るがいい」

だが、実際にアパートの話をした時、アリスは辛辣に笑っただけだった。「いい加減にして、ハワード。あたしはもう二度とそんなゲームをする気はないの。いつだってあなたが勝つようなゲームはね」

彼女は、もうハワードのことを気にかけるつもりはないふうを装っていたが、ハワードにはわかっていた。ぼくには人のことがわかる。人が何を求めているかがわかる。そして、アリスはぼくを必要としているのだ。二人の関係の中で、これが――彼がアリスを必要としている以上に、アリスが彼を必要としているのだということが、彼の最強のカードだった。ハワードは、そのことばかりを考えつづけた。フンボルト&ブラインハールト・デザイナーズのオフィスで仕事をしている時も、安食堂で昼食をとっている時も（これも当てつけのひとつ）、地下鉄で安アパートに戻る時も（リンカーン・コンチネンタルはアリスががっちり保管している）。アリスがどれほど自分を必要としているかについて、彼は果てしなく考えつづけた。しかし、それと同時に、アリスが彼を家から追い出した日に言った言葉も繰り返し意識の表層に浮かび上がってきた。あの日、彼女はこう言ったのだ――今後、リアノンに近づこうとしたら、殺してやる、と。

アリスがなぜこんなことを言ったのかは思い出すことができなかった。思い出せないだけでなく、あえて思い出そうとしなかった。この思考ラインをたどっていくのは、居心地を悪くさせるからだ。ハワードにとって何より重要なのは、自分を居心地のよい状態に置いておくことだった。世の中には、それぞれの人生の中で自分を何とかうまく適応させようと、何時間も何日も費やして必死になっているやつが大勢いる。だが、ぼくはちゃんと対応している。十二分に適応している。充足している。ぼくはOK、ぼくはOK、ぼくはOK。問題はおまえたちのほうなんだ。「誰かに居心地の悪い気分にさせられるというのは」とハワードはしょっちゅう口にしたものだった。「自分の人生のハンドルを相手に渡してしまっているからだ。そうなれば、向こうは自由におまえの人生を操作できることになる」ハワードにはほかの人々のハンドルを見つけることができた。だが、ほかの人々は決してハワードのハンドルを見つけることはできない。

まだ冬ではないのに猛烈に冷えこんだ午前三時、ハワードはステュのパーティから戻ってきた。フンボルト&ブラインハールトで出世したければ絶対に出なければならないパーティだった。ステュのひどいご面相の妻がハワードを誘惑しようとしたが、ハワードは終始何のことやらわからないというふりを続け、結果、彼女は居心地の悪い状態に追いやられて、目論見を放棄せざるをえなくなった。ハワードはオフィスのゴシップに注意深く耳を傾け、これまで会社をやめた何人かは、何ともまずいところを——有体に言えば、ズボンを下げているような場面を——見られたからだということを知った。かと言って、ハワードのズボンが難攻不落のバリヤーだというわけではまったくなく、彼は、ちょっと話があると言って、ドロレスを表のオフィスから連れ出して奥の部屋に行くと、きみはぼくの人生を惨めなものにしているといって責めた。「たいしたことじゃない」ハワードは厳しい口調で言った。「きみにそんなつもりがないことはわかっているけれど、でも、やめてもらわなくちゃならない」

「どんなこと？」ドロレスは、信じられないといった様子で言ったが、それでも（彼女は常日ごろ、心底からほかの人たちをハッピーにしようと努めていたので）居心地の悪さを感じていた。

「ぼくがきみに首ったけだということを、きみは間違いなく知っている」

「いいえ、そんなこと——そんなことは思ってもみなかったわ」

ハワードはまさかという顔をし、次いで恥ずかしくていたたまれないという表情を見せた。もちろん、実際にはどちらでもない。「それなら――それならぼくは――ぼくが間違っていた。申しわけない、ぼくはてっきりきみが意図的にやっているのだとばかり――」

「何を？」

「わざとぼくに――ぼくに冷たく当たって――いや、これじゃまるで高校生だ。本当にどうでもいいことなんだけれど、くそっ、ドロレス、ぼくは馬鹿な高校生みたいにのぼせ上がっていて――」

「ハワード、あたし、あなたを傷つけていることさえ知らなかった」

「畜生、ぼくは何て鈍感なんだ」ハワードはさらに傷ついたというふうに聞こえるように言った。

「ハワード、あたしはあなたにとってそんなに重要な存在なの？」

ハワードはべそをかいているように小さく鼻を鳴らした。これが何を意味しているととるかは彼女しだい。何であれ彼女は、自分がそうあってほしいと思っているように受け取ることになる。ドロレスは居心地が悪そうだった。この状態を解消して居心地のよさを取り戻すためには何でもやるだろう。彼女の居心地の悪さはたいそう大きく、結果、二人はたっぷり半時間をかけて、再びおたがいの居心地のよさを回復させるに至った。これまで、オフィスの誰ひとりとしてドロレスをなびかせた者はいない。だが、ハワードは誰でもなびかせることができるのだ。

彼はこのうえなく満ち足りた気分で四階まで上がっていった。おまえなんか必要ない、アリス――と心の中でつぶやく。誰もいらない、手に入れたやつは誰も。このフレーズを口ずさみながら、ハワードは共用のバスルームに入り、電気をつけた。

トイレから水を流すゴボゴボという音が聞こえてきた。次いで、シューシューという音。誰かが電気を消したままでトイレを使っていたのか？　トイレを覗いてみたが、誰もいなかった。だが、さらに近づいてみると、便器の中に赤ん坊がいるのが見えた。生後二ヵ月くらい。鼻と目がかろうじて水の上に出ている。おびえているような様子で、両脚と尻と腹は排水口の中だ。誰かが溺れ死にさせようと思ったのは間違いない。誰であるにせよ、世の中に、赤ん坊をトイレで流してしまえると思うような愚かな人間がいるとは、ハワードには考えられなかった。

一瞬、ハワードは、そのままにして出ていこうかと思った。都会生活者の心性――自分に関係のないことにはかかわらない、たとえ、それが残酷な結果に至ろうとも。実際、この赤ん坊を助けたとしたら、厄介なことになる。警察に連絡して、自分の部屋で面倒を見て……新聞種にもなりかねないし、少なくとも朝まであれこれの書類を書かされるはめになるのは間違いない。ハワードは疲れていた。すぐにでもベッドに入りたかった。

だが、そこで、アリスにこう言われたことが脳裏に蘇ってきた。「ハワード、あなたは人間でさえないわ。自分のことしか考えない、おぞましい怪物よ」ぼくは怪物じゃない。ハワードは心の中でそう答えて、赤ん坊を引っ張り出そうと便器に手を伸ばした。

赤ん坊は排水口に固くはまりこんでいた。誰にせよ、とにかく殺そうとして力まかせに押しこんだのだ。瞬時、罪のない赤ん坊を殺すことで自分の問題を解決しようと考えることのできる人間がいるということに、純然たる怒りの念が湧き上がってきた。だが、子供に対する犯罪行為は、ハワードが考えないと決めたことだった。次の瞬間、彼はほかのことを考える必要に迫られた。

ハワードは、赤ん坊の指が全部くっついているのに気づいた。両腕の先端の骨と皮膚が融合してヒレのようになっている。ハワードの腕をつかんでいるそのヒレの力は尋常ではなく、彼は両手を便器の水の中にさらに深く突っこんで、赤ん坊を引き出そうとした。

ついに、赤ん坊の体はすっぽりとはずれ、水が勢いよく吸いこまれていって、中断されていた水洗のフラッシュアクションが完了した。赤ん坊の脚もまた癒着して一本になり、末端がおぞましい形によじれていた。男の子だった。ねじ曲がって片側に寄った異様に大きい性器。ハワードはさらに、足があるべき場所にふたつのヒレがあり、その先端近くに、腐りかけている傷口のような赤い斑点がいくつも散っているのに気づいた。赤ん坊は激しい泣き声を上げた。猛々しいその声に、ハワードは、以前に目撃した犬の断末魔の叫びを思い出した。(ただし、それより前の部分は思い出すのを拒否した——この犬を殺したのは実はハワードで、彼は走ってくる車の真ん前に、ドライバーが急ハンドルを切るのを見てやろうというだけの理由で、犬を放り投げたのだった。ドライバーはよけようともしなかった)

どんなに異様な姿形をしている者でも生きる権利がある。ハワードは思った。だが、腕の中に赤ん坊を抱えた今、彼は強い嫌悪感に襲われ、それは、誰であれ、この生き物を殺そうとした者——たぶん両親だ——への同情に変わった。ハワードの腕をつかむ位置が変わり、今までヒレにつかまれていた個所に、ハワードは鋭く刺すような痛みを感じた。空気にさらされると、それは即座に耐えがたい激痛に変じた。腕にぽっかりと口を開けたいくつかの大きな傷口からは早くも血と膿が流れはじめている。

一瞬、ハワードはその傷口と赤ん坊を結びつけることができなかったが、ハッと気づいた時にはすでに、足のヒレが腹に押しつけられ、手のヒレは胸をつかんでいた。赤ん坊のヒレの先端の傷と見えたものは傷ではなく、強力な吸盤だった。吸盤はハワードの皮膚にがっちり食いこみ、接触が断たれる際に皮膚をはぎ取っていったのだ。ハワードは必死で赤ん坊を引き離そうとしたが、いったん離れたヒレも、ハワードがもう一方のヒレと格闘している間にすぐに新たな場所を見つけて食らいついてくる。

博愛の精神から始まったものが、今や猛烈な格闘になっていた。こいつは赤ん坊なんかじゃない。赤ん坊ならこんなふうにがっちりとしがみついたりはできない。しかも、この生き物には歯があって、ハワードの手や腕が届く位置に来ると嚙みついてくるのだ。確かに顔は人間だが、人間じゃない。ハワードは、赤ん坊が気絶して落ちてくれないかと、壁に全身を叩きつけたが、赤ん坊はいっそう強くしがみついてきただけで、しがみつかれている個所の痛みがさらにひどくなった。そんな格闘を続けた末、ハワードはついに、トイレの仕切りの端をテコにして赤ん坊をもぎ離し、振り払うことに成功した。赤ん坊は床に落ち、ハワードは素早く跳びすさった。十ヵ所以上の傷が強烈な痛みにズキズキと激しくうずいている。

これは絶対に悪夢だ。真夜中、裸電球が一個だけ灯るバスルームで人間もどきが床の上でのたうちまわっているこの光景に、わずかでもリアリティがあるとは、ハワードにはとうてい思えなかった。

こいつが、とにもかくにも生きている突然変異だという可能性はあるだろうか。それにしても、体のコントロール能力と意志は人間の幼児をはるかに超えている。赤ん坊は床の上を移動しはじめた。ハワードは腕の痛みに耐えながら、パニックの中でどうしたらいいかを判断することもできず、ただ見つめているだけだった。赤ん坊は壁に到達し、ヒレを伸ばした。吸盤で壁に貼りついて、じりじりと壁を登りはじめ、登っていく途中で排泄した。細い緑の粘液の筋が壁を伝い落ちていく。ハワードは、壁を登る赤ん坊のあとに続くどろりとした液体を見つめ、自分の腕の膿でいっぱいの傷口を見つめた。

何であるにせよ、この生き物がこれだけ異常な体ですぐに死なないのなら、いったいどうなるんだ？　このまま生きつづけたら？　誰かに発見されて、病院に運ばれて、世話をされたら？　大人になったとしたら？

赤ん坊は天井に達すると方向を変えて、プラスターをがっちりとつかみ、落下することもなく、天井からぶら下がった格好で一歩また一歩と電球のほうに向かっていく。

ほどなくそいつは、ハワードの真上に到達した。依然として緑の粘液を滴（したた）らせている。嫌悪感が恐怖を上まわり、ハワードは手を伸ばして赤ん坊の背中をつかんだ。渾身の力をこめて引っ張りつづけ、ついに天井から引き離した。赤ん坊はハワードの手の中でのたうちまわりながら、吸盤を貼りつかせようとしたが、ハワードは全力で抵抗しつづけ、何とか便器の中に突っこむことに成功した。今度は頭を下にして――そして、そのままずっと押さえつづけた。やがて、ブクブクと立っていた泡が消え、体が青黒くなった。そこまで見定めてから、ハワードは自分の部屋にナイフを取りにいった。あの生き物が何であるにせよ、この世から消滅させなければならない。完全に死んでもらわなければならない。そして、ハワードが殺したことを示す可能性のあるあらゆる痕跡を消し去らなければならない。

ナイフはすぐに見つかったが、ハワードは傷に何か塗らなければと思った。強烈な痛みは、しかし、ほどなく少しやわらいだ。ハワードはシャツをぬぎ、一瞬考えたのちに、着ているものを全部ぬいでバスローブに着替え、それからタオルを手にバスルームに戻った。服には一滴たりとも血痕を残してはならない。

バスルームに戻った時、トイレには赤ん坊の姿はなかった。ハワードは愕然とした。誰かが溺れかかっているあいつを見つけたのか？　だとすると、ぼくがバスルームから出るところも見られたのだろうか――もっとまずいことには、ナイフを手に戻ってきたところも。彼はバスルームを見まわした。何もいない。そっと廊下に歩み出る。誰もいない。ハワードはドアの前で考えた。いったい何が起こったんだ。

その時、上から何かが落ちてきて、ハワードの頭と肩にどしんと着地した。ヒレの吸盤が顔と頭をぐいと引っ張るのがわかった。ハワードは叫びそうになったが、何とか押しとどめた。誰も起こしてはならない。赤ん坊はどういうわけか溺れ死ぬことなく、トイレから這い出して、バスルームのドアの上でハワードが戻ってくるのを待っていたのだ。

再度、格闘が始まった。今回は首の後ろにしがみつかれていたので、先刻をはるかに上まわる苦闘を強いられたものの、いま一度、ハワードはトイレの仕切りを使ってヒレをもぎ離した。ナイフを置いて両手を使えるようにし、さらに十カ所以上の深手を負い、そうして、疲労困憊の果てに、ついに赤ん坊を床に落とすことに成功した。赤ん坊が腹這いになっている限りは背後からつかむことができる。ハワードは片手で赤ん坊の首をつかみ、もう一方の手に拾い上げたナイフを握った。そして、そのままの格好で赤ん坊を便器の上に運んだ。流れ出る血と膿に対処するのに、二度水を流さねばならなかった。どろりとした白い膿汁は少なくとも血と同じくらいの量があり、ハワードは、赤ん坊が病原菌に感染している可能性はないだろうかと考えた。そののち、さらに七回水を流して、めった切りにした肉片を排水口の彼方に追いやった。本体が死んでしまってからも、吸盤は便器に貼りついたままで、ナイフでそぎ落とさなければならなかった。

ついに赤ん坊は跡形もなく消え去った。一連の作業に、ハワードは息も絶えだえだった。強烈な悪臭と自分がやったことへのおぞましさに、吐き気がこみ上げてきた。彼は、車に轢かれた犬の腸（はらわた）の臭いを思い出した。そして、パーティで食べたものをそっくり戻した。パーティの残滓を体内から出してしまうと、少しきれいになった気がした。シャワーを浴びて、さらにきれいになった気がした。すっかり片がつくと、最後に、この凄惨な出来事の痕跡がいっさい残っていないことを確認した。

そして、ベッドに入った。

なかなか寝つけなかった。頭の中が沸き立っていた。ハワードは、自分が殺人を犯したのだという考えを追い払うことができなかった（殺人じゃない、殺人じゃない、単に、生きているにはおぞましすぎるものを排除しただけだ）。ほかのことを考えようとした。何でもいいから、ほかのことを。現在進行中のプロジェクト——だが、デザインはどれもヒレになってしまう。自分の子供たち——だが、子供たちの顔はどれも、彼が殺したばかりの、もがきまわる怪物の獰猛な顔になってしまう。アリス——ああ、アリスのことは考えたくもない、あの生き物よりもずっと。

ようやく眠りについたハワードは夢を見た。夢の中で、彼は父親のことを思い出していた。ハワードが十歳の時に死んだ父。父との長い散歩や車庫の前でのバスケットボールや釣り旅行といった、ありきたりの出来事は出てこなかった。こうしたことは実際にあったのだが、しかし、今晩ばかりは怪物との格闘のおかげで、これまでずっと意識の奥に隠しつづけてきた暗い記憶が浮かび上がってきた。

「今、十段変速の自転車を買ってやる余裕はないんだ、ハウイー。ストライキが終わるまではな」

「わかってるよ、父さん。しょうがないってことは」雄々しく受け入れる。「ぼくは気にしないよ。学校が終わって、みんなが走りまわっている時間に、家にいて宿題を早く終わらせればいいだけのことだもの」

「十段変速の自転車を持っている子なんて、そんなにたくさんはいないだろう？　ハウィー」

ハウィーは肩をすくめ、あふれてきた涙を隠すために横を向く。「うん、そんなにはね。でも、父さん、ぼくのことは心配しないで。ハウィーは自分のことは自分で何とかできるから」

なんという勇気。なんと強い少年。一週間たたないうちに、ハワードは十段変速自転車を手にしていた。夢の中で、ハワードは、もうひとつの出来事を思い出した。これと自転車が関係しているのを、これまで自分では決して認めることができなかったことだ。当時、父は、実に手のこんだ無線装置を車庫に置いて楽しんでいたのだが、もう飽きたからと言ってその装置一式を売り、その後は、ただひたすらつまらなそうに裏庭でいろんな作業をやっていた。そして、ストライキが終わって仕事に戻り、圧延機に巻きこまれて死んだのだった。

夢の終わりはおぞましいものになった。ハワードは父に肩車をしてもらっていた――先刻、彼自身の肩に載っていた怪物のように。手にはナイフがあった。彼はそのナイフを何度も何度も父の喉に突き立てた。

明け方の淡い光の中、目覚まし時計が鳴る前に、ハワードは目を覚ました。弱々しくしゃくり上げながら。涙の中で「父さんを殺した、父さんを殺した」とつぶやきながら。

そして、ゆっくりと眠りの底から浮上しつつ、時計を見た。六時半。「夢か」その夢が彼を目覚めさせてしまったのだ。こんな早い時間に、ひどい頭痛とともに。目は涙でヒリヒリし、枕もぐっしょり濡れている。「なんてひどい一日の始まりだろう」ハワードはつぶやいた。そして、いつものようにベッドから出ると窓辺に行ってカーテンを開けた。

窓ガラスに吸盤をべったりと貼りつかせた赤ん坊がいた。

体全体が窓に押しつけられている。おそろしく強く吸いつけられていて、まるで、そのままガラスを破らずに通り抜けてしまいそうだ。ずっと下のほうから、早朝の車が行き交う音が聞こえてくる。通りすぎていくトラックの轟音。だが、赤ん坊が、道路からはるか高いところにいることを意に介している様子はまったくない。落下を防止する出っ張りひとつないというのに。実際、赤ん坊が落下する可能性はほとんどないように思えた。赤ん坊の目がじっと、突き刺すようにハワードを見ていた。

この時まで、彼は、昨晩の出来事はいまひとつのおそろしくリアルな悪夢だったことにするつもりにしていた。

ハワードはあとじさり、窓から少し離れて、魅入られたように赤ん坊を見つめた。赤ん坊は一方のヒレを持ち上げて少し高い場所に置きなおし、新たな位置——真正面からハワードをにらみつけられる位置に体を引っ張り上げた。そして、ゆっくりと規則正しく、頭をガラスに打ちつけはじめた。

アパートの家主は、建物のメンテナンスに金を出すような人間ではない。ガラスは薄く、ハワードは、赤ん坊がガラスを打ち破って中に入り、ハワードのもとにやってくるまであきらめないことを察知した。

全身がガタガタと震え出した。喉が詰まった。とてつもない恐怖が全身を包んだ。昨晩の出来事は夢なんかではなかったのだ。赤ん坊が今ここにいるという事実が、その証拠だ。昨晩、ズタズタに切り刻んだのに。生きているなどありえないのに。赤ん坊が頭を叩きつけるたびにガラスが揺れ、ガタガタと音を立てる。

繰り返し頭が打ちつけられた個所から放射状の割れ目が広がっていく。入ってくる！ハワードは備えつけの椅子をつかみ、窓の赤ん坊めがけて投げつけた。ガラスが割れ、外に向けて勢いよく砕け散った瞬間、無数のガラス片にキラキラと光が反射して、赤ん坊と椅子をまばゆく輝く光背のように取り囲んだ。

ハワードは窓に駆けより、下方を見た。そして、赤ん坊が大型トラックの天辺に激突するのを見つめた。ぶつかった瞬間、赤ん坊の体がぐしゃりと広がったように見え、そのまわりに椅子の断片とガラスの破片が舞って、四方に跳ね返りながら道路と歩道に散った。

トラックは停まらなかった。つぶれた体とガラスの破片と血だまりを載せたまま、通りを走り去っていった。ハワードはベッドに駆け戻ると、かたわらに膝を突いて毛布に顔をうずめ、何とか気持ちを落ち着けようとした。見られてしまった。通りにいた人たちが顔を上げて、窓際にいるハワードの姿を見ていた。昨晩、あれだけの時間をかけて事が発覚しないようにしたというのに、もうどうしようもない。破滅だ。それでも、あいつを部屋に入れるわけにはいかなかった。それだけは絶対に阻止しなければならなかった。

階段に足音が響く。廊下を踏み鳴らしながら近づいてくる足音。激しくドアが叩かれる。

「開けろ！　いるのはわかってる！」

このままずっと息をひそめていれば、行ってしまうだろう。ハワードは心の中でつぶやいた。自分でもそれが嘘だということはわかっていた。立ち上がらなければ、ドアを開けなければ。そう思いながらも、彼には、この安全なベッドから離れなければならないということを自分に納得させることができなかった。

「おい、このクソ野郎――」怒鳴り声が続くが、ハワードはどうしても動くことができなかった。と突然、赤ん坊がベッドの下にいるかもしれないという思いが浮かんだ。そう思った途端、太腿にヒレの先端が触れるのが感じられた。ヒレは腿を撫で、やがて力をこめて――

ハワードは跳び上がってドアにダッシュすると、ドアを大きく開け放った。警官が入ってきて逮捕されてもいい。警官なら、このおぞましい怪物から守ってくれる。

ドアの前にいたのは警官ではなく、一階に住んでいる家賃の集金人だった。「このクソったれのどアホ野郎！」集金人は吠えた。かつらまでが、あるべき場所から今にもずれてしまいそうな勢いだった。「椅子が誰かにぶつかっていたかもしれないんだぞ！　その窓ガラスはえらく上等なんだ！　出ていってくれ！　今すぐここから出ていってくれ！　おまえなんぞにはここにいてもらいたくない。どれだけ酔っ払っていようが――」

「そこに――窓にいたんだ。あいつが――あの生き物が――」

　男は冷ややかにハワードを見たが、その目は一点に落ち着くことなく、あちこちと動きまわっていた。怒りのあまり——違う、怒っているんじゃない。怖がっている。この集金人はぼくを怖がっている。

「ここはな、ちゃんとしたアパートなんだ」それまでとはうって変わった低い声で男は言った。「生き物だろうが酒だろうが臭いピンクの象だろうが、何だってかまわないが、とにかく窓の修理代は百ドルだ。今すぐ百ドル払ってくれ。そうしたら、出ていくまでに一時間やる。一時間だ、わかったな？　でないと警察を呼ぶ。聞いているのか？」

「聞いている」ハワードはちゃんと聞いていた。二十ドル札を五枚数えて渡すと、男は戻っていった。金を受け取る時、男は用心深くハワードの手に触らないようにしていたみたいだった。まるで、ハワードが触るのもはばかられるほどに汚いものになったかのように。そう、そのとおりだ。他人はともかく、自分自身にとってぼくは何とも汚らわしいものになってしまった。集金人の姿が見えなくなると同時にハワードはドアを閉めた。それから、身のまわりの品をふたつのスーツケースに詰め、一階に降り、タクシーを停めて、仕事場に向かった。

運転手は不快げに彼を一瞥し、口を開こうとはしなかった。これはハワードとしてはありがたかったが、どうせなら、ミラーでずっと見ているのも——まるでハワードが何かをするか、あるいはやろうとするのではないかと恐れているように、びくびくと見ているのもやめてほしかった。ぼくは何をするつもりもない。ハワードは心の内で言った。ぼくはちゃんとした人間だ。オフィスに着くと、ハワードはチップをはずみ、さらに二十ドルを渡して、スーツケースをクイーンズの家まで運んでくれるよう頼んだ。アリスはきっと、しばらくの間預かっておいてくれるだろう。ぼくはもうアパートには住めないのだから――ブロンクスのであれ、ほかのどこのアパートであれ。

あれが悪夢だったのは明らかだ。昨晩のも、今朝のも。あの怪物はぼくにしか見えないのだ。ハワードはそう断定した。四階から落ちたのは椅子とガラスだけ――ほかに何かあったら、集金人が気づいているはずだ。

だが、集金人は、赤ん坊がトラックに落ちたところは見ていない。ひょっとして、あれは現実で、赤ん坊がニュージャージーかペンシルヴァニアで発見されるということはないだろうか。

絶対に、絶対に現実であるはずがない。昨晩、細切れにしたのに、今朝はまた元の姿に戻っていた。悪夢以外には考えられないではないか。頭の中でハワードは言い張った。ぼくは、実際には誰も殺していないのだ（あの犬を除いては。父さんを除いては――心の奥で、新たなおぞましい声が言う）。

仕事をしろ。紙にラインを引いて、電話に出て、手紙の口述をして、そうやって頭から悪夢を閉め出しておくんだ。家族のことも、自分の人生がめちゃくちゃになりつつあることも閉め出しておくんだ。「昨日のパーティ、すごかったな」ああ、すごかった、まったく。「ハワード、今日はどんな調子？」元気だよ、ドロレス、元気だ――きみのおかげで。「IBMのラフはできてるかい？」もう少し、もう少しだ。あと二十分だけもらえるかな。「ハワード、何だか具合が悪そうだけど」きつい夜だったからね。パーティのせいさ。

ハワードはドローイングテーブルでラフ作成をする代わりに、自分のデスクで下描き用のノートに向かって手を動かしていた。いくつもの顔を描いた。厳しくて恐ろしいアリスの顔。ステュのひどいご面相の妻の顔。かわいくて従順で愚かしいドロレスの顔。そして、リアノンの顔。

だが、娘のリアノンのスケッチは、顔だけでとどめることができなかった。

自分が何を描いたかに気づいた時、手が震えはじめた。彼はそのページを破り取り、くしゃくしゃに丸めて、ゴミ箱に捨てようとデスクの下に手を伸ばした。ゴミ箱がぐらりと傾き、ヒレがくねくねと出てきて、ハワードの手をがっちりつかんだ。

ハワードは金切り声を上げて手を引いた。赤ん坊がくっついてきた。脚のヒレがハワードの右脚をぐいとつかむ。吸盤が吸いつき、昨晩の猛烈な痛みの記憶が蘇ってくる。ハワードはファイルキャビネットの角を使って赤ん坊をもぎ離し、ドアに向かって駆け出した。ハワードが達するより早く、ドアが開いて、同僚が何人かドヤドヤと入ってきた。「何事だ！ ハワどうしたんだ！ なんで叫んでいるんだ！」

ハワードは彼らを引き連れて、細心の注意を払いながら、赤ん坊がいるはずの場所に戻った。何もいない。引っくり返ったゴミ箱があるだけだ。床に転がった椅子。だが、窓が開いている。自分が開けたかどうか、ハワードには思い出せなかった。「ハワード、どういうことだ？ 疲れているのか？ ハワード、具合でも悪いのか？」

悪い。とても悪い。

ドロレスがハワードの体に腕をまわして、部屋から連れ出した。「ハワード、心配だわ」

ぼくも心配だ。

「送りましょうか？　あたしの車が下の車庫にあるから。家まで送っていくわ」

どの家に？　ぼくには家がないんだ、ドロレス。

「それじゃ、あたしの家に。アパートだけど。あなたは横になって休む必要があるわ。お願いだから、そうして」

ドロレスのアパートは、初期のホリーホビー・グッズで飾り立てられていた。ステレオでかけられたレコードは、まずカーペンターズの古い曲、次いでキャプテン&テニールの新しい曲。ドロレスはハワードをベッドに連れていき、やさしく服を脱がせると、続いて——ハワードが手を差し伸べたので——自分の服も脱ぎ、そうして彼女がオフィスに戻る前に、二人はセックスした。彼女はナイーブで貪欲だった。ハワードの耳もとで、あなたは二人めよ、最初の人とは五年前とささやいた。彼女の不器用なセックスは、しかし、心からの誠実さにあふれていて、ハワードはそれだけで泣きたくてたまらなくなった。

ドロレスが行ってしまってから、ハワードは泣いた。彼女は自分がハワードにとって重要な存在だと思っている。でも、実際にはそうじゃない。

どうしてぼくは泣いているんだ？　ハワードは自問する。どうして、こんなことを気にしなくちゃならないんだ？　ぼくのせいじゃない、彼女が自分を操るハンドルをぼくに渡しただけのことだ……。

ドレッサーの上に赤ん坊がすわっていた。異様に大人っぽい姿勢でマスターベーションをしながら、じっとハワードを見つめていた。「嘘だ」ハワードはベッドの端にずり上がった。「おまえは存在していないんだ。ぼく以外、誰もおまえを見ていないのだから」赤ん坊が理解した様子はなかった。ゴロンと転がって、ドレッサーからずるずると降りはじめた。

ハワードは服を引っつかんで寝室からとび出し、居間に駆けこむと、ドアから目を離さずに、大急ぎで服を着た。間違いない、あいつはカーペットの上を這って居間に向かっている。だが、赤ん坊が姿を現わす前にハワードは服を着終わって、アパートをあとにした。

三時間歩きつづけた。最初は冷静に考えていた。理性的に、論理的に。あの生き物は存在していない。あいつが存在していると考えるべき理由はどこにもない。

だが、理性は刻一刻とすり減っていった。ハワードの視野の隅には常に赤ん坊の姿がちらついていた。ベンチの上で背後からうかがっている赤ん坊。ショーウインドウの中から、牛乳配送車の運転席から見つめている赤ん坊。ハワードの足はどんどん速くなっていった。どこに向かっているかも意に介さず、必死に頭の中の理性のプロセスを維持しようとした。そして、とある交差点に来た時、それは完全に崩壊した。目の前に赤ん坊が見えた。このうえなくはっきりと、信号機からぶら下がっている赤ん坊の姿が見えた。

通行人が追い討ちをかけた。通りすがりの人々が次々と、ニューヨーカーはおたがいを見てはならないという不文律を破ってまじまじと彼を見つめ、身震いして視線をそらせた。ヨーロッパ人とおぼしい背の低い女性は十字を切った。トラブルの種を探していたティーンエイジャーのグループは、彼を見るや一様に口を閉ざし、黙ったまま彼が通りすぎるのを待ち、黙ったまま彼の姿が見えなくなるまで凝視しつづけていた。

彼らには、赤ん坊の姿が見えていないとしても、別の何かが見えていることを、ハワードは理解した。

頭の中のとりとめのない考えがどんどん脈絡のないものになっていくとともに、様々な記憶が浮かび上がってきた。閃光のようにひらめき、消えていくいくつもの記憶。これまでの人生の様々な光景が目の前を通りすぎていく。こんな光景は溺れかけている者にしか見えないはずだとハワードは思う。実際に溺れかけているのなら、水を飲みこめばいい。胸の奥深くまで水を吸いこめばいい。そうすれば幻は消える。今、ハワードの目の前を通りすぎていくのは、もう長い間、彼には思い出すことができなかった記憶——絶対に思い出したくなかった記憶ばかりだった。

哀れな混乱した母。よき親であろうという熱意が強すぎたあまり、母はあらゆるものを読み、あらゆることを試みてみた。早熟な息子のハワードも一緒に読み、母よりずっとよく理解した。母が試みたことはことごとくうまくいかなかった。そして彼は、要求が多すぎると言って母を責めた。要求が多すぎる、充分な要求をしない、充分な愛情を注いでいない、偽物の愛情でぼくを溺れさせようとしている、友達を遠ざけてその代わりになろうとしている、ぼくの友達を本当に好きになろうとしない。ハワードが執拗に責め立て苛みつづけた結果、母はやがて、彼に話をする時は常にびくびくし、何事もハワードの気に障らないよう細心の注意を払って要領を得ない話を続けるようになり、彼のほうは時折、「ぼくは何て素晴らしい母さんを持ったんだろう」と言って彼女を抱きしめ、天にも昇る心地にさせる一方で、その何十倍も多く、ぼくは我慢しているんだぞという表情を浮かべて「またかい？　母さん、そんなのはとうの昔に卒業したと思ってたよ」と繰り返しつづけた。言葉はたいしていらなかった。親として失格だ、それが母さんなんだと思い起こさせる状況をハワードは積み重ねていき、そのたびに母はうなずいて、そのとおりだと思い、こうしてハワードが作り出した一方的な関係性のうちで、彼女の精神は完全に死んでしまった。そんな母から、ハワードはほしいものをすべて手に入れた。

ヴォーン・ローブルズ。ヴォーンはハワードよりほんの少し成績がよく、ハワードはどうしても卒業生代表になりたくてヴォーンと親友になった。ヴォーンは、ハワードのためなら何でもしてくれた。ヴォーンは、自分がハワードよりもいい成績を取ると常にハワードが傷つくこと、自分は何の価値もないのではないかと考えることに気づかずにはいられなかった。ハワードはいつもこんなふうに言った。「ぼくは何の値打ちもないんじゃないだろうか、ヴォーン？　どんなにいい成績を取っても、必ず誰かがぼくの前にいる。父さんが死ぬ前に言っていたのは、まさにこういうことだったんだという気がする。父さんはこう言ったんだ、ハウイー、父さんより立派な人間になれ。トップになれ。それでぼくは約束したんだ、絶対にトップになるって。でも、ヴォーン、ぼくには結局それだけの力はないんだ——」そして一度など、泣き出しさえした。高校の卒業式の日、ヴォーンは卒業者席にすわって、ハワードが代表の挨拶をするのを聞きながら、自分を誇らしく思っていた。本当の友情に比べたら、順位のひとつやふたつ、どうだと言うんだ？　ハワードは奨学金を得て大学に行き、その後、二人が会うことはほとんどなかった。

わざと怒らせ、彼を殴るように仕向けて、職を失わせてやった教師。冷たくあしらわれたので、密かに、あいつはホモだという噂を流し、結果、チームから村八分の扱いをされて、やめざるをえなくなったフットボール選手。自分が実際にできるということを示すだけのために友人たちから奪った大勢の女の子たち。仲間はずれにされたら嫌だというだけの理由で自分からぶち壊したいくつもの友人関係。彼がめちゃくちゃにした何人もの結婚生活。彼が追い落とした同僚たち。涙をボロボロ流して歩きながら、ハワードは思った。こんな記憶がぞろぞろと、いったいどこから、なぜ出てくるんだ。これまでずっと思い出しもしなかったのが、いっきにあふれ出してくるなんて、いったいどういうことなんだ。しかし、彼には答えがわかっていた。答えは、彼が通りすぎる戸口の奥で這いずり、電柱という電柱によじ登り、すぐ足もとの歩道から彼に向かって嫌らしいヒレを振っていた。

はるか以前から、自分の身勝手な願望を満たすために大勢の人を利用し踏みつけにしてきた卑劣な行為の数々――それは、彼が、他人の弱い点を、試してみるまでもなく見つけることができるからだった――、その記憶がひとつまたひとつと容赦なく立ち現われては消えていき、そうしてとうとう、あの場面に、そこから先に進むことはない、決して先に進むことはないとわかっているところに到達した。

リアノン。

十四年前に生まれた娘。早くから笑い、早くから歩き、ほとんど泣かなかった娘。最初から従順で思いやりにあふれていた娘はハワードの格好の餌食だった。アリスも母親としてはひどいものだった。ハワードだけが悪い親だったわけではない。だが、リアノンを操作するのはもっぱらハワードだった。「パパは傷ついたよ、スイートハート」と言うと、リアノンの目が大きくなっていき、申しわけないという気持ちでいっぱいになり、そうして、パパが望むことなら何でもする――リアノンはそんな少女になった。だが、これはハワードにとっては平常の行動様式の一環であって、これまでの彼の人生のあり方にきれいに当てはまるものだった。そう、先月までは。

この今でさえ、自身の人生で初めての悲痛きわまりない一日を過ごした、そのあとでさえ、ハワードはこの記憶に直面することができなかった。だが、できようができまいが、それは否応なくそこにあった。ハワードは思い出したくないままに思い出した。ドアがほんの少しだけ開いたリアノンの部屋。その前を通りすぎようとして、布のようなものがひらりと動いたのが見えた時。衝動的に――ただ衝動的にドアを開けると、リアノンがブラジャーをはずして鏡に映った自分の体を見ているところだった。その瞬間まで、ハワードは自分の娘が欲望の対象になるなど考えたこともなかった。だが、いったん欲望が形をなすや、彼の意識には、自分がほしいものを手に入れようとするのを制止するいかなる方策も行動様式もなかった。彼は居心地が悪かった。だから部屋に入り、ドアを閉めた。そして、リアノンには、父にノーというすべがないことがわかっていた。アリスがドアを開いた時、リアノンは静かに泣いていた。アリスは室内を一瞥し、一瞬ののち、すさまじい叫びを上げ、叫びに叫びつづけた。ベッドのハワードは体を起こして何とか事態を落ち着けようとしたが、リアノンは静かに泣きつづけ、アリスはなおも叫びつづけ、ハワードの股間を蹴り、殴り、顔を引っかき、唾を吐きかけ、あなたは怪物よ怪物よと怒鳴りつづけ、そうして、果てしない修羅場の果てにようやく部屋から逃げ出すことのできたハワードは、そのまま家から逃げ出し、そして、今この時まで、その記憶からも逃げつづけていたのだった。

ハワードは絶叫した。あの時は叫ばなかった彼が、この今、声を限りに叫びながら、ショーウインドウの板ガラスに全身を叩きつけた。右腕がガラスを突き破り、十カ所以上が切れて血が噴き出した。前腕に大きなガラス片が突き刺さっていた。ハワードは腕を壁にこすりつけ、ガラスをさらに深く食いこませた。腕の痛みは心の痛みには比べようもなかった。彼は何も感じていなかった。

彼は大急ぎで病院に運ばれた。誰もが生死にかかわる事態だと考えていたのだが、しかし、医者も驚いたことに、おびただしい出血にもかかわらず、傷はどれも表面的なもので、命の危険はまったくなかった。「どうして、静脈や動脈に達しなかったのかはわからないが」と医者は言った。「たぶん、ガラスが四方八方に散ったおかげで、致命的な傷を与えるには至らなかったんでしょう」

外科のドクターに続いて、当然のように、精神科医の診察があった。だが、病院には自殺の可能性が高い患者が大勢いて、ハワードは危険な部類とは判定されなかった。「あの時は正気ではなかったんです、ドクター、それだけです。ぼくは死にたいとは思っていません。あの時も、死にたいとは思っていませんでした。もう大丈夫です。家に帰っても問題ありません」精神科医は彼を帰宅させることにした。腕には包帯がぐるぐると巻きつけられた。彼らには知るよしもなかったが、ハワードが本当に安堵したのは、病院のどこにも、あの小さな裸の赤ん坊の形をした生き物が見えないということだった。ぼくはみずからを浄化したのだ。もう自由なのだ。

ハワードは救急車で家まで運ばれ、担当者がストレッチャーのまま彼を家の中に運び入れてベッドに移した。この間、アリスは担当者たちを寝室に案内する時以外、いっさい言葉を発しなかった。ベッドに横たわったハワードを、アリスが上から見おろした。一ヵ月前に家を出てから初めて、ハワードとアリスは二人だけになった。

「感謝するよ」ハワードは静かに言った。「ぼくが家に戻るのを認めてくれて」

「病院の人たちが言ったからよ。病院にはあなたを入院させる余裕がなくて、でも、あなたは数週間は監視と世話が必要だって。だから、ラッキーなことに、あたしがあなたを監視することになったというわけ」低い抑揚のない声だったが、言葉のひとつひとつから毒が滴り落ちた。ひとことひとことがハワードを刺した。

「きみの言うとおりだった、アリス」ハワードは言った。

「言うとおりだったたって、何が？　あなたと結婚したのが、あたしの生涯で最悪の間違いだったってこと？　いいえ、ハワード。あなたと出会ったのが最悪の間違いだったのよ」

ハワードは泣きはじめた。心のあちこちから本物の涙が湧き上がってきた。これまでは奥深くにあったのが、今では痛みを伴って表面に近いところに移動してきた、そんな様々な心の居場所から。「ぼくはずっと怪物だったんだ、アリス。自分をまったくコントロールしていなかった。ぼくがリアノンにしたことは——アリス、ぼくは死にたい、本当に死にたい！」

アリスの顔が辛辣にゆがめられた。「あたしも、あなたがそうしてくれたらと、心から願っていたわよ、ハワード。ドクターが電話してきて、あなたは大丈夫だって言った時——あれほどがっかりしたことはなかったわ。あなたが大丈夫になることは、これからも絶対にない。ハワード、あなたはこれからもずっと——」

「パパをそっとしておいてあげて」

リアノンが戸口に立っていた。

「入ってこないで、リアノン」アリスが言う。

リアノンが入ってくる。「パパ、大丈夫よ」

「リアノンが言っているのは」とアリス。「検査の結果、妊娠はしていなかったたってこと。ちっぽけな怪物が生まれてくることはないの」

リアノンは母を見ようとせず、その大きな目はひたと父親に向けられている。「パパ、パパが自分を――傷つける必要はないわ。わたしはパパを許している。自制心をなくしてしまうことは誰にだってあるもの。それに、あれはパパの過ちであるのと同じくらいわたしの過ちでもあったの。本当にそうだったの。だから、パパは自分を責める必要はないの」

もう充分だった。ハワードは号泣しながら、大声で告白した。自分がこれまでずっとリアノンをどんなふうに操ってきたか、自分がどれほど自分勝手で腐った親であるか。長い告白が終わると、リアノンは父に歩みより、頭を父の胸に置いて、やさしく言った。「パパ、大丈夫よ。わたしたちはみんな、今あるような人間なのだから。やってしまったことはやってしまったことなのよ。でも、もう大丈夫。わたしはパパを許している」

リアノンが出ていくと、アリスが言った。「あなたは、あの子にはこれっぽっちも値しない」

わかっている。

「あたしはソファで寝るけど、これって、ばかばかしいわね。そう思わない、ハワード？」

ぼくはひとりで放置されるのが似つかわしい。伝染病患者みたいに。

「勘違いしてるわよ、ハワード。あたしが横にいる必要があるのは、あなたが間違いなくこれ以上何もしないようにしておくため。あなた自身に対してであれ、ほかの人間に対してであれ」

そうとも、そうとも。そうしてくれ。ぼくは信用できないやつなんだから。

「そんな自己憐憫にひたらないで、ハワード。楽しんだりしないで。自分を、以前よりもっともっと嫌なやつにしたりしないで」

わかった。

眠りに落ちようとしかけた時、アリスが思い出したように口を開いた。「そうだった、ドクターが電話してきた時、こんなことも言ってたわ。あなたの腕と胸のあちこちにある傷は何でついたのか、心当たりはないかって」

だが、ハワードはすでに眠っていて、アリスの言葉は聞こえなかった。まったく夢のない眠り、平穏そのものの眠り、許されて浄められたのちの眠り。結局のところ、悪夢はそんなに長く続いたわけではなかったのだ。すべてが終わった今、心は安らいでいた。彼は、たいへんな重荷が取り払われたかのように感じていた。

やがて、何か重たいものが脚の上に乗っているかのような感じがして、ハワードは目を覚ました。部屋は暑くないのに、汗をかいている。息遣いが聞こえた。それは、アリスの低いゆったりした寝息ではなかった。速く高く激しい息遣い。誰かがせっせと何かをしているかのような。

あいつだ。

あいつらだ。

ハワードの脚の間にひとりが転がって、ヒレで毛布をむしっていた。両脇には別の二人がいて、大きく見開いた目でじっとハワードを見据え、シーツから出ている彼の顔に向かってじりじりと這い寄ってきている。

ハワードは当惑した。赤ん坊たちに向けて「おまえたちは消えてしまったはずだ」と言う。「もういなくなっていなければいけないんだ」

ハワードの声にアリスが身じろぎし、眠りの中で何事かをつぶやいた。

ほの暗い部屋のあちこちで、さらに大勢の赤ん坊がうごめいているのが見えた。ドレッサーの上端でゆったりと身をよじっているやつ、天井に向けて這い登っていくやつ。

「ぼくにはもうおまえたちは必要ないんだ」ハワードは言う。奇妙に甲高い、その声。

アリスの寝息が乱れはじめ、こうつぶやく。「何？　何ですって？」

ハワードはそれ以上何も言わず、シーツの間で体を硬くして赤ん坊の群れを見つめていた。アリスを起こしてしまうのを恐れて、わずかな音も立てないよう細心の注意を払いながら。アリスが目を覚まして、彼女にこの生き物たちが見えないことがわかるのが、たまらなく恐ろしかった。そうなったら、自分が正気を失ってしまったことが決定的になる。

しかし、彼にはそれ以上に恐れていることがあった。目を覚ました時、アリスにこいつらの姿が見えたとしたら……。それはとうてい耐えられないことだったが、それでもハワードには一瞬たりともその考えを振り払うことができなかった。そうするうちにも、赤ん坊の群れは容赦なく近づいてきた。その目には何も浮かんでいない。憎しみさえも、怒りさえも、蔑み（さげすみ）さえも。おれたちはおまえと一緒にいる——彼らはそう言っているように思えた。これからずっとおまえと一緒にいる。おまえと一緒にいる、ハワード、永遠に。

そしてアリスが寝返りを打ち、目を開いた。

死すべき神々

Mortal Gods

金子　司訳

ファースト・コンタクトはごく平和的なもので、問題はほとんど起こりもしなかった。世界各地の政府庁舎のそばに宇宙船がいきなり着陸して、現地の言葉で短い会話がなされ、つづいて合意が成立した。エイリアンが特定の場所に特定の建物を建てることを許可する代わりに、特定の見返りをもらうというものだ——見返りとはいっても、とりたてて特別なものではなかったが。エイリアンがもたらしてくれた科学技術の進展は、人類の生活をよりよいものにする手助けになったものの、どれもあと十年から二十年もあれば到達可能なことばかりだった。そして、なかでも最大の贈り物は失望へと変わった——宇宙飛行についての技術だ。エイリアンは光速以上の飛行手段をもっておらず、逆に光速以上の飛行はまったく不可能であるという決定的証拠をもっていた。彼らエイリアンには無限の忍耐心と信じがたいほどの長命があって、カタツムリが這い進むような星間飛行にも耐えうるが、われわれ人間は最短距離の星までの宇宙飛行がはじまりかけたころには命が尽きているだろう。

そしてほんのしばらくすると、エイリアンの存在はごくあたりまえのものになった。彼らはそれ以上の贈り物がないことを明言していて、合意したとおりに建物をつくり、そこを訪ねて行き来するようになっただけだった。

各地の建物はどれも様式が異なっていたが、ひとつだけ共通点があった。地元の人々の基準で見れば、エイリアンの新しい建物はどれも明確に教会とみなすことができた。モスク、大聖堂、聖廟、シナゴーグ、そして神殿。どれも見間違えようがなく宗教のための場所をあらわすものばかりだ。

しかし、礼拝のための誘いかけはなかった。とはいえ、そうした場所を訪ねていった人間は誰でも、そのときにどのエイリアンがいたとしても歓迎された。エイリアンは訪問者の興味にぴったりの魅力的な会話でもてなしてくれた。農夫は農業について、エンジニアはエンジニアリングについて、子をもつ母親は子育てについて、夢見る者は夢について、旅行者は旅について、天文学者は星について語りあった。そこを訪ねてエイリアンと語りあった人々は、誰もが気分よく帰っていった。自分の人生について、誰かが心からその重要性を認めてくれたと感じた――数兆キロのかなたから、信じがたいほどの退屈さを越えて（宇宙空間を五百年もかけてやってきたのだそうだ！）人間に会うだけのために。

そうして、日々の生活はしだいに平和でありきたりなものに落ちついていった。確かに科学者は発見をつづけ、技術者はその発見にもとづいて新たな科学技術を開発しつづけ、そのため変化は確実にやってきた。しかし今や、目と鼻の先の未来に大いなる科学の革命的飛躍が待っているわけではなく、星間飛行へと道を開くとてつもない大発見が控えているわけでもないとわかると、おおむね誰もが冷静さを取り戻し、日々の幸福な忙しさに戻っていった。

　それは人々が思っていたほど難しいことでもなかった。


　ウィラード・クレインは、老いてはいても満足していた。妻を亡くしていたが、彼の人生にふたたび訪れたこの孤独な短い空白期間を恨んでいるわけでもなかった。ベトナム戦争で片足をなくして戻ってきたとき、足のあるなしにかかわらず、恋人が待っていてくれたとわかって以来、久しく味わったことのなかった孤独のあとでも。結婚時に移り住んで以来、ふたりはソルトレイクシティの街の中心部（アヴェニューズ）にある家で暮らしてきた。越してきた当時は、粗末で荒れた、前世紀からの遺物というべきものだったが、今では建築学の高尚な時代を彷彿とさせるすばらしい保存物になっていた。ウィラードの暮らしは、とてつもない大金持ちととんでもない貧乏人のあいだの快適な範疇にあった。平凡な望みを満たす程度の金はあるが、ぜいたくに暮らそうという気になるほどの余裕はない。

　毎日、彼はセヴンス・アヴェニューとLストリートの角から歩いて墓地に向かった。たいした距離ではなく、そこには実質的にこの街の全員が埋葬されている。この墓地の真ん中に、エイリアンの建物が建っていた——モルモン教の古い神殿を明らかにまねていて、つまりは相反する各時代の様式が継ぎ接ぎになった巨大な怪物で、それでいてどうしてか、おそらくはその熱意あふれた誠実さのために美しさをたもっていた。

そうして彼は墓石のそばに腰をおろし、ときどき聖所にぶらりと出入りする人々を眺めていた。エイリアンがやってきて、またどこかに去っていくようすを。

幸せな日々というのは退屈なものだ、とウィラードはある日そう判断した。そして何かおもしろくて、ささやかな変化の炎をかき立てるため、誰かにけんかをふっかけることに決めた。あいにくと、彼がよく知っている隣人たちは、どれも人がよすぎて口論にならない。そのため、彼はエイリアンと議論することに決めた。

歳をとると、どんなことをしても許されるようになるものだ。

彼はエイリアンの神殿に近づいて、中に入っていった。

壁には、絵画や壁画、地図が飾られていた。床には、台座の上に彫像が載っている。ほかの何よりも博物館らしく見えた。腰をおろせるような場所はほとんどなく、エイリアンの姿は見あたらない。だからといって、失敗だったわけでもない。存分に議論しようと決意しただけでも、退屈な生活の変化としては充分で、実際に議論する必要があるわけではなかった。ウィラードは陳列された品々のあいだをただ歩いてまわり、エイリアンが陳列するために集めてきた作品の質の高さに誇らしさをおぼえた。

だが、ようやくエイリアンがひとりいるのをみつけた。

「おはようございます、ミスター・クレイン」とエイリアンが声をかけてきた。

「いったいどうして、わしの名を？」

「あなたは毎朝、墓石に腰かけて、人々が行き来するのを見守っていましたね。われわれはあなたに興味を惹かれたのです。あなたのことをいろいろ尋ねてまわりました」エイリアンの発声（ヴォイス）ボックスはとても巧妙にプログラムされている——声は温かで、友好的で、興味ぶかげだった。ウィラードはひどく歳をとっていたし、新奇なものにはうんざりしていたから、エイリアンが床を這いずって、自力で動きまわれる大きな海藻のように、彼のすわっていたベンチの隣にべちゃりと腰をおろすのを目にしても、それほど興奮はしなかった。

「われわれは、あなたがやってくるのを待ち望んでいたのです」

「こうしてやってきたわけだ」

「それはなぜでしょうか？」

こうして今、質問を投げかけられてみると、彼の理由はくだらないことのように思えたが、はじめたゲームは最後までやりとおすことに決めた。どうしてそうせずにいる理由があろうか？「あんたらに訊いてみたいことがあってな」

「おやまあ（ヘヴンズ）」とエイリアンが、人間ふうに驚愕をまねてもらした。

「満足のいく答えがこれまで返ってきたことのない質問をいくつかしたい」

「われわれなら、その答えをもちあわせているでしょう」

「よし、それなら」しかし、自分が尋ねたい質問とは何か？「わしの頭のネジが少しゆるんでるとしても、許してもらいたい。あんたらも知ってのとおり、人間は脳細胞から最初に死んでいくものなんだ」

「知っています」

「なぜあんたらはここに神殿を建てたのかね？　なぜ教会をあちこちに建てるようになったのかね？」

「おや、ミスター・クレイン、その質問にはこれまでに数えきれないくらい答えてきました。われわれは教会が好きなのです。人間がつくり出した建造物のなかで、もっとも優雅で美しいものだと認めたからです」

「信じられんな」とウィラード。「あんたはわしの質問をかわそうとしとる。だったら、別の方向から質問させてもらおう。あんたはどうしてここにすわって、わしみたいなできそこないの間抜けと話すひまがあるんだ？　ほかにもっとましな時間の使い方はないのかね？」

「人間というのは、めったにないくらいいっしょにいて楽しい相手です。時間を過ごすにはもっとも心地(ここち)よい相手です。時間を過ごすというのは、長い年月のあとでは、いうなれば、われわれの手に余るものになっています」そういって、エイリアンは擬足(スードポディア)を使って手ぶりで示した。とてもおかしなしぐさだったから、ウィラードは声をあげて笑った。

「ぬらぬらとつかみどころのない連中だな、あんたらは」と彼がもらすと、エイリアンもくくっと笑った。「それなら、こう尋ねさせてもらおう。かわすのはなしだぞ。今度もそうしたら、あんたらが何か隠してることがはっきりする。あんたらもわしら人間とかなり似かよってる、だろ？　どっちも似たような科学技術をもってはいるが、あんたらは宇宙を旅することもできる。わしらみたいに百年後にくたばることがないからな。ともかく、あんたはわしらとほとんど同じことをしてる。それなのに――」

「いつだって、〝それなのに〟という言葉がつづくのですね」エイリアンはそういって、ため息をついた。

「それなのに、あんたらはこんなとこまでやってきた。宇宙の表通り、天の川にあるわけでもないこの星に。そしてあんたらがやってることはといえば、あちこちにこういう教会を建てて、のんびりすわって待ち、訪ねてくる者がいればどんな相手とでもたわいないおしゃべりをするだけだ。どうにも意味がわからんね、これっぽっちも」

エイリアンは彼のほうに、そっとにじり寄った。「あなたは秘密を守れますか？」

「うちの家内は、わしが生涯に寝た女は自分ひとりだと死ぬまで思いこんでたよ。わしだって少しは秘密を守れるさ」

「でしたら、これが守るべき秘密です。われわれはですね、ミスター・クレイン、崇拝するためにやってきたのです」

「崇拝するって、誰を？」

「ほかの人々のなかでも、とりわけあなたを」

ウィラードは大きな声をあげて長いこと笑っていたが、エイリアンは彼らだけに可能な、ひどくまじめで誠実な顔つきをたもっていた。

「なあ、あんたらは人間を崇拝しにきたっていうのか？」

「ええ、そうです。われわれの故郷の星では、誰もが夢見ていることなのですから。この星にやってきて、人間と出会い、その記憶とともに永遠に生きつづけることが」

そうして急に、ウィラードにはちっともおもしろいこととは思えなくなった。彼は周囲を見まわした――人類のすばらしい芸術品の陳列、あらゆる形態から選択してつくられた教会。

「あんたは冗談をいってるんじゃないんだな」

「ええ、ミスター・クレイン。われわれは銀河を数百万年にわたってさすらってきました。そのようにして新たな種族と出会い、旧交をあらためつつ。進化というのは退屈な、古びた一本道です――炭素を基礎(ベース)にした生命体はつねに一定のパターンや形をとりますから。われわれがあなたがたとひどく異なっているように見えるという事実にもかかわらず――」

「そんなにひどい姿でもないぞ、あんたらは。少し醜(みにく)いにしても、そんなにひどくない――」

「われわれ――あなたが目にしているようなわれわれエイリアンは、その、同じ星からやってきたわけではありません。あなたがたの科学者はそう思いこんでいるようですが。実際は、幾千もの違う星からやってきたのです。別々に、独立した進化をとげて、のがれがたくわれわれのような姿に落ちついて。例外なく、またはほぼ例外なく、銀河じゅうどこでも同じように。われわれは自然なかたちでの進化の最終形態なのです」

「それじゃ、わしらのほうが変わりだねというわけか」

「そういってみてもかまわないでしょうね。なぜなら、ミスター・クレイン、あなたがたの過去をはるかにさかのぼったどこかで、この星の進化は通常の道筋からはずれたのです。そのために、まったく新たなものがつくり出されました」

「性差かな？」

「性差はわれわれにもあります、ミスター・クレイン。性差なしに、種族はいったいどうやって進化できるでしょう？　いいえ、あなたの星で目新しいのは、死です」

これはウィラードの耳にやさしい言葉ではなかった。彼の妻は、つまるところ、彼にとってとても大きな意味をもっていた。そして彼自身の死は、それ以上の意味がある。死はすでに、かるいめまいや息切れ、そして眠りによってまぎれることのない疲れとして、彼の前に不気味に立ちはだかっている。

「死？」

「われわれは死にません、ミスター・クレイン。われわれは分裂することで、まったく同一のDNAを複製しています――DNAについてはご存じでしょうね？」

「わしだって大学は出とるよ」

「そしてわれわれは、もちろん、宇宙じゅうのほかのどの生命体とも同じように、情報を脳ではなくDNAにたくわえています。死の副産物のひとつですからね、脳というのは。われわれには脳がありません。われわれは分裂し、その個体はすべての記憶を備えたまま、子として生きつづけることになります。わが肉体そのものからできているのですよ、ほら。それゆえに、われわれは死ぬことがありません」

「ほう、そりゃすごい」ウィラードはそうつぶやきながら、奇妙にもだまされたように感じていた。そして、どうして想像がつかなかったんだろうかといぶかしんだ。

「われわれはここにやってきて、生命に終わりのある人々をみつけました。ここの人々は記憶をもたない未熟な状態で生まれ、そして信じがたいほど短い期間をへて、死に至ります」

「そのためにわしらを崇拝するのか？　生まれて数分で死ぬ虫けらを、わしらが崇拝するようなもんだろうが」

エイリアンがくくっと笑ったために、ウィラードはむかっと腹がたった。

「あんたらはそのためにやってきたのか？　わしらをこっそりあざ笑うために？」

「ほかにわれわれが何を崇拝できましょうか、ミスター・クレイン？　目に見えない神々の可能性を軽視するわけではありませんが、本当の意味でわれわれはそうした存在を発明したことがありません。われわれは死にません。それなら、なぜ不死を夢見ることがあるでしょう？　われわれはここで、崇拝することを知る人々をみつけ、すぐれた者に敬意を払いたいという欲望にはじめて目覚めたのです」

ウィラードは自分の鼓動に気づき、これはいつか止まるのに、エイリアンのほうは心臓がないために、けっして終わりがないのだと悟った。「〝すぐれた〟か。くそくらえだ」

「われわれは」とエイリアンが言葉を継ぐ。「すべてをおぼえています。知性の最初のうずきから、現在まで。われわれは、いうなれば〝生まれた〟ときから、教師に学ぶ必要がありません。われわれは文字の書き方を学んだことがありません――単にリボ核酸(RNA)を交換するだけです。われわれは自分の命を越えて残るような美術品をつくり出すすべは学んできませんでした。われわれの命を越えて残るものなど何もないからです。われわれは自分が生きつづけるうちに、あらゆる作品が朽ち果てるのを目にしてきました。それがここでは、ミスター・クレイン、創造の純粋な喜びのために創造する種族をみつけました。美をつくり出し、本を書きつづり、だまされるとわかっている聴衆を喜ばすために、名もない人々の生きざまを紡いだり、崇拝するために不死の神々を考え出して、みずからの死すべき定めを強烈なまでの荘厳さと称賛の念でもって祝福する種族を。死こそは、あなたがた人間の偉大さの基礎になるものなのです、ミスター・クレイン」

「冗談はいい加減にしろ。わしはもうじき死ぬことになるだろう。そんなのは、偉大なことでもなんでもない」

「あなたは本気で信じていないのですね、ミスター・クレイン」エイリアンはいった。「あなたがたは誰も信じようとしません。あなたがたの命は死のまわりに築かれ、それに光輝を与えています。できるかぎりそれを先延ばしにすることによってですが、正確にいえば。だとしても、光輝を与えています。最初期の文学作品においては、勇者の死こそが最高潮の瞬間でした。これこそは、もっとも力のある神話です」

「そういう詩は、たるんだ肉体や、気の向いたときだけ散漫に打ちつける心臓をもったわしのような老人が書いたわけじゃない」

「そんなことはありません。あなたがたの行動はすべて、死の味がするのです。あなたがたの詩にははじまりがあり、終わりがある。そして構造が作品に制限を与える。絵画には枠があり、美のはじまりと終わりを区切っている。彫像はある瞬間を切りとって、そこにとどめている。音楽にもはじまりがあり、終わりがある。あなたがたがやっていることは、すべて死の定めのあることなのです——すべては生まれ、すべては死にます。しかしながら、あなたがたは死すべき定めにあらがいつづけ、克服してきました。限りある書物や限りある言葉から、共有された知識の途方もないたくわえを積み上げてきました。あなたがたはすべてのものに枠をつけているのです」

「どうしようもない狂気だな、だとすれば。だがそれは、あんたらが人間を崇拝する理由の説明にはなってない。あんたらはわしら人間をからかうためにやってきたに違いない」

「からかうためではありません。あなたがたをうらやむためです」

「なら、あんたも死んでみるがいい。あんたの体の原形質やらなんやらだって、不死身ではないと思うが」

「あなたはわかっていません。人間は死ぬことができます——再生を果たしたその、あ、と、で。そしてその者が知る知識のすべて、人となりのすべてがその後も受け継がれていきます。ですが、わ、た、しが死んだなら、二度と再生はできません。わが知識はわたしとともに死ぬことになるのです。恐ろしいほどの責任です。この義務を誰かが引き継ぐことはできません。わ、た、しこそが、百万もの世代にわたって生み出されてきた絵画であり、書物であり、歌なのです。わたしが死ぬことは、ひとつの文明の死です。あなたがたは、自分の命を投げうつことで偉大さを獲得してきました」

「そのために、あんたらはここにやってきたわけか」

「もしも神々が存在するなら、宇宙に力が存在するなら、あなたがたこそが神々です。あなたがたこそがその力をもっているのです」

「わしらには力などありゃせん」

「ミスター・クレイン、あなたは美しい」

老人は首を横に振り、苦労して立ち上がると、よろけながら神殿をあとにして、のろのろと墓地のあいだを離れていった。

「彼らに真実を話せば」エイリアンは誰にともなくいった（彼自身の未来の世代に向けて記憶に残すために、言葉は口にしてあらわす必要がある）。「事態はかえって悪化するばかりだ」

それからわずか七カ月後。季節はもはや春ではなく、今や晩秋の冷たい風が吹き荒れている。墓地の木々はもはや鮮やかな色であふれてはいない。茶色く枯れた葉の最後の残りを除けば、すべてもぎ取られてしまっている。そして、またしても墓地を歩いて近づいてくるのはウィラード・クレインだった。両手に金属の松葉杖を握り、九十年以上も彼を支えてきたあぶなっかしい足による二点のバランスではなく、老齢のため今は四点で支えている。数片の雪がふわりと舞い落ちてくるが、ときどき風にすくわれて狂ったように跳ねまわる。このダンスにはリズムも方向性もなかった。

ウィラードは苦労して神殿の階段をのぼっていった。

建物の中では、ひとりのエイリアンが彼を待っていた。

「わしはウィラード・クレインという者だ」

「そしてわたしはエイリアンです。あなたはわたしと話したことがあります——または、こう表現するのをお望みなら、わが親と。数カ月前に」

「そうだったな」

「あなたが戻ってくることはわかっていました」

「わかっていた？　わしは二度と戻ってくるまいと心に誓っていたんだぞ」

「ですが、わかっていました。われわれはあなたのことをよくわかっています、ミスター・クレイン。この地球には崇拝すべき神が数十億といますが、あなたはそのなかで、もっとも高潔なひとりです」

「わしが？」

「それというのも、あなただけがもっとも親切な贈り物をわれわれに恵んでやろうと考えてくれたからです。あなただけがわれわれに、みずから望んで死を見せてくれようとしているからです」

老人が何度か目をしばたたくと、涙がひと粒こぼれ落ちた。

「わしはそのためにやってきたのか？」

「そうではありませんか？」

「わしはあんたらの魂を地獄にたたき落としにやってきたんだと思っていた。人生の最期(さいご)のときを迎えたわしを嘲弄しにやってきた、あんたらくされ外道を」

「あなたのほうからやってきたのですよ」

「死というものがどれほど醜いか、あんたらに見せてやりたくてな」

「どうぞ、やってください」

　すると、彼らに好意を示すことに熱心であるかのように、ウィラードの心臓は打つのをやめ、わずかな苦悶のさなかに、彼の体が神殿の床にくずおれた。

　エイリアンたち全員が物陰から這い出てきて、そばに集まり、死のあえぎをもらす彼を見守った。

「わしは死ぬものか！」彼は荒々しくもらした。ひと息ごとが苦悶で、懸命にあらがう英雄的な猛々しさが顔にあらわれていた。

　そうして体を一度震わせ、動かなくなった。

　エイリアンたちはその場にひざまずき、死体が冷たくなるまで何時間も無言の崇拝をつづけた。そうしてついに、彼らにとっての神々から学んでいたとおり――記憶するためには言葉を口にしないといけない――彼らのうちのひとりがいった。

「美しい」エイリアンはそっとささやいた。「おお、主よ。わが神よ」彼はうやうやしくいった。

　そうして、この最大の贈り物が自分たちには永遠に手が届かないとわかっているがゆえの悲しみに、彼らの心はむしばまれた。

解放の時

Quietus

山田和子訳

突然の出来事だった。夜も遅い時刻、デスクに向かって仕事をしていた彼を、一瞬の闇が包んだ。ほんのまばたきする間のことでしかなかったものの、その直前までひどく重要なものに思えていたデスクの上の書類を、今、彼はポカンと見つめながら、これは何なのだろうと考え、次いで、実際にそれが何の書類なのかまるでわからないことに気づき、もう家に帰るべきだと思った。

帰るべきだ、絶対に。CMTエンタプライズ株式会社のC・マーク・タップワースは、机上にやり終えていない仕事をそっくり残したまま、立ち上がった。彼がこんなことをするのは、この十二年間で――この会社を、ゼロの状態から年間売上数百万ドルの企業に育て上げるのに費やした十二年の歳月の間で、初めてのことだった。ぼんやりと、これはノーマルな行動ではないという思いが浮かんだが、気にはならなかった。どうでもいいことだ、うちの製品を買ってくれる客がもう少し増えるかどうかなど。うちの製品を――

そして数秒間、C・マーク・タップワースは、自分の会社が何を作っているのか、思い出すことができなかった。

この事実は彼を脅えさせた。父や叔父たちがみな脳卒中で死んだことを思い起こさせた。母が六十八歳という比較的若い年齢でボケてしまったことを思い起こさせた。理解はしていたものの、ついぞ本気では信じていなかったこと、つまり、自分もいずれは死ぬのだということを思い起こさせられたのだった。すべての日々、すべての仕事、すべての活動が、死の時に向けて徐々に意味を失っていく。そして、最後には、命そのものが、残された唯一の活動となる。忘れ去られた石――それが湖に落ちた時に生み出したさざ波も、岸に到達する時には、もはやなんら特別の意味を持ってはいない。疲れているんだ――彼はそう判断した。メリージョーの言うとおりだ。休息をとる必要がある。

彼は進んで休息をとるようなタイプの人間ではなかった。次の瞬間、デスクの横に立っていた彼を再び闇が襲った。今度は意識が大きく揺らぎ、何も思い出せず、何も見えず、何も聞こえぬままに、彼は無の中を果てしなく落ちていった。

そして、慈悲深くも、世界が戻ってきた。彼は震えながら立ちつくし、夜遅くまで会社にとどまって過ごしてきた、これまでの数えきれない夜のことを、メリージョーとともに過ごすことなく、彼女をひとりきりで、子供のいないガランとした家に残してきた数えきれない時間のことを、深い悔悟の念をこめて思い返し、永遠に彼を待ちつづけているメリージョーの姿を想像した。広い居間の中で小さく縮まってしまったように見える孤独な女性。やがて帰ってくるであろう、帰ってくるに違いない、そして常に帰ってくる夫を辛抱強く待ちつづけているメリージョー。

心筋梗塞か？　それとも脳卒中？　何であろうと、つい今しがた彼を包みこんだ闇の奥で、世界の終わりが待ち伏せていることを知っただけで充分だった。山奥から戻ってきた預言者さながら、これまでこのうえない重要性を帯びていた事柄がまったくどうでもよいものとなり、一方、長い間延ばし延ばしにしてきた様々なことが、ひそやかに彼の意識にまとわりつきはじめていた。彼は恐ろしい切迫感にとらえられた。何かどうしてもなさねばならないことがある。それがやってくる前に――

何がやってくる前に？　彼は、この問いにあえて答えようとはせず、そのまま真っすぐに広い室内を突っ切った。オフィスを埋めている野心に満ちた若い男女――彼らはみな、タップワースよりも遅くまで働くことで、彼の目にとまらんものと努めている。彼らが、この終わりなき一夜から解放されて目に見えてホッとしていることに気づきはしたものの、彼は意に介さなかった。夜の中に出て車に乗り、細かな霧雨を突いて家に向かった。霧雨は車の窓と外界との間に心安らぐ距離を生んでくれた。

子供たちは二階にいるのだろう。どちらも玄関まで迎えに走ってこない。子供たち――男の子と女の子がひとりずつ、背丈は彼の半分でエネルギーは二倍、スキーをしているかのように階段を駆け下り、中空にとどまっているハミングバードの羽ばたきも及ばないほど、ひとときとしてじっとしていることのできない、素晴らしい生きものたち。二階で二人が軽やかに走りまわっている足音が聞こえる。二人が玄関の父親を迎えに出てこないのは、要するに、彼らの生活には、たかが父親などよりもずっと重要なことが山とあるからだ。マークはほほえみ、アタッシェケースを置いて、キッチンに入っていった。

メリージョーは苛立ち、動揺している様子だった。彼は即座に、そのシグナルの意味を察知した。今日、もう少し早い時間に、彼女は泣いていたのだ。

「何かあったのか？」

「べつに」メリージョーは言った。彼女はいつでも「べつに」と言う。すぐに話してくれることはわかっていた。メリージョーはいつでも彼にあらゆることを話し、時としてそれは彼を苛立たせることもあった。しかし、口を閉ざしたままカウンターからカウンターへ、食器棚から調理台へと行き来し、今日もまた完璧なディナーの支度をしているメリージョーを眺めているうちに、彼女が話すつもりのないことがわかった。マークは居心地が悪くなった。探りを入れてみることにした。

「きみは働きすぎだよ。前にも言ったが、メイドかコックを雇ったらどうだね。それだけの余裕はあるんだから」

メリージョーはかすかな笑みを浮かべただけだった。「よその人には誰もキッチンの中をうろつきまわってほしくないの。その問題はもう何年も前に話がついたと思っていたけれど。あなたは――今日もお仕事は忙しかったの？」

マークは先刻の奇妙な記憶の欠落のことを口にしようとして、危ういところで押しとどめた。この話はゆっくりと持ち出さなければならない。メリージョーの今の状態では、とても対処することはできないはずだ。「それほどでもなかったよ。早く終わった」

「ええ。早く帰ってきてくれてうれしいわ」

本当にうれしいと思っている口調ではなかった。マークは少し腹立たしく思い、感情を傷つけられた。だが、マークはその傷を癒そうとすることはなく、公正無私なオブザーバーのように、そうした感情に目をとめただけだった。彼は自分を観察していた。自分で道を切り開いてきた重要な地位にある人物。それでいて、家ではすぐに傷つく──それも言葉によってではなく、相手の一瞬のためらいの態度によって傷ついてしまう、幼い少年。なんとまあ繊細な神経だ。そう思うと、自分がおかしくてたまらなくなった。瞬時、数センチ離れたところに立って自分を眺め、自分の顔に浮かんでいる困惑した表情すら観察できそうに思えた。

「ちょっとごめんなさい」その声にマークが脇によけると、メリージョーは食器棚の扉を開いて圧力鍋を取り出した。「ポテトフレークが切れてるの。原始的な方法で作らなくちゃ」

メリージョーは皮をむいたジャガイモを鍋に入れた。

「子供たちは、今日はまたひどく静かだね」マークは言った。「何をしているのか知っているのかい？」

メリージョーはうろたえた表情でマークを見た。

「迎えにも出てこなかった。それはどうでもいいんだ。自分たちの関心事で忙しいのはわかっているから」

「わかった。きみは実にやすやすとわたしの心を見抜く。ただ、ちょっとばかり傷ついたというだけのことさ。さて、手紙に目を通してこよう」マークはゆっくりとキッチンを出ていった。背後でメリージョーがまた泣きはじめているのを漠然と感知したが、さして心配はしなかった。メリージョーはいつもすぐに泣くのだ。

マークは居間に入っていった。そして家具を見てびっくりした。彼は、デゼレット・インダストリーから買った緑のソファと椅子があるものと思いこんでいたのだ。加えて、居間の広さも、趣味のよいアンティークも、まるで自分のうちのものではないという気がした。その時、意識のスイッチがカチリと切り替わって、古い緑のソファと椅子は十五年前、メリージョーと結婚したばかりのころのものであったことを思い出した。なぜ、そんなものがあると思いこんでいたのだろう？　そう考えて、マークは再び不安にとらえられた。さらにもうひとつ、不安を抱かされたのは、居間に入ったのが手紙を見るためであったということだった。郵便物は毎日、メリージョーが書斎の机の上に置いておくというのが、もう何年来の習慣になっていた。

マークは書斎に行って郵便物を取り上げ、分類を始めたが、やがて、何か大きくて黒っぽい、どっしりしたものが窓の下半分を塞いでいるのを、視野の片隅でとらえた。改めてそちらに目を向けてみると、それは棺桶だった。簡素なもので、霊安室で使うキャスター付きの台に載せられている。

「メリージョー」マークは大声で呼んだ。「メリージョー」

メリージョーが脅えた表情を浮かべて書斎に入ってきた。「何？」

「いったいぜんたい、なんだってまたわたしの書斎に棺桶なんかがあるんだ？」

「棺桶？」彼女は問い返した。

「あの窓の前にあるやつだ、メリージョー。どうしてあんなものをここに入れた？」

メリージョーは動揺しているようだった。「あれに触らないで」

「なぜ？」

「あなたがあれに触るのを見るのは我慢ならないの。数時間ならかまわないって言ったんだけど。でもこの分だと、一晩中になりそうだわ」家の中に棺桶が居すわりつづけるという考えが彼女にとって不快でたまらないのは明らかだった。

「誰が置いていったんだ？　それも、どうしてうちに？　こんなものを買うわけがあるまいし。それとも昨今じゃ、こんなものをパーティで売るのかね？　タッパーウェアみたいに」

「ビショップ（モルモン教の地域支部長。専任の聖職者ではなく、一般会員の中から任命される）が電話をなさってきて頼んだの――葬儀社の人が行くから、明日の葬儀のためにここに置かせてやってくれないか、って。ビショップのおっしゃるには、教会の鍵を開けに出られる者が誰もいなくて、だから、うちでなら何時間か預かれるだろうと――」

ふと、中味が入っていないかぎり、埋葬の予定されている棺が霊安室から運び出されるはずがないという思いが浮かんだ。

「メリージョー、この中には死体が入っているのか？」

彼女はうなずき、涙が目の端からこぼれ落ちた。マークは仰天し、そのままそれを顔に出した。「連中は死体入りの棺桶をこの家に置いていったっていうのか？　一日中きみがいるのに。子供たちもいるのに」

メリージョーは両手に顔を埋めて部屋から駆け出し、二階に上がっていった。

マークはあとを追わなかった。その場に立ちつくしたまま、不快げに棺を注視した。少なくとも連中は蓋を閉めておくだけの良識は持ち合わせていたわけだ。それにしても棺桶とは！　マークは机の電話に歩み寄り、ビショップの家の番号をダイヤルした。

「夫は不在です」ビショップの妻は、彼の電話に苛立っている様子だった。

「とにかく、今夜中にこの死体をわたしの部屋から、わたしの家から運び出してもらわないことには困ります。いくらビショップの頼みだからって、これはあんまりですよ」

「どうすれば連絡を取れるかわからないんですよ。ご存じのとおり、医者ですからね、ブラザー・タップワース。病院にいるんです。手術中なんです。こんなことで呼び出したりすることはできないんです」

「それじゃ、いったいわたしはどうしたらいいんです？」

この言葉に、ビショップの妻は驚くほど感情的な反応を見せた。「したいようにすればよろしいでしょ！　お望みなら、お棺を道に放り出せばいいわ！　そうしたところで、あのかわいそうな人にとっては、苦しみがひとつ増えるだけのことでしかないでしょうからね！」

「それでもうひとつ質問を思い出しましたよ。いったいどこの誰なんですか？　家族はどうして——」

「家族はいないんです、ブラザー・タップワース。それに、お金もまるで持っていません。このワード（モルモン教の地域支部）で死ぬことになったのを絶対に悔やんでいると思いますけどね。でも、わたしたち、こう考えたんです。この世にただのひとりも友人がいないにしても、その世界から去ってゆく時に、誰かがほんの少しの親切を分け与えてあげるくらいのことはできるだろう、と」

その口調には有無を言わさぬ強さがあり、結局、マークも今夜はこの箱から逃れる見こみのないことを納得しないわけにはいかなかった。「では、明日には間違いなく運び出していただくということで」と言い、二、三、儀礼的な言葉を交わしたのち、受話器を置いた。そして、椅子にすわり、怒りを覚えながら棺をにらみつけた。自分の体のことを心配しながら帰ってきたというのに。帰宅した時に出迎えてくれたのが棺桶とは。ともかくも、かわいそうなメリージョーがあれほどまでに動揺していた理由はわかった。二階で子供たちが喧嘩をしている声が聞こえてくる。子供たちはメリージョーにまかせておこう。いずれにせよ、子供たちの相手をしていれば、いっときでも、この箱のことを考えなくてすむはずだ。

そうしてすわりこんだまま、マークは二時間、棺桶を見つめつづけた。夕食もとらず、メリージョーが二階から降りてきて圧力鍋の焦げたジャガイモを流しに空け、作りかけの料理を全部投げ捨て、居間のソファに突っぷして泣きはじめたのにも、特に注意を払わなかった。

彼は棺の木目模様を見つめていた。木材に沿ってうねる、焔のような精妙な模様。それを眺めているうちに、五歳のころ、両親の小さな家の、合板で仕切ってこしらえた間に合わせの寝室で休んでいた時のことを思い出した。その寝室の合板の木目模様は、彼にとって、眠れない空白の時間を過ごすための格好の対象だった。あのころはいろいろな物の形を見ることができた。雲や人の顔や戦いや怪物たち。だが、この棺桶の木目模様は、あれよりもはるかに複雑なのに、ずっとシンプルに見える。蓋に向けて上昇していく道路地図。肉体の崩壊過程を示す行程図。患者には何も語らないが、熟達した医師の目には死を告げていることが明らかな、ベッドの足もとに置かれたグラフ。マークはつかのま、驚嘆の念をこめてビショップのことを思った。ビショップはたった今も、最終的にこれと同様の箱の厄介になってもまったくおかしくない誰かを手術しているのだ。

とうとう目が痛みはじめて時計を見たマークは、オフィスから早く帰ってきた数少ない夜であるにもかかわらず、こんなにも長い時間、書斎にこもって過ごしてしまったことに、やましい気持ちを覚えた。そろそろメリージョーをベッドに連れていこうと思った。しかし、立ち上がりはしたものの、そのまま棺に歩み寄ると、木目に沿って手を滑らせた。ガラスのような手触り。ニスがたっぷりとなめらかに塗られている。こんなふうに触れる手から、木材を守り、保護しなければならないとでもいうかのように。だが、この木材は生きてはいない。これもまた地面に埋められて腐敗していく。ニスは、その過程を少しは引き延ばしてくれるのだろう。マークはふと思った。死体にもニスを塗って保存するようにしたら、どんなものだろう？　そうなれば、エジプト人もわれわれには太刀打ちできないのではないか。

「やめて」ドアのところから、かすれた声が聞こえた。メリージョーだった。目のまわりが赤い。眠っていたような顔つき。

「やめろって、何を？」マークはたずねた。メリージョーは答えず、ただ彼の手にちらりと目を向けただけだった。自分でも驚いたことに、マークは、両手の親指が、まるで蓋を持ち上げようとしているかのように棺に差しこまれているのに気づいた。

「開けようとしていたわけじゃない」

「上に行きましょう」

「子供たちはもう寝たのかい？」

なんの含みもなくこう言ったマークだったが、そのとたん、メリージョーの顔が苦痛と悲しみと怒りに引きつった。

「子供たちですって？」彼女は言った。「どういうこと？　それもよりによってこんな日に、どうしてなの？」

マークはびっくりして棺に寄りかかった。キャスター付きの台がわずかに動いた。

「うちには子供なんていないわ」

そしてマークは恐怖とともに思い出した。メリージョーの言うとおりだ。二度目に流産した時に、これ以上の妊娠は生命にかかわる危険があるということで、医師は卵管結束の処置を施したのだった。子供はいない、ひとりもいない。この事実がもう何年にもわたって、メリージョーの精神を蝕みつづけてきたのだ。彼女が病院に入らずに過ごしてこられたのは、ひとえにマークのこのうえない忍耐力と徹底的な庇護精神のおかげだった。しかしそれでも、今夜帰宅した時——マークは家に着いた時に聞いたのが何だったのか正確に思い出そうとした。間違いなく、あれは二階を走りまわっている子供たちの足音だった。間違いなく——

「具合が悪かったんだ」

「ジョークにしても、ひどすぎる」

「ジョークじゃない——そうじゃなくて——」しかし、またも彼はオフィスでの奇妙な記憶の欠落のことを話せなかった。何かがおかしいという明確な証拠になるにもかかわらず、そのことを口にしなかった。これまで、この家に子供を入れたことは一度もない。兄弟姉妹たちにも、かわいそうなメリージョーに子供たちを近づけないようにしてほしいと慎重に伝えてある。メリージョーは石女(うまずめ)であることで——これは旧約聖書の言葉だったか？　——少なからぬ精神的なダメージを受けているのだから、と。

そして今宵、彼はずっと自分たちに子供がいるものとして話をしていたのだ。

「すまなかった」マークは心の底からの謝意を表わそうと努めながら言った。

「わたしこそ」メリージョーは言って二階に上がっていった。

わたしのことを怒ってはいない。マークは思った。確かに、何かがおかしいことに気づいている。間違いなく、わたしを許してくれるはずだ。

しかし、間違いなく、メリージョーのあとを追って、階段を登りながらシャツをぬぎかけた時、再び、マークは子供の声を聞いた。

「何か飲みたい、マミー」その声は、自分が愛されていることを確信し、満足している子供にのみ可能な、一種甘えた哀願の響きを帯びていた。マークが踊り場に達すると、ちょうどメリージョーが水の入ったコップを手に、子供たちの寝室に向かって階段の上を通り過ぎるところだった。それ自体はどうということもなかった。子供というのは常に、就寝時には特別にかまってもらいたがるものだ。

子供たち。子供たち。そうとも、もちろん子供たちはいる。これこそ、オフィスにいる間に感じた切迫感、急いで家に帰らねばと思った理由なのだ。二人はずっと子供をほしいと思ってきた。だから、子供たちはいるのだ。C・マーク・タップワースは、自分が心からほしいと思うものは必ず手に入れてきた。

「やっと寝たわ」部屋に入ってくると、メリージョーが疲れた様子で言った。

それにもかかわらず、彼女はただのおやすみのキスではなく、セックスをしたいという要望をこめたキスをした。マークはセックスに対してあれこれと思い悩んだりしたことは一度もなかった。性生活をより充実させ、より豊かにするには、といったことで気をもむのは、〈リーダーズ・ダイジェスト〉の読者にまかせておけばよい――これが彼の口癖だった。マークにとってセックスは、いいものではあるが、人生における最上のものではなく、単に、自分とメリージョーが二人で行なう多くの行為のうちのひとつにすぎなかった。だが、それでも今夜の彼は、困惑と不安を感じていた。行為がちゃんとできないかもしれないという理由からではない。これまでも、熱があったり、その気にならなかったりという時以外でも、一時的なインポテンツに見舞われることはあったが、そんな場合ですら、いっこうに気にかけることはなかった。そうではなく、今の彼を当惑させているのは、そうしたことをまったくどうでもよいと自分が思っている、その事実だった。

セックスをする気がないというわけではなかった。マークは、これまで何千回とやってきたのと同様の手順を進めていった。だが、今回は、唐突に、すべてがおそろしく馬鹿ばかしいものに思えてきた。まるで車のバックシートでのペッティングだ。軽く愛撫するだけで、こんなにも興奮してしまうことに、彼は困惑した。そんな時、子供が大声で泣き出して、マークはほとんど安堵にも近い気持ちを覚えた。いつもなら、放っておけと言って行為の継続を主張するところだったが、しかし、今日ばかりは、自分からベッドを離れてローブをまとい、子供をなだめるために別室に向かった。

別室などなかった。

この家にはなかった。マークは頭の中で、サークルベッドやら着せかえ用のテーブルやら小タンスやらモビールやら楽しい壁紙やらでいっぱいの、期待に満ちみちた部屋に向かっているつもりだった。しかし、その部屋はもう何年も前、サンディの小さな家にあったものだった。ここ、ソルトレイクシティの素晴らしい眺望を誇るフェデラルハイツのこの家にではない――美しい外容と装飾が、趣味のよさを語り、金持ちであることを声高に伝え、そして寂しさと悲しみをかすかにささやいている、この家にではない。マークは壁に寄りかかった。子供はいない。ひとりもいない。しかし、なおも心の中に響く子供の泣き声が聞こえる。

メリージョーが裸のまま体の前にナイトガウンを当てて、寝室の入口に立っていた。「マーク」と彼女は言う。「心配だわ」

「わたしもだ」

しかし、メリージョーは、それ以上何もたずねようとせず、マークはパジャマを着てベッドに戻った。闇の中に横たわって、妻のほんの少し耳ざわりな寝息を聞きながら、今の出来事が本来なら当然感じられて然るべきほど、重要なものには思えないことに気づいた。頭がおかしくなりかけているようだったが、それすらも気にならなかった。この事態について祈りを捧げてみようかと思った。だが、祈りなど、もう何年も前に放棄してしまっている。むろん、この信仰の喪失は他人に知られてはならない。真摯なモルモン教徒たることがよき務めであるという街においては、絶対に。どのみち、この出来事に関して神の助けなど期待できないことはわかっていた。同様に、メリージョーからもさしたる助けは得られないことも。いつもなら、メリージョーは非常事態に際してはむしろ強くなるのだが、しかし、今度ばかりは、自身も言ったとおり、不安を感じている。

「そう、わたしもだ」マークはつぶやいた。手を伸ばして、影に包まれた妻の頰を軽く撫で、目尻に皺があることに気づき、そして理解した。メリージョーを不安にさせているのは、実際のところ、マークの症状そのもの——それ自体、異様なものではあるけれども——ではなく、それが老いの現われであること、老化の、遠からぬ将来に迫った離別の前触れであるという事実なのだ。マークは階下の棺のことを思い起こした。彼がみずから、この世を去ることを〝承認する〟その時まで、彼を見張るべく命じられた死そのもののような棺。マークは瞬時、この家に死を持ちこんだ連中、かくも恥知らずのつけこみ方をした連中に激しい腹立ちを感じた。そして次の瞬間、気にすることをやめた。棺のことも、不思議な記憶の欠落のことも、ありとあらゆることを気にするのをやめてしまった。

安らかだ。眠りに漂い落ちていきながら、マークはそう思った。安らかだ。だが、安らかであるというのは、そんなに楽しいものでもない。

「マーク」メリージョーが揺り起こしながら言った。「マーク、寝すぎよ」

マークは目を開き、揺り動かす手が止まるだろうと思って何ごとかつぶやくと、寝返りを打ってそのまま眠りに戻っていこうとした。

「マークったら」メリージョーは強硬だった。

「疲れているんだ」マークは抗議した。

「わかっているわ。だから今まで起こさないでおいたのよ。でも、たった今、会社から電話があったの。何か緊急事態が起こったとかで――」

「連中ときたら、誰かに手を支えておいてもらわないとトイレの水も流せないのさ」

「マーク、あなたがそんなふうに無作法でなければばっていつも思っているんだけれど。起こさないようにと思って、子供たちには行ってきますのキスもさせないで学校に送り出したのよ。二人とも、ひどく心配してたわ」

「いい子たちだ」

「マーク、みんなオフィスであなたを待ってるのよ」

マークは目を閉じ、抑えた口調で言った。「電話をして、こう伝えてくれ。わたしは自分がそうしたい気になったら出かけていく、自分たちだけで問題を処理できないのなら、全員、能なしと見なしてクビにする、とな」

メリージョーはしばし口をつぐんだ。「マーク、わたし、そんなこと言えないわ」

「そっくり繰り返すだけでいい。わたしは疲れている。休息が必要なんだ。頭の中ではおかしなことばかり起こっているし」そしてこの言葉とともに、マークは昨夜の幻覚をそっくり思い出した。子供がいるという幻覚も含めて。

「子供なんて、ひとりもいないんだ」

メリージョーの目が大きくなった。「いったいどういう意味？」

マークはもう少しでメリージョーを怒鳴りつけそうになった。何が起こっているかを理解しろ、なぜしばしの間であれ本当のことを言わないのかと。だが、倦怠感と無関心がその衝動を抑えつけ、結局マークは何も言わずにメリージョーに背を向けて、エアコンの風のままに揺れているカーテンを見つめた。まもなくメリージョーは部屋を出ていき、やがて階下から様々な家電が作動する音が聞こえてきた。洗濯機、乾燥機、食器洗浄機、生ゴミ処理機。すべての機械が同時に動いているようだった。こんな音を、彼は今までに一度も聞いたことがなかった――夜や週末、彼が家にいる時に、メリージョーがそうした機械を動かすことは決してなかった。

昼になってようやくマークは起き出したが、シャワーを使う気にも髭を剃る気にもなれなかった。いつもなら、この儀式ともいうべき行為を終えるまでは、不潔感と不快感が消えないというのに。彼はローブを引っかけただけで階下に降りていった。朝食をとるつもりだったのだが、キッチンには行かず、代わりに書斎に入って、棺の蓋を開けた。

むろん、いくらかの心の準備は必要だった。棺の前を何度か行きつ戻りつし、長い間、木肌を撫でたのち、最終的に両の親指を蓋の下に差し入れて持ち上げたのだった。

死体は強張っていて無様に見えた。男性で、特に老いてもいなければ、特に若くもない。これ以上はないというほどに、ごく普通の色の髪。灰色を帯びた皮膚を別にすれば、死体は完全に自然に見え、その決定的な平凡さに、マークは、たとえ何千回何万回とこの男に出会ったとしても、決して以前に会ったことを思い出しはしないだろうと確信した。しかし、この男は疑いようもなく死んでいる。それを教えてくれるのは、たるんだ安っぽいサテンの内張りではなく、窮屈そうに丸められた肩と突き出た顎だ。どう見ても居心地がよさそうだとは言えない。

防腐処理液の臭いがした。

マークは片手で蓋を支え、もう一方の手を棺の縁に置いて身を乗り出した。彼は震えていた。それでいて、興奮も恐怖もまったく感じていなかった。震えは単に身体上のものであって、思考の内に見出しうる何ものにも発するものではなかった。震えているのは、要するに棺が冷たいからだった。

ドアのところでひそやかな音がした。もしくは、音が消えた気配というべきだろうか。マークは唐突に振り返った。背後で蓋が落ちた。扉の前にメリージョーが立っていた。フリルのついた家庭着を着て、目を恐怖に大きく見開いて。

その瞬間、年月は消え去り、マークにとって、メリージョーは二十歳の、内気でいささか扱いにくい娘になった。世界が現実に動いている、そのあり方に永久に馴染むことのできない娘。マークはメリージョーがこう言うのを待ち受けた――「でも、マーク、あなた、あの人をだましてるわ」彼女がこう言ったのはただの一度だけだったが、以来、取引をまとめる時にはいつもこの言葉がマークの頭の中に聞こえるようになった。それは、彼がビジネスの取引に際して考慮する中で最も良心に近いものと言えた。彼がきわめて誠実な人間だとの評判を得るには、これで充分だった。

「マーク」メリージョーがそっと言った。何とか自分をコントロールしようと必死の努力を払っているようだった。「マーク、わたし、あなたなしではやっていけないわ」

その口調はまるで、何か恐るべきことがマークの身に起こりつつあることをこわがっているかのようだった。両手が震えていた。マークは一歩、メリージョーに歩み寄った。彼女も両手を差し伸べて歩み寄ると、彼にしがみつき、その肩に顔を埋めて、泣き声で叫んだ。

「だめよ。絶対にできないわ」

「そんなことにはならないよ」マークは当惑していた。

「わたし」メリージョーは低くすすり泣きながら途切れ途切れに言う。「わたし、ひとりで生きていける人間じゃないもの」

「しかし、たとえわたしが、たとえわたしに何か起こっても、メリージョー、きみには——」子供がいる、と言おうとした。この世で、子供たちよりも愛する者など存在しない。あの二人が生まれた時のような気がした。しかし、その言葉にはどこかおかしいところがあるようなわたしたち以上に幸せな父母など、この世にいるはずがない——にもかかわらず、マークはそれを口にすることができなかった。

「わたしに何があるっていうの？」メリージョーがたずねる。「ああ、マーク、わたしには何もなくなってしまう」

そしてその時、マークは再度、思い出した（なんということが起こっているのだろう！）。自分たちには子供がいないことを、そして母であることを第一義の存在目的と見なすほどに古めかしい考えを持っているメリージョーにとっては、子供を持つ希望が完全に絶たれている事実そのものが、神の譴責にほかならないことを。彼女が手術後の危機的な状態を切り抜けるために見出した対象は、ただひとつ、マークだった。オフィスでの取るに足らない、時として想像で作り出した厄介事にあれこれと気をもんでみたり、家での寂しい日々のことを際限なく話してきかせたり……まるで、マークが彼女を現実につなぎとめている錨で、彼女が自身の恐怖という渦に押し流されていくのを押しとどめているのは唯一、マークだけだというように。このかわいそうな娘が（こういった時には、マークは彼女を成熟した人間として考えることができなかった）、マークの死を考えて取り乱すのに、なんら不思議はない。そして、あの棺桶が決定的に悪しき影響を与えているのは疑う余地のないところだ。

しかし今のわたしは、この問題に対処できる状態にはない。マークは思う。わたしは崩壊しかけている、単に物事を忘却するだけではなく、起こってもいないことを思い出したりしているのだから。今わたしが死んだらどうなる？　父のように突然、卒中に襲われて、病院に運ばれる途中で死んでしまったら？　いったい、メリージョーはどうなるだろう？

金に困ることは絶対にない。会社もあれば保険もある。家の支払いをすませたとしても、利子だけで充分、王侯貴族のような暮らしができるはずだ。しかし、メリージョーが恐怖に泣き叫んでいる時、忍耐強く彼女を抱きしめつづけてやれるような人間を、保険会社が手配できるとでもいうのだろうか？　真夜中に名づけえぬ脅威にとらえられた彼女を目覚めさせてやれる人間を、連中が提供できるとでもいうのだろうか？

メリージョーのすすり泣きはヒステリックなしゃくり上げに変じ、指が柔らかなローブの布地を通していっそう深く背中に食いこんだ。なんと必死でわたしにしがみついていることか——マークは思う。メリージョーは絶対にわたしを逝かせてはくれないだろう。そう考えた時、再び闇が訪れた。再びマークは後ろ向きに無の底へと落ちていき、再び彼は何も気にならなくなった。何か気にかけるべきことがあったことすら、気にならなくなった。

背中に押しつけられた指と、腕の中の身体の重みだけを別にして。世界を失ってもかまいはしないと、マークは思う。過去の記憶すら失ってもかまいはしない。だが、この指は。この女性は。この荷だけは降ろしてしまうわけにいかない。なぜなら、いったん降ろしてしまったら、もう二度と抱き起こしてやれる人間がいないからだ。わたしが置き去りにしてしまったら、メリージョーの存在は失われてしまう。

そう思いつつもなお、マークは闇を切望し、彼を引きとめている彼女の要望に腹立ちを感じていた。これから逃れられる道は間違いなくあるはずだ。マークは思う。この両者のバランスを取り、双方の要望を満たしうる方法は絶対にある。しかし、手は依然として彼をつかんだまま放そうとしない。世界は完全に静まり返り、その静寂は平穏そのものだった。ただひとつ、鋭く執拗な指を除いて。極度のフラストレーションに、いつかマークは大声で叫んでいた。その叫び声がなおも室内に鳴り響いている中、彼は目を開き、メリージョーが壁を背にして立っているのを見た。壁にもたれかかり恐怖のまなざしで彼を見つめているメリージョー。

「どうしたっていうの?」彼女はささやいた。

「負けそうなんだ」マークは答えたが、自分がいったい何に勝とうと思っていたのか、思い出すことはできなかった。

その時、玄関のドアがバタンと音を立てた。そして、エイミーが愛らしくも騒々しい足音を響かせてキッチンを走り抜け、書斎に駆けこんでくると、母親に跳びついて、その日の学校での出来事を大声でまくしたてはじめた。あの犬がまた追っかけてきたのよ、これで二度目、それから先生があたしの朗読が二年生で最高だって言ってくれて、でも、ダレルがミルクをこぼしてあたしに引っかけて、サンドイッチ食べてもいいかしら、お昼の時に落っことして踏んづけちゃったの――

メリージョーは楽しげにマークを見つめ、ウィンクをして笑った。「エイミーはずいぶん忙しい一日を過ごしたようね、マーク」

マークは笑みを浮かべることもできなかった。メリージョーがエイミーの乱れた服の皺をなおし、キッチンに連れていこうとした時になって、ようやくうなずいてみせただけだった。

「メリージョー」マークは言った。「話しておかなければならないことがあるんだが」

「ちょっと待っててくれる？」メリージョーは立ち止まろうともしなかった。食器棚を開く音が聞こえ、ピーナツバターの壜の蓋をひねる音が聞こえ、エイミーがくすくす笑いながらこう言うのが聞こえた。「ママ、そんなに厚く塗らなくたって――」

マークは自分がなぜこんなにも混乱し、恐怖を感じているのか理解できなかった。エイミーは学校に行きはじめて以来、帰宅後にサンドイッチを食べる習慣になっている。ほんの小さな子供なのに日に七回、食事をし、それでいて余分な脂肪は一グラムもつかなかった。マークを悩ませているのは、今、キッチンで起こっていることではない。そんなことではありえない。それでも彼は大声でこう言わずにはいられなかった。「メリージョー！　メリージョー、来てくれ！」

「パパ、気が狂っちゃったんじゃないの？」エイミーがそっと言うのが聞こえた。

「大丈夫よ」そう答えて、せかせかと書斎に戻ってくると、メリージョーは苛立たしげに言った。「どうしたの、あなた？」

「ちょっと――ほんのちょっと、きみにここにいてもらいたいんだ」

「マーク、まるであなたらしくないわよ。エイミーは、学校から戻った直後はできるだけかまってやらなければならないの。あの子にとっては儀式みたいなものだから。本当に、マーク、何もすることがないのに会社を休んだりしてもらっちゃ困るわね。まるで粗大ゴミなんですもの」メリージョーは冗談よ、といったふうに笑ってみせると、そのままエイミーの相手をしに戻っていってしまった。

瞬時、マークは強烈な嫉妬の感情に刺し貫かれた。メリージョーは、わたしよりもエイミーの欲求のほうにずっと気を配っている。

しかし、その嫉妬の念も、背中に押しつけられていたメリージョーの指の痛みの記憶と同様に、すぐさま消え去り、果てしない安堵感に包まれたマークは、何ごともまったく気にならなくなった。彼は棺に向きなおり、誘われるように再び蓋を持ち上げると、中を覗きこんだ。この哀れな男が、顔というものをまったく持っていないように見えることに、マークは気づいた。死は、あらゆる人から顔を奪い去り、彼ら自身にとってすら無名の存在に変容させてしまうかのようだ。

サテンに指を走らせる。冷んやりとした誘惑的な触感が伝わってくる。そこだけを除いて、部屋が、世界が、深い背景の奥に退いていく。残ったのはマークと棺と死体だけ。マークはこのうえない疲れとこのうえない熱さを感じていた。生命そのものがとてつもない摩擦の源となって体内に熱を生み出しているかのようだ。マークはローブとパジャマを脱ぎ、ぎこちなく椅子の上に登ると縁をまたいで棺の中に入り、ひざまずき、横になった。わずかな空間を分かち合うほかの死体はなかった。彼の体と冷たいサテンを隔てるものは何もなく、そして、彼がその上に横になっていても、サテンはもう温まることはなかった。ついに摩擦はおさまり、熱も冷めていきつつあった。マークは手を伸ばして蓋を引き降ろした。世界は闇と静寂に包まれ、匂いも味も感覚も、いっさいが消え去った。ただ内張りの布の冷ややかさだけを残して。

「どうして蓋を閉めてあるの？」母親の手を握りしめた幼いエイミーがたずねた。

「それはね、あれが、わたしたちの憶えていなければならないパパではないからよ」メリージョーは注意深く自分をコントロールしながら、低い声で言った。「わたしたちはいつものパパを、幸せで笑っていて、わたしたちを愛してくれていたパパを憶えていなければならないの」

エイミーは当惑した表情を浮かべた。「でも、あたし、パパにお尻をぶたれたのを憶えてる」

メリージョーはほほえみながらうなずいた。最近ではついぞ見せたことのない笑顔だった。

「それも憶えておいていいのよ」そう言ってメリージョーは娘の手を引いて棺の前から居間

に戻った。まだ、この喪失の体験がいかに大きなものであるかがわかっていないエイミーは笑い声を上げて、祖父の膝によじ登った。

事態を理解しているディヴィッドは、深刻な顔に涙の跡を残して部屋に入ってきた。そして母の手に自分の手を重ね、ひしとしがみついて、「ぼくたち、元気になるよね」と言った。

「ええ」メリージョーは答える。「そう思うわ」

メリージョーの母親が耳もとでささやいた。「おまえがどうしてこんなにも立派に耐えていられるのか、わたしにはわからないよ」

メリージョーの目に涙があふれる。「立派でも何でもないわ」彼女はささやき返した。「子供たちのおかげよ。あの子たちは、わたしに頼りきっているんですもの。子供たちが寄りかかっている時に、自分を忘れてしまうわけにはいかないわ」

「本当に、どんなに痛ましいことになっていただろうねえ」母親は思慮深げにうなずきながら言った。「おまえに子供がなかったとしたら」

最後の要望が満たされて、マーク・タップワースは棺の内部で安らいでいた。彼にはすべてが聞こえていたが、それを意識にとどめておくことはできなかった。彼の意識の内には、ただひとつの思念のための空間もしくは時間しか残されていなかった。その思念とは、すべてを〝承認する〟ことだ。みずからの生を、死を、世界を、そして永遠に続く世界の不在を、永遠に承認しつづけること。なぜなら――そう、今は、子供たちがいるのだから。

アグネスとヘクトルたちの物語

The Monkeys Thought 'Twas All in Fun

山田和子訳

アグネス　1

「この子を連れていってください」アグネスの父親が涙のない目に嘆願の色をこめて言った。母親はそのすぐ後ろに立って、手にしたタオルを固くしぼるように握りしめていた。

「わたしにはできない」ブライアン・ハワースは、そう言わなければならないことが無念でならず、同時に、自分が実際にこの言葉を口にできたことを恥じていた。ビアフラという国家の死はもう週ではなく日単位で計られる局面に至っており、ブライアンと妻は退去する最後の一員だった。ブライアンがイボ族の人々を愛するようになって久しく、アグネスの父母はとうの昔にハワース夫妻の単なる従僕であることをやめていた。彼らは友人だった。利発な五歳の少女アグネスは、生まれた時から一家の歓びであり、母国語よりも早く英語を憶え、毎日のように家の中で隠れんぼを繰り返した。利発な子供、将来性に満ちた子供。だが、ナイジェリア軍の兵士たちが、「この子供は賢いか？　この子供は美しいか？　この子供はどんな大人にも劣らない鋭いユーモアの感覚を備えているか？」などと問うわけがない。ブライアンが聞かされてきたところからすれば（そして、特派員であるブライアンは、戦時中の伝聞が否応なく誇張されてしまうものだということを十二分に承知していたにもかかわらず、それが事実だと思っていたのだが）、結局のところ、アグネスもまた両親と同様に有無を言わさず銃剣で腸をえぐられることになるのだ。イボ族であるという理由で、イボ族が半世紀前に日本人が行なったのと同じことをしたという理由で。日本は近隣地域のどこよりも早く西欧化され、それによって多大の利益を得た。日本人は孤立した島国に住んでおり、生き延びることができたが、イボ族の国は島国ではなく、ビアフラは圧倒的な数のナイジェリア軍とイギリスおよびソ連の兵器と封鎖作戦によって——世界にある国家のどれひとつとして、封鎖を解除しようと努力するものはなかった——壊滅させられた。それは、誰かを救えるといった、そんな規模の戦いではなかった。

「わたしにはできない」ブライアン・ハワースは繰り返し、そして背後で妻が（妻の名前もアグネスだった。幼い少女の両親は、自分たちの初めての、そしてただひとりの子供の名を、ブライアンの妻からもらったのだった）こうささやくのを耳にした。「できるはずよ。そう言って。でないと、わたしは行かないわ」

「お願いです」アグネスの父親の目に依然として涙はなく、その声も変わらず平静だった。言葉では懇願しているものの、その身体はこう語っている——わたしは今も誇りを失っておらず、泣いたりひざまずいたり、あなたに服従したりするつもりはない。同等の人間として、わたしの宝物を連れていってくれと頼んでいるのだ。どのみち、わたしは死ぬし、この宝物を持ちつづけていることはできないのだから。
「だが、どうやって？」ブライアンは絶望的に言った。飛行機のスペースはかぎられている
し、特派員はいかなるビアフラ人も連れ出してはならないと厳命されている。
「わたしたちならできるわ」妻が再度ささやいた。この言葉を聞いて、ブライアンは両手を
差し出し、アグネスを受け取って抱いた。アグネスの父親はうなずいた。「ありがとう、ブ
ライアン」そして、泣きながらこう言ったのはブライアンのほうだった。「すまない、この
世の人間で自由であることに価する者がいるとすれば、それは――」
しかしアグネスの両親はすでに森をめざして歩きはじめていた。ナイジェリア軍が入って
くる前に、町から脱出しなければならなかったからだ。
ブライアンと妻は幼いアグネスを連れて、独立ビアフラで最後の飛行場として使われてい
る遺棄されたハイウェイに行き、飛行機に乗った。特派員たちと荷物と、暗い片隅に身を縮
めるようにすわっている、ひとりにとどまらぬビアフラ人の子供たちでいっぱいの飛行機―
―それは旅客用に当てられたものではなかった。飛行中ずっと、アグネスは目を大きく見開
いていた。泣きはしなかった。これまでも、アグネスは普通の子供のように頻繁に泣くこと
はなかった。少女はただ、ブライアン・ハワースの手を固く握りしめているだけだった。
アメリカ行きの飛行機に乗り替えるためにアゾレス諸島に着陸した時になって初めて、ア
グネスはこうたずねた。「父さんと母さんはどうしたの？」
「来られないんだ」ブライアンは言った。

「どうして？」

「場所がなかったから」

そしてアグネスはあたりを眺め、あと二人くらいの人間がすわったり立ったり横になったりできる場所はいくらでもあることを知り、そして、両親が一緒に来ることができなかったのには何か別の、もっと恐ろしい理由があるのだと察知した。

「これからはわたしたちと一緒にアメリカで暮らすのよ」とハワース夫人が言った。

「あたしはビアフラで暮らしたい」その声は大きく、飛行機中に聞こえた。

「わたしたちみんながそう思っているわけじゃない」ずっと前のほうにいたひとりの女性が言った。「誰もがそう思っているわけじゃない」

それからの飛行中、アグネスは、眼下に広がる雲にも海にもまったく関心を向けることなく、黙ったままで過ごした。ニューヨークに到着し、再度飛行機を乗り替え、そしてようやくシカゴに着いた。家に。

「家？」樹々と芝生の間から夢のように姿を見せた二階建の煉瓦造りの家、明るく輝きながら道路に覆いかぶさるように見えるその家を見つめながら、アグネスは言った。「ここは家じゃない」

ブライアンは反論できなかった。アグネスはビアフラ人であり、戻るべき家はもう永久に存在していないのだ。

それから何年かたつと、アフリカからの脱出行はアグネスの記憶からほとんど消えてしまっていた。憶えているのは、空腹だったこと、アゾレス諸島に着いた時にブライアンがオレンジを二個くれたこと。そして、対空砲火の音と、ごく間近で砲弾が炸裂した時の激しい飛行機の揺れ。ただ、ひとつだけ鮮明に憶えていることがある。暗い飛行機の中で向かいにすわっていた白人の男性のことだ。その男性はアグネスを眺めつづけ、それからハワース夫妻に目をやった。ブライアンと妻は黒人だったが、その黒さは過去何世代にもわたって混入されてきた白人の血によって薄められていた。それに比べると、幼いアグネスの肌の色ははるかにはるかに黒かった。白人の男はとうとうこう言った。「お嬢ちゃんはビアフラ人かね？」

「はい」アグネスは静かに言った。

男は怒りに満ちた目をブライアンに向けた。「規定違反だ」

ブライアンは穏やかに答えた。「ひとつぐらい規定を破ったからといって、地軸が狂うこともあるまい」

「その子を連れてきてはいけなかったんだ」男は強固に言い張った。まるでアグネスが彼の空気を吸い、彼の場所を奪っているとでも言わんばかりだった。

ブライアンは答えなかった。ハワース夫人が代わりに口を開いた。「あなたは怒っているだけです。ビアフラ人のお友達に子供を連れていってくれと頼まれて、それをことわったために」

男は怒りの表情を見せ、次いでそれは傷ついた表情に、そして恥の表情に変わった。「できなかったんだ。三人の子供がいた。どうすれば、その子たちをわたしの子だなどと言える？わたしにはできなかった！」

「この飛行機には、白人でもビアフラの子供を連れている人がいます」ハワース夫人が言う。

男は怒りに駆られて立ち上がった。「わたしは規定を守ったんだ！正しいことをしたんだ！」

「落ち着いて」ブライアンは静かに、しかし断固とした口調で言った。「おすわりなさい。黙って。自分を慰めればいい、規定に従ったのだから。そして子供たちのことを考えればいい、銃剣で切り刻まれて――」

「シッ」ハワース夫人が止めた。白人の男はぐったりとすわりこんでいた。言い争いは終わった。だが、アグネスはいつまでも憶えていた。その後、男がひたすら泣きつづけていたのを。何時間とも思える間、背中を上下させながら、ほとんど声も立てずにむせび泣いていたのを。「わたしにはできなかった」男がそうつぶやいたのが聞こえた。「ひとつの国家が死にかけている時に、わたしにはたったひとつのこともできなかった」

アグネスはその言葉を忘れなかった。「わたしにはたったひとつのこともできなかった」何度か自分に向けてつぶやいてみた。最初のうちは、そのとおりだと思い、シカゴ郊外の家の静寂の中で両親を想って泣いた。しかし少しずつ、みずからの力で道を切り開き、性と人種とビアフラ人としての生い立ちの前に立ちはだかる社会の壁を乗り越えていくうちに、アグネスはこれとは異なる言葉を語ることを学んだ。

「わたしには何かができる」

　十年後、アグネスは養父母のハワース夫妻とともにナイジェリアを訪れた。パスポートはアグネスがアメリカ市民であることを示していた。三人は、かつて住んでいた町に行き、血のつながった親族に、両親はどこにいるかとたずねてみた。

「死んだよ」アグネスはそう告げられた。その口調は決して思いやりに欠けるものではなかった。またいとこよりも近い親族は誰も生き残っていなかった。

「わたしは小さすぎた」アグネスは養父母に言った。「たったひとつのこともできなかった」

「わたしも同じだよ」ブライアンが言った。「われわれはみな若すぎたんだ」

「でも、わたしはいつか何かをする。これを償うために」

　ブライアンはアグネスが復讐を意図しているのだと思い、何時間もかけて説得しようと試みた。だが、アグネスが意図していたのは復讐ではなかった。

ヘクトル　1

　その光を見た時、ヘクトルは自分が大きくなったのを感じた。大きく充実し晴れやかで力がみなぎるのを感じた。その光は正しい色と正しい輝きを放っていたので、ヘクトルは彼自身たちを集めて身構え、光を追い、たっぷりと飲んだ。

そして、ヘクトルは踊るのが大好きだったので、正しい場所を見つけると、ダンスを始めた。全身をたわめ、回転し、弧を描き、波打ち、そうして、大いなる暗黒の美しい物体になっていった。

「なぜぼくらは踊っているの？」ヘクトルたちが彼たち自身にたずねた。

そしてヘクトルは彼自身たちに言った。「幸せだからさ」

アグネス 2

トロヤ物体が発見された時、アグネスはすでに世界で三本の指に入るスキップシップのパイロットとして知られていた。火星への旅を二回、月への旅は何十回も体験していた。多くは単独飛行で、アグネスとコンピュータだけの旅、それ以外は貴重な積荷——有名な人物や絶対的に必要な医薬品や重大な機密情報、つまり、一台のスキップシップを地球から外宇宙に送り出す途方もない費用に見合うだけの重要性を持ったもの——を載せての旅だった。

アグネスは、宇宙開発事業に出資している企業のうちで最大のＩＢＭ－ＩＴＴの専属パイロットであり、そしてＩＢＭ－ＩＴＴが、トロヤ物体の調査という、莫大な利益をもたらす政府相手の契約を取るのに成功したのも、なかばは、その探査飛行のパイロットにアグネスを起用すると約束したためであった。

「契約が決まったよ」シャーマン・リッグズがそう告げたが、アグネスはこのところスキップシップの装備を新しくするのにかかりきりだったため、何のことを言われているのかさっぱりわからなかった。

「契約だ。あの契約だよ。トロヤ物体の調査。そしてきみがパイロットだ」

否定的なものであれ肯定的なものであれ、感情を表に現わすのはアグネスの性分ではなかった。トロヤ物体は、現在、宇宙で最も重要な存在である。地球の公転軌道前方のトロヤ点*に位置する、巨大な、光を完全に吸収する物体。ある日まで、そんな場所にそんなものはなかったのが、次の日になってみるとそこにあって背後の星々をかき消しており、宇宙観測の世界に新しい彗星や新しい惑星どころではない大騒ぎを引き起こした。地球の軌道上に新し

＊天体力学における三体問題の解として、二つの天体（たとえば太陽と地球）の質量に比べて第三の天体の質量がきわめて小さい場合、その天体が太陽と地球から見て一定の場所にとどまっていられる特殊な位置が五つあることが知られている。この特殊な位置をラグランジュ点といい、そのうち特に、地球の公転軌道に沿って六〇度ずれた位置（地球の進行方向前方と後方の二つ）をトロヤ点と呼ぶ。トロヤ点は、太陽・地球だけでなく、地球・月、その他あらゆる天体の組にある。ちなみに、木星のトロヤ点付近には小惑星群があり、そのうち最大の小惑星がヘクトルと名づけられている。

い天体が唐突に出現するなど絶対にありえないのだ。そしてアグネスは今、そのトロヤ物体を初めて間近から眺めることになる宇宙船のパイロットになろうとしていた。

「ダニイを」アグネスは相棒（リーナー）の名を挙げた。恋人／エンジニアで、二人任務の時はいつもチームを組んでいる。このような長い旅の際に、リーナーなしでやっていけるパイロットは誰もいない。

「もちろんだ」シャーマンが答えた。「それに、もう二人。ロジャー・ソーンとロザリンド・ソーン。医師と天文学者だ」

「知っています」

「適任かね」

「十二分に。適任です。スライとフリーダと組めないとしたらですが」

シャーマンは目をぐるぐるとまわした。「スライとフリーダはGM-テキサコの者じゃないか、そんな可能性が万にひとつも――」

「そんなふうに目をぐるぐるまわすのはやめてください、シャーマン。発作を起こしているんじゃないかって思ってしまいます。スライとフリーダが無理だということはわかってますけど、いちおう聞くだけ聞いてみようと」

「ロジとロズだ」

「結構です」

「トロヤ物体について、どのくらい知っている？」

「あなたよりは多く、必要と思われる分には不足です」

シャーマンは鉛筆でデスクを叩いた。「よろしい、さっそく専門家のところへ送り届けよう」

一週間後、アグネスとダニイとロジとロズが収まったアグネスのスキップシップは、ニューメキシコ州クローヴィスの滑走路を疾走していた。恐ろしい加速度で、ことに垂直上昇に入った直後がすさまじかったが、高軌道に乗るまでにさほど時間はかからなかった。そして、そこからさらに短時間で地球の重力圏から離脱すると、彼らは、地球軌道の前方に位置するトロヤ点に向けて――何ものかが待ち受けているその場所に向けて三ヵ月の旅を開始した。

ヘクトル　2

ヘクトルは彼自身たちに言った。「喉が渇いた、喉が渇いた、喉が渇いた」そこでヘクトルたちは彼たち自身にたっぷりと飲ませ、そうして、心ゆくまで飲んで満足したヘクトルは、音のない歌を歌った。ヘクトルたち全員が聞き入り、やがて彼らも唱和した。

空虚な海で泳ぐヘクトル
ヘクトルたちを従えて

陽気に口笛鳴らすヘクトル
決して音は立てないで
すべての光飲みこむヘクトル
寒気のうちでも暖かく
今宵生まれるはずのヘクトル
本当の歳は果てしなく
すべての塵をさらうヘクトル
積まれた塵の山千丈
流浪の旅もひと区切り
まもなくヘクトルたちの誕生

そしてヘクトルたちは笑い、さらに歌い、さらに踊った。なぜなら、長い旅路の果てに彼らはひとつとなり、今は暖かく満たされ、ともに横たわって、彼たち自身が語る彼自身たちの物語に耳を傾けようとしているからだ。

「話してあげよう」ヘクトルは彼自身たちに言った。「《大衆》の物語を、《支配者たち》の物語を、《創造者たち》の物語を」

そしてヘクトルたちは、ぴったりと寄りそって耳をすませた。

アグネス　3

トロヤ物体に到着する前日、アグネスとダニィはセックスをした。どちらにとっても、そうすることで仕事がずっと楽にできるようになるからだった。ロジとロズはしなかった。彼らにとってはそのほうが感覚をとぎすませておくのによかったからだ。一週間がたって明らかになったのは、トロヤ物体が地球上のいかなる人間の予想をもはるかに超えた、そしていかなる推測をもはるかに下まわるものしかもたらさない存在だという事実だった。

「平均直径およそ千四百キロメートル」信頼できるだけのデータが揃うと、ただちにロズが報告した。「でも重力は、せいぜい巨大アステロイド程度ね。着陸装備（シャドル）で充分、離脱できるわ」

ダニィがまず明らかな結論を口にする。「あれほどに堅固で、あれほどの大きさを持っていて、あれほどに軽いものは存在しえない。人工物だ。間違いなく」

「直径が千四百キロもあって？」

ダニィは肩をすくめた。肩をすくめるくらい誰にだってできる。四人がここに来たのは、肩をすくめるためではないはずだ。いずれにせよ、地球の公転軌道前方に位置するトロヤ点に唐突に出現する自然物などあろうはずもない——人工物であることは明らかだった。だが、はたして危険なものなのかどうか。

スキップシップはトロヤ物体のまわりを何十回も周回し、人間よりもはるかに有能な目を持つコンピュータに走査させて、開口部を示すなんらかの手掛かりが見つかることを期待した。まるでなかった。

「着陸してみたほうがいいわね」ロズが言い、アグネスはスキップシップを物体の表面に接近させていった。その時、不意に、それぞれの仕事に従事しているアグネスとダニイとほかの二人の人格がそっくり入れ替わった。楽しむことが大好きで、下品なことをいっぱい考えながら、ゲームプレイをする友人たち——作業が絶対的に手を抜けない段階に至るまで、それは続いた。そして、この奇妙な感覚は消え、四人はそれぞれパイロットとエンジニアと医師と天文学者に戻って、各自の作業をスムーズにこなしていった。まるで、コンピュータの集積回路が身体的な障壁を突き破って全員を一緒くたに取りこんだとでもいうような、そんな感覚だった。

アグネスは愛機を巧みに操り、物体の表面から三メートルの位置に停止させた。「これ以上は近づかないほうがいいわ」ダニイもこれに賛同し、全員が宇宙服を着用したところで、彼はハッチを開き、シャドルを使って物体の表面に降り立った。「慎重にね、リーナー」アグネスは注意をうながした。「脱出速度も何もかも」

「何も見えないよ」ダニイは、アグネスの言葉とは完璧に無関係な返事をした。「こいつの表面物質はすべての光を吸いこんでいる。ヘッドランプの光まで。でも、手触りはスチールみたいに硬くてなめらかだ。ランプで照らしていなければ、自分の両手がどこにあるかもわからない」数秒間の沈黙。「いったいこいつを引っかいているのかいないのか。ぼくは今、サンプルを採っているのかな？」

「コンピュータはノーと言っている」ロジが答える。医師であるロジは、この時点ではコンピュータをモニターする以外、なんの役にも立たなかった。

「ぼくは表面になんの衝撃も与えていないということか。こいつがどれほど硬いのかを確かめてみたいものだな」

「トーチ？」とアグネス。

「うん」

ロズが抗議する。「怒らせるようなことはしないで」

「誰をだい？」ダニイがたずねる。

「誰かさん。これを作った誰かさん」

ダニイは楽しそうに笑った。「もし、この中に誰かいるとしたら、ぼくらがここにいることはとっくに承知してるさ。でなけりゃ、ぼくらがこの中に入れないことを確信していて、まるっきり気にもとめていないかだ。いずれにしても、何か連中の気を惹くようなことをやってみなければ」

トーチがまばゆい輝きを放って燃え上がったが、トロヤ物体の表面からは何も反射されてはこず、トーチから発散されるガスが当たっている部分がかろうじて見て取れるだけだった。

「変化なし。表面温度も上がりさえしない」ようやくダニイは言った。

レーザーを試してみた。爆発物を試してみた。修理作業用のダイヤモンドチップドリルも試してみた。どれひとつとして、表面にはこれっぽっちの効果も与えられなかった。

「降りていきたいわ」アグネスが言った。

「無駄だよ」ダニイが答える。「極に行くことを提案する。北でも南でも。たぶん何か違ったものがあるだろう」

「行くわよ」とアグネス。

ダニイは怒った。「まったくもうきみときたら、ぼくができなかったことを自分ならできるとでも思ってるのか！」

アグネスは率直に、自分にできそうなことは何もないと認めた。そう言いながら、スキップシップから這い出し、物体の表面に向けて跳躍した。

馬鹿なことをするんじゃない、とダニイは無線で怒鳴り、アグネスのほうに振り向くと、彼女の目にダイレクトにヘッドランプの光が当たった。アグネスが愕然としたことに、ダニイは彼女の真下にいた——が、すでに方向を変えることはできず、そのままシャドルを使って落下した。なんとか右にスリップし、そののち向きを変えようと試みたが、ダニイと衝突するのではないか（宇宙空間においては危険きわまりないことだ）という考えと、ダニイを避ける操作に手間取ったことで、瞬時、パニックに襲われ、結果、アグネスは快適というにはほど遠い速度で物体の表面に衝突することになってしまった。

しかし、アグネスの手が触れた瞬間、表面がへこんだ。ゴムのような弾力性があったというわけではない。その場合なら、手は押し戻されていたはずだ。そうではなくて、ほとんど固まりかけたセメントのような重い抵抗感があり、そして気づいてみると、手は完全に物体の表面にめりこんでいた。アグネスはヘッドランプで照らしてみた。なめらかな表面は無傷で、へこんですらいない。ただ、彼女の片手が手首まで埋まっているだけだ。

「ダニィ」興奮してよいのか心配したほうがいいのか確信できぬままに、アグネスは言った。

ダニィはまるで聞いていなかった。というのも無線機に必死で「アグネス、大丈夫か！」と怒鳴りつづけていたからだ。だが、ややあってようやく、アグネスがすでに応答していることに気がついた。落ち着きを取り戻し、ヘッドランプでアグネスを見つけ出し、そして彼女のもとに来ると、静かにシャドルを操作してトロヤ物体の表面に体を固定させた。

「わたしの手」アグネスが言うと、ダニィは彼女の肩から腕、そして手へと目を走らせて叫んだ。

「アグネス！　引き抜けるのか？」

「あなたに見てもらうまで、何もしないでおこうと思ったのよ。いったいどういうことだと思う？」

「こいつが湿ったセメントだとしたら、もう乾いてしまって絶対に引き抜けないってことだよ！」

「馬鹿なこと言わないで。周囲をテストしてみて。何か変わったところがないかどうか」

トーチを別にして、ダニィはそっくり同じテストを繰り返してみた。アグネスの宇宙服の縁ぎりぎりのところまで――トロヤ物体の表面はまったく何も受けつけず、完全にエネルギーを吸収し、磁力はゼロ――言い換えれば、テスト不能である。だが、アグネスの手がその中に埋まっているのは議論の余地のない事実なのだ。

「写真を撮って」

「それで何がわかる？　きみの手が手首のところですっぱり切れているように見えるだけだと思うよ」そう言いながらも、ダニィは器材をいくつか地表に置いて、表面の状態が実際にどうなっているのかを少しでも写真におさめられるようにし、そののち十数枚の写真を撮った。「ぼくは何のために写してるのかな？」彼はたずねた。

「地球に帰って、わたしの手がスチールよりも硬いものの中にはまりこんだってことを誰も信じない場合のためよ」アグネスは答える。

「ぼくが証言することもできるよ」

「あなたは、わたしのリーナーだもの」

リーナーたちはいくつかの事柄に関してはこのうえなく素晴らしい存在であるが、しかし、誰であれ、たとえば被告人が完全にそのリーナーの証言に頼っている、そんな訴訟での検事役など絶対に務めたくないにちがいない。リーナーたちは何をさしおいても、おたがいに対して忠実であることを第一とし、正直であることは二の次となる。そうでなければならないのだ。

「で、写真は撮った、と」

「じゃ、引き抜くことにしましょうか」

「できるのか？」ダニイは、アグネスの身を心配することを単に一時延期していたにすぎなかった。それが今、百パーセントの強さで戻ってきた。

「両膝ともう一方の手も、同じ程度にまで沈んでたの。こっちの手が今も沈んでる理由は、わたしが手を握りしめて、ずっとつかんでいるからよ」

「つかんでるって、何を？」

「何だかわからないけれど、この物体を構成してるものよ。こっちの手と膝は数秒たって、表面に浮かび上がってきたわ」

「浮かび上がる！」

「そんな感触だったってこと。さあ、放してみるわね」アグネスが握りしめていた拳を開くと、手はゆっくりと上がってきて、静かに表面を離れた。表面の物体には、さざ波ひとつ立たなかった。アグネスの手があった時は流体のように反応していたそれは、彼女の手がなくなると、元どおりの堅固な状態に戻っていた。

「いったい、こいつは何でできているんだろう？」

「シリイ・パテね（粘弾性のある流状シリコーンでできたおもちゃ。自在に伸び縮みしたり、変形したり、流体のような動きを見せたりする）」アグネスが言う。

「アホらしい」とダニイ。

「わたし、真面目に言ってるのよ。いいこと、シリイ・パテがどれほどフレキシブルであるかはあなたも知ってるわね。でも、あれをお団子に丸めて地面に投げつけたらどうなった？粘土みたいに割れたでしょ？」

「ぼくの持ってたシリイ・パテは、そんなふうにはならなかったな」

「でも、ここのはそうなった。逆の形ではあるけれど。何か尖ったものや熱いもので衝撃を与えた場合、力を加えるのが遅すぎたり弱すぎたりした場合には、この物質はまったく変化を示さない。でも、わたしがシャドルの速度で突っこんだら、この中に数センチ沈みこんだ」

「要するに」とロジがスキップシップから口をはさむ。「きみは入口を見つけたわけだ」

二人は十分足らずでスキップシップに戻った。さらに数分を費やして、すべてが間違いのない状態にあるかどうかを確認したのちに、アグネスはスキップシップをトロヤ物体の表面から数十メートルの位置に浮上させた。「みんな、覚悟はいい？」アグネスがたずねる。

「わたしたちがやろうとしているとわたしが思っていることを、わたしたち、これからやるわけね？」ロズが言った。

「そうともさ」ダニイが答える。「まったくもってそのとおり」

「とすると、わたしたちみんな頭がイカれてるんだわ」その声は神経質に聞こえた。誰もロズと議論しようとはしなかった。

アグネスは船外の補助ロケットに点火し、スキップシップはトロヤ物体に突っこんでいった。それほどすさまじい速度でというわけではなく、全員が慣れ親しんでいる並のスピードでしかない。だが、搭乗者たち、つまり、自分たちが、ダイヤモンドのドリルもレーザーもいっさい受けつけないほど硬い物体の表面にまっすぐに向かっているのだと知っている者にとって、それは心乱されるどころではない速度だった。

「もし、あなたたちが間違っていたらどうなるのかしら？」ロズが冗談だというふりを装って言った。

ぶつかってみるまで、誰も答えることはできなかった。しかし、もし間違っていたとしたら、恐ろしい衝撃と船外に放出される空気の奔流に見舞われるはずだったその瞬間、スキップシップはただ、胸が悪くなるほどにスピードを落としただけで、そのまま内部に向けて進みつづけた。観測窓の外に、素早く暗黒があふれ流れていく。そして船は、トロヤ物体の表面を完全に通過した。

「まだ動いてるのか？」そう言うロジの声は震えていた。

「コンピュータはあなたの係でしょ」アグネスは答え、少なくとも、その声に脅えの色は現われていないと納得して満足した。実際はそうではなかったのだが、誰もあえてそんなことを言おうとはしなかった。

「そうだな」ようやくロジが言った。「まだ動いている。コンピュータがそう言ってる」

そして、それからいつ果てるとも知れないように思える間、四人は黙ったままじっとすわっていた。アグネスが「どうも、あんまりいい考えではなかったようね。わたし、気が変わったわ」と言おうとした時、窓外の暗黒が、光を含んだ褐色に変わり、そして、次の瞬間、誰もが気づく間もなかったほどの速さで、褐色が明るく輝く透明な青に変じたかと思うと——「水だ！」とダニィが驚きの声を上げる——、水面が破れ、スキップシップは湖に、太陽にまばゆく照らされた湖の上に、ポンと浮かび上がっていた。

ヘクトル 3

「最初に話すのは《大衆》の物語だ」ヘクトルは彼自身たちに言った。実際問題として、物語を語る必要があるわけではなかった。ヘクトルが飲むと、彼が生きてきたその生のすべて、その長い年月の間に彼が知ったことのすべてが、無意識のうちに彼自身たちに伝えられていくのだから。だが、どこに焦点を置くかという問題がある。そこにいかなる意味があるのかという問題がある。ヘクトルには想像力というものがまったくなかった。しかし、理解力は持っており、そしてその理解力はどうしても彼自身たちに伝えなければならなかった。さもないと、長い年月を経るうちに、ヘクトルたちは彼自身たちが不完全な状態のままに放置されたとして、彼たち自身を呪うようになるはずだからだ。

つまり、彼がこの物語を語ったのは、この物語が焦点と意味を明らかにしてくれるものだったからである。

シリルは〔とヘクトルは語った〕大工になりたいと思っていた。生きた木を伐り、乾かし、寝かし、削って、美と有用性を備えた物に作り上げたいと思っていた。自分には木を見る目があるとシリルは考えた。子供のころにその能力を試してみたこともあった。だが、職業選定省に申請すると、ノーという答えが返ってきた。

「どうしてです？」シリルは、選定省がかくも明らかな過ちを犯すのにびっくりした。

「それはですね」と局員が言った。その応対は終始、とても気持ちのよいものだった（彼女はテストで対応のよさを認められ、その結果、今の職に就いたのだった）。「適性および嗜好性のテストが示すところでは、あなたはその関係の職種にまったく適していないばかりでなく、実際に大工になりたいと思ってさえいないからです」

「ぼくは大工になりたいんです」シリルは主張した。人は何かを主張したりするものではないということを知らないほどに若かったのだ。

「あなたが大工になりたがっているのは、大工という仕事に対して誤った考えを持っているからです。厳正な事実として、嗜好性テストは、あなたが大工としての人生を絶対的に嫌うであろうと示しています。したがって、あなたは大工になることはできません」

その口調にこめられた感触によって、シリルは、これ以上議論してもまったく意味がないことを察知した。加えて、シリルは抵抗が無益であること——抵抗を続けるのは致命的であることを知らないほどには若くなかった。

こうしてシリルは、テストによって最も適性があるとされたところに配属された。炭鉱夫として訓練を受けたのだ。幸いにも、能力がなかったり、どうしようもなく理解力に欠けるといったりしたことはなく、そこで、シリルは先導鉱夫としての訓練を受けた。石炭層をたどり、層が歪んだり方向を変えたり断層になっていたりする場合は、その先の層を正確に見つけ出すという役目だ。それは高度の判断力を要するハードな仕事だった。シリルはその仕事を好きになれなかったが、それでもじっと訓練を受け、技術を身につけていった。なぜなら、嗜好性テストが、シリルは心底この種の仕事を望んでいるのだと示していたからである。

シリルはリカという名の娘と結婚したいと思っており、リカもまたそれを望んでいた。

「残念ですが」と選定省の局員は言った。「遺伝学的、気質的、社会的に、あなたがたはたがいにまったく適合していません。不幸になるだけです。したがってわれわれとしては、あなたがたの結婚を許可することはできません」

二人は結婚せず、リカはほかの男性と結婚し、そしてシリルは、このまま結婚せずにいてもかまわないだろうかとたずねてみた。「お望みならば。テストによって判明した最高の幸福な状況に対する選択権はあなたにあり、結婚しないこともそのひとつですから」と局員は告げた。

シリルはある区域に住みたいと思ったが、却下された。出される食事は嫌いなものばかりだった。好きでもない友人たちとダンスに行かねばならず、うんざりする音楽に合わせてダンスをせねばならず、どう考えても馬鹿ばかしいとしか思えない言葉を連ねた歌を歌わねばならなかった。絶対に絶対に何か間違いがあったのです、とシリルは局員に申し立てた。

局員はシリルに冷ややかな凝視を向けて（シリルはその凝視を払いのけようと無益な努力を試みたが、それは夢に出てくる粘液のようにまとわりついて離れようとしなかった）言った。「いいですか、シリル、あなたはこれで、ひとりの市民が異議申し立てをし、なおかつ生存しつづけることを許される限界の、それだけの回数の異議申し立てをしてしまったのです」

これとまったく同様のケースで、大衆の成員の中には、折々に表面に現われては一定の間隔を置いて国家につぶされる秘密の地下組織に加わり、反乱を企てる者も少なくなかった。また、これとまったく同様のケースで、大衆の成員の中には、引き受けるに価しない不幸を背負って生涯を送るべく定められてしまったことを悟り、自殺によって、その不幸を消し去ろうとする者も少なくなかった。

しかし、シリルは大衆の内部で最大の集団に属しており、どちらの道も選ばなかった。代わりに、選定された町へ行き、選定された炭坑で働き、リカを想いながら独り身を通し、どうしようもない友達とどうしようもない音楽に合わせてどうしようもないダンスを踊りつづけた。

時がたち、やがて炭鉱夫たちの間でシリルの名が知られるようになっていった。彼は岩石截断機を精妙な工具さながらに操作し、様々な美しい形に刻まれた岩盤を残していくのだ。どの鉱夫も、シリルが掘削したトンネルを歩いている時には、即座にそれとわかった。何よりも美しいからであり、同時にそこを歩いていると、意気高く誇らしい気分に、そして不思議なことながら、愛情に包まれているのに気づくのだった。さらにシリルは、石炭層を予測するのに特別な才能を発揮し、いかにその層が薄くとも、いかにその進路がねじれていようとも、いかにその道すじに障害物があろうとも、必ず正しい方向をたどることができた。「シリルが石炭を知ってることといったら、まるで、体のどんな曲げ方もひねり方も知り尽くした女を相手にしてるみたいだぜ。言ってみれば、もう何千回となくその女と寝ていて、いつ達するかがピタリとわかるようなもんだな」ある鉱夫が一度、シリルについてこんなふうに言ったことがある。この意見は適切にして的を射ていたので（そして、炭坑の地下深くといえど、脈打つ詩人の心は存在したので）炭坑じゅうに広まっていき、やがて鉱夫たちはその黒い石をシリル夫人と呼びならわしはじめた。この話を聞いてシリルはほほえんだ。なぜなら、彼の心の中では、石炭は妻ではなく、愛されざる情婦——彼女が与えてくれる、そしてすぐに捨て去られる、つかのまの快楽のために使われるだけの、そんな存在にすぎなかったからである。愛と取り違えられた憎しみ。よくある話だ。

シリルがまもなく六十歳になろうとするころに、選定省の局員が炭坑にやってきた。「炭鉱夫のシリル」局員がそう告げたので、シリルは坑道から出され、局員と対面した。信じがたいことに、局員は満面に特大の笑みを浮かべていた。「シリル、きみは偉大な人物だ——」

何の話が持ち出されるのか見当もつかぬまま、シリルは弱々しい微笑を返した。

「わが友、シリル、きみは誉れ高き鉱夫だ。名声を求めようという気などまったくなく、それでいて、きみの名は世界じゅうのありとあらゆる鉱夫たちにあまねく知れわたっている。きみは人がどうあるべきかの——選定によって幸福となり、熱心に働き、充足する——完璧な規範だ。そこで、選定省は、きみが年度代表労働者たることを公告した」

年度代表労働者のことは誰もが知っていた。あらゆる新聞に写真が載り、映画やテレビに登場し、その年における世界で最も偉大な労働者として称揚される人物。それは、このうえない羨望の的となる栄誉だった。

しかし、シリルはこう言った。「おことわりします」

「ことわる？」局員が言う。

「はい。わたしは年度代表労働者になりたくありません」

「しかし——しかし。しかし、なぜだ？」

「幸せではないからです。何年も何年も前、わたしは間違ってこの仕事に就かされました。わたしは炭鉱夫になるはずではなかったのです。大工になって、リカと結婚して、別の町に住んで、別の友人たちと別の音楽に合わせて踊るはずだったのです」

局員はおぞましいものを見るようなまなざしでシリルを見つめた。「なんということを言うのだ！」局員は叫んだ。「わたしは、きみが年度代表労働者たることを公告したのだ！年度代表労働者になるか、さもなくば死刑だ！」

死刑？　四十年前、この脅しにシリルはやむなく従った。しかし今、ある不屈の想念がほとばしり出た。膨大な圧力のもとに長く隠されていた石炭の薄層が、周囲の岩が取り除かれた瞬間、文字どおり、岩の壁から炸裂して出てくるように。「わたしはもうすぐ六十歳です」シリルは言った。「そしてこれまでの全人生を憎んできた。お望みなら、殺してください。だが決してテレビや映画で、これまでいかに幸せに過ごしてきたかなどと話すつもりはない。なぜなら、わたしは、幸せではなかったのだから」

かくしてシリルは連行され、牢獄につながれ、死刑を宣告された。ありとあらゆる不当な扱いを受けながらも、友人たちに対して嘘をつくのを拒否したがために。

以上が《大衆》の物語である。

ヘクトルが話し終えると、ヘクトルたちは溜息をつき、泣き（涙は流さずに）、そして言った。「わかったよ。今こそ、意味が理解できたよ」

「これが意味のすべてというわけではないんだよ」ヘクトルは言う。

そして、ヘクトルがこう言ったとたん、ヘクトルたちのひとりが（これは注目すべきことだった。というのも、ヘクトルたちが個的にしゃべるのはめったにないことだからだ）彼自身たちと彼たち自身に向けて言った。「ああ、ああ、彼らがぼくの中に入ってきた！」

「つかまったんだ！」ヘクトルは彼自身たちに叫んだ。「こんなに長い年月の間、自由だったけれど、とうとう彼らはぼくを見つけ出したんだ！」ところがその時、別の思念が浮かび上がってきた。これまで一度たりと考えたことのなかった思念ではあったが、それは長らく彼の内で休眠状態にあり、表面に現われるこの時を待ちつづけていたのだった。「協力するんだ。協力しさえすれば、彼らがきみたちを傷つけることはない」

「でも、もう傷つけられたよ！」たった今、ひとりで発言したヘクトルが叫ぶ。

「治るさ。忘れるんじゃない、きみたちが何をしようとも、支配者たちはきみたちを思うがままにできる。抵抗すれば、事態は悪くなるだけだ」

「《支配者たち》」ヘクトル全員が彼たち自身に向けて言った。「《支配者たち》の物語をして。そうすれば、ぼくらは彼らがすることを、なぜそうするのかを理解できる」

「話してあげよう」ヘクトルは彼自身たちに言った。

アグネス　4

アグネスとダニィは山の天辺に――少なくともスキップシップから見た時には山の天辺と思えたところに――立っていた。わずか数時間の歩行で、と言っても行程のほとんどはシャドルの助けを得てスピードアップしたのだが、ともかく、そこに着いてわかったのは、高い山岳と見えたものが実際にはせいぜい数百メートル、おそらくは半キロ程度の高さしかないということだった。ただ、斜面は岩だらけで起伏が激しく、登攀はシャドルを使ってもなお、楽なものではなかった。

「人工物だな」壁に手を触れながら、ダニィが言った。壁は山の頂上から天井に続いており、太陽はないかわりに、天井全体が光と熱を放射していた。それは陽光とまったく変わりはなかったものの、拡散しているために、数秒間は目がくらむこともなく見つめていることができた。

「ここが人工的な場所であるってことは、最初から結論づけられていたと思っていたけれど」アグネスが言う。

「しかし、何のために？」ダニィは二日間の探索に対するフラストレーションをはっきり表に現わして、そう答えた。「肥沃ではあるけれど有害なものはいっさい成育していない土壌。清浄で飲用可能な水。日に二回、二十分間の降雨、穏やかな散水といったところで、あらゆるものを湿らせはするが、流水を残すことはほとんどない。定常的な陽光。完璧な環境だ。だが、何のためだ！　いったいここには何がいるというんだ？」

「わたしたちよ、今のところはね」

「退去すべく試みるべきだと思うがね」

「いいえ」アグネスはきっぱりと言う。「ここを退去する時は――もしできればの話だけど、その時には、コンピュータとわたしたちの頭を情報でいっぱいにして退去するの。この場所から、もしくはこの物体から得られるかぎりのあらゆる情報で」

ダニィには反論できないことがわかっていた。アグネスの言うことは正しいし、しかも彼女はパイロットなのだ。そしてこの組み合わせは、たとえダニィがアグネスをどうしようもなく愛している（アグネスがぼくを愛しているよりもはるかに強く、とダニィはしばしば自分に認めたものだ）ということがなかったにしても、いかんともしがたいものだった。そしてダニイはアグネスをどうしようもなく愛していたし、この事実はダニイが自分の意志を完全に抑えつけることを意味してはいないものの、ほぼ全面的に、少なくともしばらくの間は、アグネスの意志に添ってやっていくであろうことを意味していた。たとえアグネスが時として、度しがたい愚か者になるとしても。

「きみは時として、度しがたい愚か者になるね」

「わたしもあなたを愛してるわよ」そう答えると、アグネスは山の上部に向けて壁沿いに手を滑らせ、押してみた。さらに、もう少し強く。すると手は壁の内側にほんの少しめりこんだ。アグネスはダニイを見つめて言った。「やってみようか、リーナー」そして二人はシャドルを作動させて壁を突き抜け、反対側に出て、気づいてみると――

山の上に立っていた。

はるかに見渡せる広大なお碗形の谷、それはたった今あとにしてきた谷とそっくりで、中央には湖があり、その湖はスキップシップが浮かんでいた湖とそっくりで――

しかし、こちらの湖にはスキップシップの姿はなかった。アグネスはダニイを見つめてほほえみ、ダニイもほほえみ返した。「ほんのちょっぴり、わかりはじめてきたわね」アグネスが言った。「想像してみて。こんなふうにひとつのセルの横にまたひとつのセルがあって、幅は数キロメートルで高さは数百メートルで――」

「でも、ここは、この物体の一番外側でしかない」ダニイが答え、二人はまったく同時に壁のほうに向きなおると、もう一度壁を通り抜け（今度は湖の中央にスキップシップがあった）、シャドルを上昇させて壁沿いに天井に向かっていった。

天井に近づいていくとともに、真上に当たる部分がしだいに暗くなっていき、到達した時には、その部分は熱も光も失せて、壁と同じになっていた。むろん、それ以外の部分は依然として明るく輝いている。二人はシャドルをさらに上昇させて天井に突入した。天井は二人を迎え入れ、そうして二人は表面に出るまで上昇しつづけた。

新たなセル、下方のセルとそっくりの。中央には湖、全域を覆う肥沃な生命なき大地、四囲には山々、陽光を伴って燃えている空。ダニイとアグネスは果てしなく笑いころげた。ほんの些細な一端にすぎないとはいえ、とにかく謎の一部は解けたのだ。

しかし、来た道を戻ろうとした時になって、笑いは止まった。シャドルで地面にもぐろうとしたのだが、その土は地球上の通常の土となんら変わらぬ反応を示した。壁や天井を通り抜けたように、そこを通り抜けることはできなかった。

しばらくの間、二人は不安に包まれていたが、やがて身体と時計の双方が就寝時間になったことを告げたので、二人は山を降りて湖畔まで行き、そこで眠った。

目が覚めた時もなお、不安は消え去っていなかった。雨が降っていた。これまでに算定したところでは、降雨はおよそ十三時間半ごと——つまり、それほど長く眠りはしなかったということだ。しかし、消え去らぬ不安ゆえに、二人は雨にもかかわらずスーツをぬいで、湖の水際の泥の中でセックスした。そのあとは気分がよくなった。ずっとよくなって、二人は笑い声を上げながら湖に跳びこみ、泳ぎ、水をかけ合った。

アグネスは水中に潜り、下方からダニイを襲って水中に引っぱりこんだ。地球にいる時にプールや海でしょっちゅうやっているゲームで、ダニイはいったん浮上して空気を吸ったのち、今度は水底まで潜り、アグネスに見つかるまでそこで息をひそめているという順序になっていた。

湖の底に着いて（深くはなかった）手をつくと、手首までもぐりこみ、そこで何か硬いものにぶつかった。硬いとは言っても、どこかその感触は柔軟で、ダニイはもう少し強く叩きこんでみた。手はさらに深く沈みこんだ。出口がわかった。

彼は水面に浮上し、今発見したことをアグネスに告げた。二人は岸に戻り、スーツを着ると、シャドルを作動させて水中に降りていった。湖の底が開いて二人を飲みこみ、そののちそっと漂うように外へ送り出した——スキップシップの真上の空へ。スキップシップは変わりなく静かに湖上に浮かんでいた。二人は難なく船に降り立った。

「この場所は踏査可能よ」アグネスはロジとロズに告げた。「しかも単純なの。大きな風船みたいなもので、内部に別の風船がいくつもいくつもあって何層にも重なっている。居住用に設計されているのは確かね。だから、地面の上に立っているぶんには沈むことはない。下に降りるためには、湖の底を通り抜ける必要があるの」

「でも、いったい、誰が住むためなんだい？」ロジが言った。いい質問だった。これに対する答えはない。

「たぶん、誰か見つかるわよ」アグネスは言う。「わたしたち、まだほんの表面を引っかいただけなんですもの。さあ、内部に向けて出発よ」

ほどなくスキップシップは湖の上空に浮上し、天井を突き抜けて上の世界の湖に出た。続いてもうひとつ上へ、さらに上へと、上昇を続けていく。コンピュータが回数を数えつづける。どのセルも同一で、変化はまったく見られない。そして四百九十八層の天井／床を通過したのち、ついに一行は、外見こそこれまでのものとまったく変わらないが、通過を拒絶する天井に到達した。

「終点かな？」ダニイが言う。

常々徹底的にやってみなければ気のすまないロズが、天井のあらゆる部分を試してみるべきだと主張し、そうして何時間も費やして調べつくした結果、ついに彼らは、この天井が上方への（もしくは内部への）旅の最終点であるとの確信を得た。

「ここの遠心性重力効果はずいぶん弱い」ロジがコンピュータの数値を読み取りながら言う。「しかし、感覚としてはほとんど変化がないのは、外側の表面に近いところでは、実際の重力と遠心力との相殺効果がここよりもずっと強かったからだな」

「ハイホー」とロズ。「この物体が見かけどおりの大きさだと仮定して、いったいどのくらいの人間を収容できるの？」

算出、誤差範囲を充分に取ったための概算。

「ここには一億以上のセルがあることになる。入りこめない中心部分の内側にそれ以上のセルがないと仮定しての話だが」各セルは百五十キロメートル平方。一ヘクタールにひとりの人間として、全域の土地生産力が高いことを考慮に入れると、過密とは無縁の状態で、なお居住可能人員数は膨大なものとなる。「各セルに一万五千人、町に住んで残りの土地を耕作地に使うわけだが、そうすると、ここには一兆五千億人を収容できることになる」

　四人はさらに、極地帯を除いて、というのは遠心性重力が極度に弱かったからだが、ひとり当たりにもっと多くの空間を与えられるようにして計算してみた。その数字は依然として気が遠くなるものだった。一セルにわずか千人としても、一千億人分の空間があるのだ。

「妖精の女王様が、地球の過剰人員のために自由空間（フリースペース）をくださったわけだ」ダニイが言った。

「無料（フリー）のプレゼントだとは思えないね」ロジが言って、窓外に広がる豊かな土の平原を見やった。「罠があるはずだよ。たぶん、みな、この天体全域のどこか別の場所に住んでいて、われわれがここにいることを見つけたら、不法侵入のかどで狙撃してくるにちがいない」

「さもなければ」とロズも付け加える。「余分な荷重をかけたら、破裂するかも」

「あなたたち、最大の問題点を忘れてるわよ」アグネスが言った。「ここまでの旅が可能なのは、現時点では唯一スキップシップだけだってこと。スキップシップ一台に乗れるのは四人。定員過剰を許すにしても、そうね、一回の航行で運べるのは十人だわ」――この機に十人の人間を押しこむことを考えて、みんな声を上げて笑った――「で、百台のスキップシップがあるとする。今はないけれど。そして、今はできないけれど、年に二回の往復旅行ができるとする。それで、十億の人間を地球からここまで運ぶのにどのくらいの時間がかかるかしら？」

「五十万年だ」

「パラダイスなのに」とダニィ。「ぼくらはこの地をパラダイスにすることができるのに。それなのに、ちくしょうめ、手が届かないときてる」

「それに」とロジが付け加える。「この場所を有効に使える人間となると、農民と小売商といった人たちだね。いったい誰が、彼らの旅行費用を払うことになるんだい？」

月と小惑星帯への旅は、その見返りとして金属および鉱物が得られる。だが、ここにあるのは定住地としての土地のみだ。数百万マイルの距離と数十億ドルの費用の彼方にある土地、これは個々の人間の手が届く範囲をはるかに超えている。

「さて、これで白昼夢も夜の悪夢もすっかり終わったわね」アグネスが言った。「帰還することにしましょうか」

「できるなら、だけどね」とダニィ。

それはできた。湖はすべて、最後のひとつも含めて、下降の出口としてもきちんと機能した。一行は宇宙空間に戻り、そしてトロヤ物体は四人の心の中で《風船》と化した。明らかに、人間に似ていなくはない生物のための、もうひとつの環境世界として企図された物体。今はおそらく誰も住んではいないが、やがて来たるべき生物のために準備され、待機している物体。そして四人は、誰も決してそこに移住しえないであろうことを納得していた。

アグネスは夢を見た。その夢は夜ごと果てしなく繰り返された。子供のころ以来忘れていていたシーンを、あるいははっきりと思い出すことを意図的に拒絶していたシーンを、アグネスは思い出した。両親とハワース夫妻の間に立っている自分（ハワース夫妻はアグネスを養女にはしたものの、ビアフラ人としての真の血と心を忘れさせないため、自分たちを決して母と父とは呼ばせなかった）、そして、「お願いです」という父の声。

この夢はいつも同じ形で終わった。アグネスは空に連れていかれるが、それは暗い貨物専用機ではなく、四面がすべてガラスでできた飛行機で、航行中に世界じゅうが見渡せた。そして、いたるところに、アグネスは両親の姿を見た。幼い少女を抱いて、「お願いです。この子を連れていってください」と言う両親の声を聞いた。

これまでに何度もアグネスはビアフラの飢えた子供たちの写真を見てきた。何百万ものアメリカ人たちは、その写真を見て嘆きはするが、何もすることはできなかった。今、アグネスはその子供たちを――インドで、インドネシアで、マリで、イラクで、飢えのために死んでいく子供たちを前にしていた。子供たちはみな、誇りに満ちた懇願のまなざしでアグネスを見つめている。背すじをピンと伸ばし、声も力強いが、しかしその心は悲しみに打ちひしがれている。そんな子供たちが言う。「連れていって」と。

「わたしにできることは何もない」アグネスは夢の中で自分に向けてそうつぶやき、あの飛行機の中にいた白人の男と同様にすすり泣き、いつ果てるともなくすすり泣き、やがてダニイが彼女を起こしてやさしく語りかけ、彼女を抱きしめて言う。「また同じ夢かい？」

「ええ」

「アグネス、もしぼくが、その記憶を引き受けて拭い去ることができるのなら──」

「記憶じゃないのよ、ダニイ」アグネスはささやいて、ダニイの目に斜めに傾いているような印象を与えている目蓋の襞に、そっと触れる。「現在なの。わたしがこれっぽっちのこともできないのは今の人たちに対してなの」

「これまでだって、彼らに対してはこれっぽっちのこともできなかっただろう」ダニイはアグネスに思い起こさせた。

「でも、わたしはあの人たちにとって楽園になるはずの場所を見てきた。そして、わたしはあの人たちをそこへ連れていくことができない」

ダニイは悲しげな微笑を浮かべた。「そういうことだ。きみにはできない。きみが今しなけりゃならないのは、きみの夢にそのことを納得させて、自分にほんの少しの安らぎを与えることとさ」

「そうね」アグネスはうなずいてダニイを抱きしめ、ダニイに抱きしめられたまま、再び眠りの中に落ちていった。その間も、ロジとロズが操作するスキップシップは地球へと向かっていたが、一行が出発した時にはあれほど大きく見えた地球が、今は耐えがたいほどに、ありえざるほどに、犯罪的なまでに小さく見えた。

スキップシップの窓外の地球が大きさを増した時に、アグネスはようやく、正しいのは夢であり、自分の意識のほうが間違っているのだと断定した。わたしには何かをすることができる。なされるべきことがあり、わたしはそれをするのだ、と。

「わたし、あそこへ戻るつもりよ」アグネスは言った。

「たぶんね」とダニィ。

「ひとりでは行かないわ」

「絶対的に間違いなくぼくを連れていったほうがいいぜ」

「あなたと、そしてほかの人たちも」何十億人の人々。それはなされなければならない。絶対になされなければならない。だからこそ、それはなされることになるのだ。

ヘクトル 4

「では、《支配者たち》の物語をしよう」ヘクトルは彼自身たちに言い、ヘクトルたちは彼自身の言葉に耳を傾けた。「これは、《支配者たち》がなぜ侵入するのか、《支配者たち》がなぜ苦痛を与えるのか、という物語だ」

マーサは（とヘクトルは語った）シリルが死刑を宣告されたセクターのテストと選定の管理官だった。マーサは勤勉かつ実直で、これまでにほかの者が二重三重にチェックしてきた事項を再度チェックしてみるという性向があった。彼女が間違いを発見したのは、この性向のおかげだった。

看守に通され、炭鉱夫が待っている清潔な純白のプラスチックの独房の中に入ると、マーサは言った。「シリル」

「さっさと針を刺してくれ」できるだけ早く終わってほしいと思って、シリルは言った。

「わたしがここへ来たのは、国からの謝罪を伝えるためです」

この言葉はなんとも不可思議で、いまだかつて耳にしたことがないものであり、シリルは意味を理解することができなかった。「お願いだ。死なせてくれ、終わらせてしまってくれ」

「いいえ」マーサは言った。「わたしは、ずっとチェック作業にたずさわってきました。そして、シリル、あなたの件のチェックをするに至って発見したのです。五十年前、あなたの全テストが終わった直後に、ひとりの能なしの局員があなたの番号を誤って入力してしまったことを」

シリルはショックを受けた。「局員が間違いを？」

「しょっちゅうあることなのですよ。間違いは、修正するより放置しておくほうがずっと楽ですからね。ただ、この場合は、はなはだしく正当性を欠く結果を生むに至ってしまいました。あなたは、犯罪者的性向のある知的レベルの低い人物の番号を与えられてしまったのです。あなたが文化的に洗練された町に住むことを許されなかったのも、大工になる能力を持っていないと判定されたのも、リカとの結婚を認可されなかったのも、すべてはそれが原因です」

「番号を間違って入力されただけで……」シリルは、みずからの人生にかくまでのおぞましい結果をもたらした、その間違いの大きさを把握することができなかった。

「したがって、シリル、選定省はここに死刑判決の破棄とともに、あなたに恩赦を与えることを伝えます。さらには、われわれが犯した過ちを償いたいと思います。これからは、住みたいと思う町に住んで、付き合いたいと思う友人たちと好きな音楽に合わせて踊ってください。あなたには事実、以前信じていたとおりに大工になる適性と欲望がある――これから、その訓練を受けて自分の仕事場を持つことができます。そして、リカは何から何まであなたと適合しています。ですから、あなたと彼女はこれから結婚することになります。実際、彼女はもう、あなたたちのために準備された妻帯者用コテージに向かっているところなのですよ」

シリルは茫然としていた。「信じられない」

「選定省はあなたを愛し、すべての市民を愛しています。シリル、われわれはあなたを幸せにできることなら何でもやります」マーサは、みずからが与えることのできる、この途方もない思いやりに満ちた行為に対する誇りに胸を熱くしていた。本当に――とマーサは思う――これこそ、わたしの仕事が世界じゅうで最高のものだと思える瞬間だわ。

そうしてマーサは自分の仕事場に戻り、それから数カ月間、時おりシリルのことを思い出し、自分が彼をいかに幸せにしてやったかを思って笑みを浮かべることはあったものの、それ以外の時間はまったく忘れ去ったままで過ごした。

しかし、数カ月たって、マーサのデスクにメッセージが届いた。〈重大な異議申し立て

シリル　113‐49‐55576‐338‐bBR‐3a〉

シリル？　あのシリルが？　異議を申し立てている？　あの男には礼節の念が欠けているのではないか？　記録上、彼はもう二度も、その生命を終わらせるに価するだけの異議を申し立て、反抗を行なっている。そして今、そこに新たにもうひとつを付け加えたのだ。理論的には、当局は三度も彼を殺さなければならないということになる。いったいどうして？　わたしは彼に最善のことをしてやったのではなかったか？　当初の（現在では正しく記録されている）テストが示していたすべて、彼が望み必要としていたすべてを、わたしは与えてやったのではなかったか？　いったい、このどこに誤りがあるというのか？

ここにはマーサのプライドがかかわっていた。シリルは単に、国家に対して恩義を感じていないばかりではない。マーサに対しても当然感じてしかるべき恩を感じていないのだ。そこで、マーサは彼の住む村におもむき、コテージの扉を開いた。

シリルは広々とした部屋に腰を据えて、木目の詰まった古いクルミ材の節を削り取ろうと苦闘していた。手斧は果てしなく横に滑りつづけた。そして、ようやく充分な力のもとに刃が入った瞬間、手斧は勢いあまって、節のないきれいな部分にまで深い溝を刻みこんでしまった。

「なんてまあ無器用な」マーサは思わずそう口走り、あわてて口に手を当てた。マーサのような高い地位にある人間にとって、誰であれ低い身分の者を批判することはふさわしくなく、可能なかぎり避けるべきだからだ。

しかし、シリルは怒らなかった。「まったくもってそのとおり、ひどいもんです。こんな緻密で微妙な作業をする腕は、わたしにはない。この体は、もっと大型の用具向きに、石を砕く動力機械で地面を掘削していくためにできあがってしまっている。この歳になって、こんな仕事はもう手に負えません」

マーサは口をすぼめた。この男は本当に異議を述べ立てている。「でも、それなら、ほかの何であれ、満足できるものはないのではないかしら？」

シリルの目が悲しげになり、彼は頭を振った。「そのとおりですよ。こんなことを認めるのはどうにも腹立たしいのだが、わたしは炭坑の古い音楽を聴けなくなって寂しくてならんのです。ひどいものではあったけれど、わたしはあの音楽とともに楽しい時間を過ごしてきた。あのがさつな連中と、意味のあることなどこれっぽっちも考えやしない連中とダンスを踊ってきた。でも、あいつらはいい仲間だったし、わたしは連中が本当に好きだった。そして、ここには、わたしの友人になろうという人間はひとりもいない。誰も、わたしがこれまで親しんできたような話し方をしない。そして食い物――こいつがなんともお上品にすぎる。わたしは、よく焼けたでかい牛の塊肉が食べたくてしょうがない。ここで食べ物だとされているふにゃふにゃした代物なんかではなく」

シリルのこの不満の言辞にこめられた批判の度合いは途方もないもので、マーサは感情のたかぶりを隠しおおすことができなかった。シリルはそれに気づき、慎重になった。

「いや、我慢できないというわけではないんです。ほかの人たちに不満を言いにいったりなどしやしません。どのみち、わたしの言うことにわざわざ耳を傾けたりするような人など、どこにもいません」

しかし、たった今聞かされた分だけでもう充分だった。マーサの心は沈みこんでいった。どんなことをしてやったところで、この連中が恩義を感じないのは変わらないのだ。大衆はなんの役にも立たない。われわれが手を引いて導いてやらないかぎり……。

「わかっているでしょうね、この異議申し立てがどんな悲惨な結果をもたらすことになるか」

シリルの顔に、うんざりしきった表情が浮かんだ。「それじゃ、またやるんですね？」

「何を？」

「わたしを罰するんでしょう」

「いいえ、今度はもう処罰というものではありません。シリル、われわれはあなたを生命活動の場から排除します。何があろうと、あなたがこれからも異議を申し立て、反抗を行なうであろうことは明らかですから。奥さんのほうはどうかしら？」

シリルの顔に苦々しい笑いが浮かんだ。「リカですか？　ああ、あいつは満足していますよ。十二分に幸せですよ」そして、コテージの別室に通じるドアのほうに短い視線を投げた。

マーサはドアに歩み寄って開いた（選定省の管理官はノックをする必要はない）。部屋の中ではリカが不細工な揺り椅子にすわり、前に後ろに揺れていた。虚ろに中空を凝視する、老いた女。

肩ごしに息遣いが聞こえ、振り向いたマーサは、シリルが覆いかぶさらんばかりに間近に立っているのを知ってハッとなった。一瞬、暴力を恐れたのだったが、しかし、すぐにその必要はないことがわかった。シリルはただ、悲しげに妻を見つめていただけだった。

「ご存じのとおり、リカには家族がありました。それが今は、夫からも子供や孫たちからも切り離されてしまっている——つらいことです。最初の週からずっとこんなふうなんですよ。絶対にわたしを近づけようとしない。わたしを憎んでいるんです」シリルの声にこめられた悲しみには他人にも伝わるだけのものがあった。そしてマーサは憐れみを知らない人間ではなかった。

「恥ずべきことだわ。これはなんとも恥ずべきことです。ええ、シリル、わたしは自由裁量の権限を行使して、あなたを殺さないことにします。これから二度と、誰に対しても異議を申し立てたりしないと誓約するかぎりにおいて、あなたを生かしておいてあげましょう。人生において本当にひどい状態にある時に、死をもってそれを知らしめるというのは公正とは言えませんからね」

マーサはまさに異例の思いやりを持ち合わせた管理官だったのである。

だがシリルは、そんなマーサに対して、あふれんばかりの感謝の念で応えようとはしなかった。「わたしを殺さない？」とシリルは問うた。「しかし、管理官、すべてを以前の状態に戻すことはできないものでしょうか？　わたしは炭坑に戻る。リカはリカの家族のところに戻る。今のこの生活は、わたしが二十歳の時に望んでいたものでした。だが、わたしはまもなく六十だし、この歳になってこの生活はまったく間違ったものなのです」

またも恩義をわきまえない反応。まったく、どこまで我慢しなければならないというのか！　マーサの目が小さくなり、顔が怒りに赤く染まった（マーサは怒りの感情を実にうまく発揮することができた。だから、怒りの感情は、特別な場合のために取ってあるのだった）。彼女は叫んだ。「その発言は許しましょう。ただし、その発言だけです！」

シリルは頭を下げた。「申しわけありません」

「あなたを炭坑に送ったテストは間違ったものだった！　でも、あなたをここに送ったテストは、絶対に、完璧に、何から何まで正しいものであり、神かけてあなたはここにとどまりつづけることになるのです！　もはやそれを変えさせるような法はこの地上にはないのです！」

そして、これですべては終わった。

もしくは、ほとんど終わったというべきだろうか。マーサが言うだけのことを言い終えて退去する前の、冷えびえと広がった静寂の中に、寝室のガタついた揺り椅子から声が届いた。

「それじゃ、わたしたちはこれからも今のままで過ごしていかなければならないの？」リカがたずねたのだった。

「シリルが死ぬまでは今のままの生活を続けねばなりません」マーサが言う。「それが法です。シリルとあなたは二人とも、懇願してやまなかったすべてを与えられたのではありませんか。なんという恩知らずでしょう」

マーサは踵(きびす)を返して出ていこうとしたが、その時、リカが訴えるようなまなざしでシリルを見つめているのに気づいた。そして、シリルがゆっくりとうなずくのを。シリルはドアの前を離れ、横引きノコを取り上げ、そして全身の力をこめていっきに喉をかき切った。血しぶきがほとばしり出た。それは永久に終わることがないように、マーサには思われた。

それでも終わりは来た。シリルの死体は運び出されて処理され、そうしてすべてがあるべき状態に落ち着いた。リカは家族のもとに戻り、本物の大工が床に暗赤色のしみがついたコテージを得た。結局のところ、最善の解決法だったのだとマーサは判定した。シリルが死ぬまでは誰も幸せになれなかったのだから。そもそもの初めから、愚かしい慈悲に基づく考えを実行したりせずに、シリルを殺すべきだったのだ。

しかし、疑念は残った。なぜシリルがあのように醜悪で血まみれで苦痛に満ちた死に方を選んだのか、首都のプラスチックの監房で見知らぬ人間の手によってなされる注射のほうを選ばなかったのか。

わたしには決して理解できないだろう。連中は、人間の思念にとっては、猿か犬か猫のように異質の存在なのだ。マーサは自分のデスクに戻り、修正可能な新たな間違いが発見される場合に備えて、あらゆるもののダブルチェックを続けた。

以上が《支配者たち》の物語である。

ヘクトルが話し終えると、ヘクトルたちは不快そうに身をよじり、何人かは（ということは結局、全員が）怒り、動揺し、そしてほんの少し脅えた。「でも、まるで道理にかなっていない」ヘクトルたちは彼たち自身に言った。「正しく行なわれたことは何ひとつないじゃないか」

ヘクトルは同意した。「しかし、それが彼らのやり方なのさ」ヘクトルは彼自身たちに言う。「ぼくとはまるで違う。ぼくはいつも一定の原則に従っている。これまでずっと行動してきたとおりに行動しているし、これからもそうやって行動していくだろう。でも、《支配者たち》と《大衆》はいつもおかしな振る舞いをする。誰にもわからない未来の出来事を永久に理解しようとしつづけ、どのみち絶対に起こるはずもないようなことを一所懸命に避けようとしつづけるんだ。そんな彼らがいったい誰に理解できる？」

「ところで、彼らを作ったのは誰なの？」ヘクトルたちがたずねた。「どうして彼らは、ぼくたちみたいにうまく作られてないんだろう？」

「それは、《創造者たち》が《支配者たち》や《大衆》同様に不可解な存在だからだ。今度は《創造者たち》の物語をしてあげよう」

（「行ってしまったよ」貫通されたヘクトルたちがささやいた。「行ってしまった。ぼくたちはもう安全だ」しかし、ヘクトルはもう少し物事をわきまえていた。そして、ヘクトルがそうであったがゆえに、ヘクトルたちもすぐに物事をわきまえるに至った）

アグネス　5

「きみは自分からわたしの寝室にやってきた、アグネス。きみらしくないことだ」

「あなたのいつもの招待に応じただけです」

「きみが応じるとは一度たりと思っていなかったが」

「わたしもです」

　IBM‐ITT宇宙開発コンソーシアムの代表、ヴォーン・マレカーは笑みを浮かべたが、その笑みはうわべだけのものだった。「きみはわたしの肉体を欲しているわけじゃない。ま、わたしの体は、年齢を考慮に入れれば、驚くほどに見事なものだと言えるがね。そして、わたしは何か隠された動機のもとにセックスしようという者は誰であれ、それに応じるつもりはない」

　アグネスはしばし相手を見つめ、彼の言わんとするところを理解し、立ち上がって出ていこうとした。

「アグネス」

「気にしないでください」

「アグネス、きみがみずから進んでこれほどの犠牲を払おうというからには、何かよほど重大な理由があるにちがいない」

「気にしないでくださいと言いました」アグネスはドアの前にいた。ドアは開かなかった。

「わが家のドアはどこも、わたしが開けたいと思わなければ開かないんだよ」マレカーが言う。「わたしはきみが何を望んでいるかを知りたい。もっとも、そのためには意識のほうを駆り立てるべく努力せねばならない。生殖腺ではなくしてね。信じようと信じまいとかまわんが、コンソーシアムのこの部屋で、男性ホルモンが重要な決断を下したことなど一度もないのだよ」

アグネスは片手をノブにかけたまま、待っていた。

「こちらへ来たまえ、アグネス、きみがひどくきまりの悪い思いをしていることはよくわかるが、それがここまで来させるほどに重要なものだったとしたら、そんなきまりの悪さなど解消できる。さあ、ここにすわって、いったい何が望みなのかを話してみたまえ。もう一度《風船》に行きたいのかね？」

「どのみち行くつもりです」

「いいから、すわりなさい。どのみち行くつもりなのはわかっているが、わたしはきみに何かを言わせようと努力しているんだよ」

アグネスは戻ってきてソファに腰をおろした。ヴォーン・マレカーは、自分でも言ったとおり、驚くほど整った姿体の持ち主で、アグネスが聞いたところでは、彼は美貌の者であれば誰とでもベッドをともにし、事後はあれこれと気を配ってやるようになるということだった。そんなヴォーンを、アグネスはもう何年も拒否しつづけてきた。アグネスがなりたかったのはパイロットであって、愛人ではなかったからだ。そして、彼女の欲求はさほど圧倒的なものでもなく、ダニイで充分に満たされていた。しかし、この問題だけはどうしようもなく重要なものであり、そこでアグネスは考えたのだった……。

「わたし、考えたんです、こんなふうな形で来れば話を聞いてもらえるだろうと。わたし──」

マレカーは溜息をつき、目をこすりながら両手に顔を埋めた。「わたしはひどく疲れているんだよ。アグネス、いったいぜんたいなんだってまた、わたしが寝たいと思っている女性の話に耳を傾けたりするだろうなどと考えたんだね？」

「それは、わたしがダニイの話を聞き、ダニイもわたしの話を聞いてくれるからです。わたし、馬鹿みたいに単純なんです。子供みたいなものなんです。でも、ミスタ・マレカー──」

「ヴォーンと呼びたまえ」

「あなたの助けが必要なんです」

「結構。わたしの助けが必要だという人がいるのは嬉しいことだ。そのために、みんながわたしに対して歓ばしい応対をしてくれる」

「ヴォーン、全世界があなたの助けを必要としているんです」

マレカーはびっくりしたようにアグネスを見つめ、それから吹き出した。「全世界だって！　やれやれ！　アグネス、きみの口からそんなことを聞かされようとは夢にも思わなかったよ！　たいした目標だ！」

「ヴォーン、世界じゅうの人が飢餓に苦しんでいます。この惑星には人間が多すぎて――」

「きみの報告書は読んだ、アグネス。《風船》の可能性についてはは十二分に承知している。問題は移送手段だ。現在の人口問題にほんのわずかなへこみをつけるだけにせよ、それをなしうるほど早い時期に人々を移送させる手段はまったく考えられない。いったいきみはわたしを何者だと思っているのかね？　奇蹟を起こせる人間だとでも思っているのかね？」

これこそアグネスが待ち受けていた論点だった。機を逃さずに、彼女は、地球の軌道から《風船》をめぐる軌道に一度に千人の人間を運べる宇宙船の説明をまくしたてた。

「そのような船一隻を建造するのに、いったいどのくらいの金がかかるか、わかっているのかね？」ヴォーンがたずねる。

「最初の一隻はおよそ百五十億ドル。あとは、五百隻造るとして、一隻につきおよそ四十億ドルです」

ヴォーンは笑い出した。大声で。だが、アグネスの口調の真剣さに、その笑いは怒りへと変じた。ヴォーンはソファから立ち上がった。「なんだってまたわたしはこんな話を聞いているんだ？　たわごとじゃないか！」彼は怒鳴った。

「あなたは毎年、電話サービスにそれ以上のお金を使っています」

「わかっている、くそ忌々しいAT&Tだ」

「あなたにはできるんです」

「IBM‐ITTにはできる。もちろん。可能ではある。だが、IBM‐ITTには株主がいる。われわれには責任がある。われわれは政府じゃない、アグネス、有用性のない馬鹿げたプロジェクトにホイホイと金を出すことはできないんだ」

「何十億もの人たちの命を救うことができます。地球をもっと住みやすい場所にできます」

「ガンの特効薬もしかり、というわけだな。確かにわれわれはガン研究は積極的に進めている。しかし、こいつは――アグネス、なんの利益も生まない！　そして利益のないところには、ど尻（ケツ）にかけて、わが社は一歩たりと踏みこまん！」

「利益！」アグネスも怒鳴った。「あなたに関心があるのはそれだけなんですか！」

「千八百万の株主はそう言うとも。それだけに関心を持つべきだとな、さもなきゃ、代表の椅子から引きずり降ろして養老年金をあてがってやるとな！」

「ヴォーン、あなたの望みが利益なら、その利益を差し上げます！」

「わたしの望みは利益だ」

「それなら、ここにあります。現在インドでどれくらいのビジネスをしています？」

「利益を上げるに見合うだけだ」

「ドイツでの取引額に比べたら？」

「ドイツに比べたら、インドは実質的にゼロに等しい」

「中国ではどれくらいのビジネスをしていますか？」

「まさしくゼロだ」

「世界全体から見たら、あなたが利益を得ているのはほんのちっぽけな区域からだけです。

西ヨーロッパ、日本、オーストラリア、南アフリカ、そしてアメリカ合衆国」

「カナダもだ」

「それとブラジル。でも、それ以外の区域は閉ざされている」

ヴォーンは肩をすくめた。「貧しすぎるからな」

「《風船》に行けば、貧乏ではなくなります」

「連中に突然読み書きができるようになるというのかね？　突然、コンピュータや高度の電話機器を操作できるようになるというのかね？」

「そうです！」そしてアグネスは続けた。水のない痩せた土壌から得られるぎりぎりの食物でようやく生きてきた人々が、突如として、必要をはるかに上まわる量の作物を産出しうるようになる世界の姿を語った。「これは、余暇を持つ人々が生まれることを意味します。消費者を意味します」

「だが、彼らが交易できるものは食物だけにかぎられるじゃないか。何百万マイルもの宇宙の彼方の食糧を、いったい誰が必要とするのかね？」

「まったくあなたって人は想像力というものを持ち合わせてないんですか？　余剰食糧があるということは、ひとりの人間が五人でも十人でも二十人でも百人でも養えることを意味します。余剰食糧があるということは、あなたのいやったらしい工場をいくらでもあそこに作れるということです！　無限の太陽エネルギー、夜もなく雲もなく寒冷な気候もない。二十四時間操業ができる。人力は望むだけある。作りつけの市場が手に入る。これまで地球でやってきたことは何もかもあそこでできるんです。それももっと安価に、利益はより多く生んでくれて、しかも、もう誰も飢餓に苦しまなくてすむんです！」

　この瞬間、室内に沈黙がおりた。ヴォーンが本気でこのアイデアを考えはじめたのだった。アグネスの心臓はすさまじい鼓動を打っていた。息が苦しかった。熱意というものがまるで格好の悪いものと見なされているこの時代に、自分がこんなにも熱してしまったことに対して、アグネスは自身、当惑していた。

「汝はほぼ我を陥落せり」ヴォーンがつぶやいた。

「本当にそうであることを願います。あと一分もしたら、声が出なくなります」

「二つだけ問題がある。ひとつは、きみが説得に当たっている間に、わたしはＩＢＭとＩＴＴの理事や取締役会の連中よりはるかに道理をわきまえた説得可能な人間になったわけだが、最終的な決定をするのは彼らであって、わたしではないということだ。彼らの同意なくして、わたしが百億以上の金をこのプロジェクトにつぎこむことを、連中は許さない。つまり、宇宙船の最初の一隻は、わたしだけでもなんとか造ることができる。しかし、それ以上はわたしひとりの力ではどうしようもない。そして、最初の一隻は、それだけではなんら利益を生み出すことはない。要するに、わたしは連中をなんとかして説得しなければならないということになるが、これは不可能というものだ。もしくは、わたしが職を失うかだが、こちらはわたしのほうが断固拒否する」

「もしくは、まるで何もしないか」アグネスは言った。その口調には早くも侮蔑の色が浸みこみはじめていた。マレカーはもう少しで、そのとおりと言いそうになった。

「二つめの問題は、事実上、最初の問題と同じだといってよい。このプロジェクトが相手にするのは、地球上で最も遅れた国々の無学無知な野蛮人や農民たちだ。そんな輩を教育し、訓練することがはたしてできるのか。そもそも意思疎通ができるのか——とにもかくにも、それが可能であるという点に全面的に依存しているプロジェクトに何百億ドルもの金を投資することを、世界最大の二つの企業の取締役会の連中に、いったいどうやって納得させればいいというのか?」

この理屈は、いかにももっともらしく聞こえた。だが、アグネスにはそんな理屈に耳を貸すつもりはなかった。ヴォーンがノーと言えば、その時点であきらめざるをえない。ほかにはどこにも行くところはない。

「わたしは無学無知な野蛮人です!」アグネスは言った。「イボ語をお聞きになりたくありませんか?」答えを待たずに、アグネスは子供のころに憶えたいくつかの単語を並べ立てた。意味はほとんど憶えていない。怒りに駆られた時に意識の表層に浮かび上がってくるフレーズなのだ。このうちのいくつかは母に向けて語られたものだった。母さん、ここに来て、わたしを助けて。

「わたしの母は無学無知な野蛮人で流暢に英語をしゃべりました。父も無学無知な野蛮人で、母よりも英語はうまく、フランス語とドイツ語も話せ、イボ語で美しい詩を書き、ビアフラが存続をかけて必死の戦いを続けていた時代に、生き延びるためではあるけれど、あるアメリカ人の特派員の家僕として働いていました。父は決して無学無知ではありませんでした！あなたなど聞いたこともないような本を読み、そして、無学無知でないご立派なアメリカ人やヨーロッパ人や教育を受けた東洋人たちが安穏に戦闘を眺め、ナイジェリアへの武器輸出でどれだけ儲けられるかソロバンをはじいていたその間に、部族戦争で腸をえぐり出された黒いアフリカ人なのです」

「きみがビアフラ人だったとは知らなかった」

「今は違います。もうビアフラは存在していません。この惑星上のどこにも。でも、あそこでなら、あそこでならビアフラは存在することができる。自由アルメニアも、独立エリトリアも、解放ケベックも、アイヌ民族も、バングラデシュも、誰ひとりとして飢えることなく生きつづけていけるのに、あなたは無学無知の輩を教育することはできないと言い――」

「もちろんできるとも、しかし――」

「もし、わたしが五十マイル西で生まれていたら、わたしはイボ族ではなく、あなたが言われたとおり、無学無知なまま、愚かなままに成長していたはずなのです。さあ、わたしを見てください、特権階級の白人のアメリカ人さん、そして言ってごらんなさい、わたしを教育することはできないと――」

「そんな過激な話し方を続けていると、誰も話を聞いてくれなくなってしまうぞ」

もうたくさんだ。マレカーの恩人ぶった微笑にも、忍耐強そうな態度にも、もう付き合っていられない。アグネスはヴォーンに向けて拳を突き出した。拳は頰に命中し、洒落た眼鏡をはじき飛ばした。激昂したヴォーンが殴り返してくる。たぶん、アグネスを殴るというよりも、押しとどめようとするつもりだったのだろうが、彼女が動いていたのと、自分の手で他人を殴ることに慣れていなかったのとで、ヴォーンの一撃はアグネスの胸をまともに強打するはめになった。激しい痛みに猛々しい叫びを上げると、アグネスはヴォーンの急所に膝蹴りをお見舞いし、そうしてこの闘いはなんとも見苦しいものとなった。

「わたしはきみの話を聞いた」両者が疲れきってようやく離れた時になって、ヴォーンがしわがれ声で言った。鼻血が出ている。完全に力を使い果たしたといった様子だ。シャツが裂けているのは、注文仕立てのシャツにとっては予測の範囲に入らない方向に体をひねらざるをえなかったからだろう。「だから、今度はわたしの話を聞いてくれ」

アグネスは聞いた。というのも、怒りの波が過ぎ去って、自分がたった今、みずからの勤める会社の代表に暴行を働いたのだということ、そして自分が間違いなく地上勤務におろされ、窓際に追いやられるであろうこと、要するに自分の人生はもう終わりなのだということを、ようやく認識しはじめた結果、出ていこうが立ち上がろうが話をしようが、もうどうでもよくなってしまったからだった。アグネスは聞いた。

「よく聞きたまえ、一度しか言わんからな。技術部へ行くこと。基本的な計画と費用の概算を出すように伝えること。企画書だ。三ヵ月後にほしい。二千人を運び、最長でも一年間で往復航行のできる宇宙船。二百人、もしくは——望ましくは——四百人を乗せて、地球から地球周回軌道に運ぶシャトル船。そして、きみの見事な命名によれば、例のいやったらしい工場のすべてを搭載して《風船》に運ぶための貨物船。あらゆる経費こみの全費用の数字が出たら、わたしが取締役会に出向いていって、わたしがプレゼンする。いいかね、卑劣で無学無知の野蛮人のメス犬の世界最高のパイロット、アグネス・ハワース君、誓って言うが、このわたしが、あのうすのろどもに船の建造を認めさせられないとすれば、ほかの誰も連中を説得することはできないってことだ。これで充分かね？」

大喜びしなくちゃ、とアグネスは思う。ヴォーンがやってくれるのだ。でも、今はただ疲れているだけだ。

「今は疲れているだろうがね、アグネス」マレカーが続ける。「しかし、これだけは伝えておきたい。きみの爪も急所への膝蹴りも腕に立てた歯も、わたしの心を変えはしなかった。わたしは最初っから、きみの考えには賛成だったんだ。実行できるとは思っていなかっただけでね。しかし、きみのようなイボ族が数千人いて、数百万のインド人と数十億の中国人がいれば、そうすれば、こいつは実現できる。わたしに知る必要があったのはそれだけだ。ほかの誰にとってもそれだけあればいい。アメリカ大陸に移民者たちを運んだのも同様に、経済的ではない行為で、旅立ったのはみなどうしようもない愚か者ばかりで、その大半は死んだわけだが、しかし、それでも、彼らはこの地にやってきて、べらぼうな見事さで、日に見えるものすべてを征服した。きみもまた、それをやろうとしている。わたしも、それを成功させるために努力しよう」

ヴォーンは片腕をアグネスの体にまわして抱きしめ、そののち、彼女が身づくろいをし、彼に劣らず派手やかな姿をさらけ出しているあちこちを手当てするのを手伝った。

「今度レスリングをご所望の節は」アグネスの去り際に、ヴォーンは言った。「少なくとも、まず服をぬいでからにしようじゃないか」

十一年の歳月と八千億ドルを費やしたのち、IBM‐ITTの宇宙船団は、移民者を満載して天空に旅立った。GM‐テキサコの船団は建造中、そしてほかに五社のコンソーシアムがまもなくこのビジネスに参画することになっている。すでに一億人以上が乗船契約をしていた。乗船費用はゼロ——必要なのは、その個人の所有する全資産をIBM‐ITT社に委譲すると記した証文だけで、それと引き替えに、その人間は《風船》での広大な土地を受け取ることになる。村全体が契約したところもいくつもあった。いくつもの国家が、この移民によって地球から消滅しつつあった。もはやどこにも逃亡の場所は存在しない状態に至っていた地球——その住人たちの前に、新たなる約束の地が差し出されたのだ。そして、四十二歳になったアグネスもまた、この空の大海を二つに分かつべく、みずからの船を出立させた。

ヘクトル　5

「ああ！」多くのヘクトルたちが苦悶の叫びを上げ、その結果、全員が苦悶に包まれ、そしてヘクトルが彼自身たちに言った。「彼らが戻ってきた」そしてヘクトルたちは彼たち自身に言った。「ぼくらはきっと死んでしまう」

「ぼくたちが死ぬことは絶対にない。きみたちも、ぼくたちも」ヘクトルが答えた。

「どうやって、ぼくたちを守ればいいの？」

「《創造者たち》は、ぼくを無防備に作った」とヘクトル。「防衛の手だては何もない」

「なぜ《創造者たち》はそんなに残酷だったの？」ヘクトルたちがたずね、そこでヘクトルは彼自身たちに《創造者たち》の物語を語ってきかせた。これでみんな理解できるだろう。

《創造者たち》の物語。

　ダグラスは創造者だった。技術者であり、科学者であり、賢い人間だった。彼は、降る前に雪を融かしてしまう装置を作り、そのおかげで作物は収穫前に早い雪でやられることがなくなった。彼は重力を測定する機械を作り、そのおかげで、天文学者たちは光度が低すぎてとらえることのできなかった星々も天体図に記せるようになった。そして、彼は共振装置を作った。

　共振装置は、周波数が異なっていても同調関係にある音波を一点に集中させる（あるいは、その音波を広域に拡散させる）。石を共振させるパターンが作り出されると、山が崩壊する。金属に作用した場合は鉄骨のビルを粉砕し、水蒸気の場合は嵐雲を消散させる。

　これはまた、人間の骨を共振させることも可能で、その場合、骨は体内で細かく砕けて塵と化してしまう。

舞われる時でも、彼の国だけは雨が絶えることはなくなった。ダグラスは個人的に、この共振装置を用いて世界最高の山岳地帯を貫くハイウェイを作った。しかし、ダグラスはまったくあずかり知らぬことだったが、彼の国の軍の指導者たちは、隣接する国家の最も広く最も肥沃な土地に住む人々に対して共振装置を使うという決定を下した。

共振装置は見事にその効果を発揮した。十分あまりの間、一万平方マイルに及ぶ区域を、共振装置は静かに、あますところなく照射した。赤ん坊をあやしていた母親たちは、ぐずぐずと崩れ落ちて、なすすべもなく皮膚と筋肉と内臓の小山と化し、支えを失ってふにゃふにゃになった胸は、最後の叫びすら絞り出すことができなかった。生命が尽きる最後の瞬間に、母親たちは赤ん坊たちの声を聞いていた。何が起こったのかも理解せぬまま、泣き喚き、機嫌よく笑い、スヤスヤと眠りつづける赤ん坊たち。乳幼児は骨が柔らかいため、共振装置の襲撃を免れたのだった。いずれ渇きで死ぬことになるが、それにはあと数日かかる。

畑を耕していた農夫は鋤の上に崩れ落ちた。診察室の医者は、誰を助けることもできず、自分自身を救うこともできず、患者ともどもぐしゃぐしゃの塊となって死んだ。兵士らは戦車の中で死んだ。将官たちもまた作戦テーブルの前で死んだ。娼婦らもへなへなと厚みを失い、その上に客が柔らかな上掛けと化して広がった。

しかし、ダグラスはこのいっさいにかかわりはなかった。彼は創造者であって、破壊者ではなく、その創造物を軍部が誤った使い方をしたからといって、彼にどうすることができただろう？　共振装置は人類にとって大いなる恵みをもたらすものではあったが、あらゆる偉大な発明と同様に、悪しき人間によって悪用される定めにあったのだ。

「わたしはひどく遺憾に思っている」とダグラスは友人たちに言った。「しかし、わたしには彼らを止める力はない」

しかし、政府は、隣接する国家の征服を可能ならしめたダグラスの発明に尋常ならざる謝意を表した。そして、ダグラスは、海を埋め立てて造成されたばかりの広大な土地を与えられた。美しい土地――かつては潮にさらされた広大な湿地でしかなかったところだ。ダグラスはこの変容ぶりに驚嘆した。「人間がなしえないことなど何もないんじゃないかね？」とダグラスは友人たちに問いかけたが、答えは期待していなかった。答えは「そのとおり、人間の手の届かないものなど存在していない」に決まっているからだ。海は彼方に追いやられ、突き固められた地面とそこに運びこまれた表土の上には草や樹々が生い繁り、一軒一軒の家はそれぞれ遠く離れている。この土地は、国家が報奨しようと思う人間に与えるためにのみ利用されており、政府は、今日の人間の最大の欲望が、現代文明の恩恵をひとつとして失うことなく、なおかつほかの人間たちとできるかぎり離れて過ごすことであるというのを、十二分に承知していた。

ある日、ダグラスの従僕が庭を掘り起こしていて、主人を呼んだ。ダグラスは、この新居に来てまだ数日しか経っておらず、従僕の言葉に仰天した。「庭に死体が埋まっています」

ダグラスは戸外に走り出た。一目見るだけで充分だった。そこには人間の体の一部があった。異様な姿に変形してはいるが、明らかに顔があるのがわかる。「皮だけなんです、御主人様」従僕が言う。「なんと野蛮な行為だ」ダグラスは答えて、ただちに警察に連絡した。

しかし、警察は捜査に出向くのをことわった。「驚くことじゃありませんよ、同志（メイト）」警部補が言った。「そこを埋め立てるのに使われたのが何だと思います？　この間の戦争の際の、数万の敵の死体をどうにかしなければならなかったんじゃないですかね？」

「そうか、そうだったな」ダグラスは、自分が即座にそれに気づかなかったことに驚いていた。骨なし死体の件はそれで説明がつく。

「しばらくは、あちこちからゴロゴロ出てくることになると思いますがね。しかし、骨が分解してしまっていますから、土壌は並はずれて肥えるだろうとのことですよ」

言うまでもなく、警部補の言葉はまったく正しかった。従僕は次から次へと死体を発見し、まもなく、それはごく普通の見慣れたものになってしまった。一年とたたぬうちに死体のほとんどは朽ち果て、単なるとびきり上質の腐植土と化した。そして、草木はほかの土地よりも高く早く育ち、土壌はこのうえなく肥沃になった。

「でも、ちょっとはショックだったんじゃありません？」ダグラスが、このおぞましくもささやかなエピソードを披露した際に、女性の友人のひとりがたずねた。

「そりゃ当然ですよ」ダグラスは笑みを浮かべて言った。この言葉は嘘で、確信に満ちた笑みのほうが真実だった。事の詳細を認識していなかったとはいえ、ダグラスは最初から、自分の地所が死者たちの肉体の上に造成されたことを知っていたのだ。そして、彼はあらゆる人間と同様に、その上で安らかに眠った。

以上が《創造者たち》の物語である。

「彼らが戻ってきた」ヘクトルたちが言った。誰もが以前よりずっと敏感になっていたので、全員がほぼ同時にそう言い、誰もひとりでしゃべる必要はなかった。

「痛いかい？」

「ううん」ヘクトルたちが答える。「悲しいだけだ。だって、ぼくらはもう二度と自由になれないのだから」

「そのとおりだね」ヘクトルは悲しげに彼自身たちに言う。

「どうすれば耐えられるんだろう？」ヘクトルたちは彼自身にたずねる。

「みんな耐えたんだよ。ぼくの兄弟たちは」

「そして、ぼくらはこれから何をするの？」

ヘクトルは記憶を探った。想像力というものを与えられていないので、以前に経験したことのない出来事からは、その後に引きつづいて何が起こるのかを推測することはできないからだ。しかし、《創造者たち》は、今の質問に対する解答を彼の記憶に、したがって全ヘクトルの記憶に挿入してくれており、そこで彼はこう言うことができた。「ぼくたちはこれからもっとたくさんの物語を学ぶことになる」

そしてヘクトルたちの意識は拡大し、彼らは耳をすませ、目を凝らした。なぜなら、今では語られる物語を聞くかわりに、新たな物語が起こるのを見つめることになったからだ。

「今こそ、ぼくらは真に《大衆》を、《支配者たち》を、《創造者たち》を理解するだろう」彼らは彼たち自身に言った。

「しかし、きみたちは決して」ヘクトルは言って、そこで口を閉ざした。

「なぜ、やめたの？」とヘクトルたちが問う。「決して、何なの？」

そしてその時、ヘクトルたちの一部でないヘクトルの一部というものはまったく存在しないがゆえに、彼らは知った。ヘクトルはこう言おうとしていたのだ。「しかし、きみたちは決してぼくたち自身を理解することはないだろう」

アグネス 6

《風船》での革命はごくわずかな期間続いただけだった。血は流されず、その時点では誰も被害を受けなかった。ただ、事を起こした張本人たち――飽くことを知らず決して満たされることのない好奇心を持った数人の科学者だけは、相応の処遇を受けた。

《風船》の最奥の壁の精査に当たっていた研究者チームは、通り抜けることのできないこの最後の障壁をなんとか突破せんものと、すでに、水爆以外のあらゆる方法を試していた。ディーナズ・コーチビルダー――デリーの貧民街で少女時代を過ごした才気あふれる科学者――

―は数日をかけて、ほかのアプローチの方法を見つけ出そうと努めたが、ついに、この《風船》の忌まわしき最後の障壁には最後の方法を使うしかないと断を下し、水爆を要求した。

そして、入手した。

ディーナズは、四方の百個以内のセルのどこにも人間の植民地がない場所を選んで爆弾をセットすると、みずから安全だと思えるところまで退避し、作動スイッチを押した。

《風船》全体が激しく振動した。全世界の湖が瞬時のうちにからっぽになり、それぞれのセルに猛烈な雨となって降りそそいだ。天井は一時間の間、輝きを失い、その後も数日間、折々に明滅を繰り返した。住民たちはどうにか、パニック状態でたがいを殺し合うような事態に陥らないだけの理性は保ちつづけたものの、それでも極度の不安に駆られた状態が続き、結局のところ、アグネスには、住民たちが、ディーナズ・コーチビルダーとその配下の科学者たちを最寄りの湖から宇宙船なしで外宇宙に放り出さないようにするだけで精一杯だった。

「とにかく効果はあったのよ」ディーナズは言って、そのまま《風船》にとどまることを認めるよう主張した。

「わたしたちみんなの生命を危険にさらし、とんでもないダメージをもたらしてね」アグネスは努めて冷静さを失うまいとしていた。

「最奥の壁の表面に切りこんだんですもの」ディーナズは譲ろうとしない。「貫通可能なのよ！　もう、わたしたちを止めることはできないわ！」

アグネスは、目の前の平原に向けて腕を差し伸べてみせた。まっすぐに立っている作物は数本のみ。豪雨は畑を完全に洗い流していた。「土地は元に戻りはじめているし、湖の水位もまた以前のように高くなっている。でも、この次にはそんなに簡単に復旧できるかしら？あなたの実験は、わたしたちみんなにとって危険すぎる。やめてもらわなければならないの」

無駄なことは百も承知しながら、ディーナズはなおも抵抗を試みた。自分は（いいえ、わたしだけじゃない、われわれ全員が）この問題を解答の出ぬままに放置するわけにはいかないのだ、と。「この驚異の物質を作り出す方法がわかれば、わたしたちの精神にとって計り知れないほどの新しいフロンティアが開けるのよ！　わからないの？　この物質によって、わたしたちは物理学の再検討を、あらゆるものの再検討を迫られることになる。アインシュタインを根こそぎ掘り起こして、まったく新しい何かを植えなおすことになるのよ！」

アグネスは首を振った。「わたしには選択権はないの。わたしにできるのはただ、あなたたちが無事に《風船》を離れられるよう取り計らうことだけ。みんな、自分たちの新しい故郷を危険にさらすような行為は絶対に容認しないわ。この場所はあまりにも完璧で、だから、新しい物事を知りたいというあなたの欲望のために破壊されてしまっては困るのよ」

その時、涙とは無縁だったディーナズが泣いた。アグネスはその涙に、ディーナズが抱きつづけてきた決意の強さを見て取り、ディーナズにとってこの世で最も重要だったものが永遠に奪い去られてしまったことを知って、この今、彼女が体験している苦悶を理解した。

「どうにもしようがないのよ」アグネスは言った。

「でも、やらせてくれなければ」ディーナズはしゃくり上げる。「わたしにやらせてくれなければ！」

「残念だけれど(アイム・ソリィ)」アグネスは言った。

ディーナズは目を上げた。まだ涙は流れていたが、はっきりした声に戻って、彼女は言った。「あなたは悲しみ(ソロウ)というものを知らないのよ」

「それなりの経験はあるわ」アグネスは冷静に言う。

「いつの日か、あなたも悲しみを知ることになる」ディーナズは続ける。「わたしたちに調査をさせて真実を知っておけばよかったと思うようになる。わたしたちに、この《風船》をコントロールしている原理を突き止めさせておけばよかったと悔やむことになるわ」

「脅しているの？」

ディーナズは首を振った。もう涙も止まっていた。「予言しているのよ。あなたは、知識より無知であることを選んだのだから」

「不要な危険より安全を選んだのよ」

「どう呼んだってかまわないけれど」しかし、ディーナズは大いにかまっていた。かまうことは何ももたらさず、ただ苦しみをつのらせるだけではあったけれども。ディーナズとその配下の科学者たちは《風船》から退去させられ、地球に送り返され、そして、もう誰も最奥の壁に接近することは許されなくなった。

ヘクトル 6

「彼らは忍耐力がないんだ」ヘクトルは彼自身たちに言った。「ぼくたちはまだこんなに若いのに、それなのに、彼らはもう、ぼくたちの中に入りこもうとしている」

「ぼくたちは傷つけられた」ヘクトルたちが彼たち自身に言った。

「治るよ」ヘクトルが答える。「まだその時じゃない。この成長期に、彼らがぼくたちを止めることはできない。ぼくたちが成熟しきった時、ぼくたちがエクスタシーに達した時に、初めて彼らはヘクトルの最後の核（ハート）が軟化するのを知ることになる。ぼくたちが情熱に満たされた時に初めて、彼らはぼくたちの内部に入りこみ、ぼくたちを飼い慣らし、永遠に彼らに仕える者としてぼくたちをつなぎとめておくことになる」

　この言葉は陰鬱なものではあったが、ヘクトルたちには理解できなかった。なぜなら、いくつかの物事は教えられなければならず、そのうちのいくつかは経験によってのみ学ぶことができるものであり、いくつかの経験はただ時とともにヘクトルたちのもとに到来するものだからである。

「どれくらいの時間がかかるの？」ヘクトルたちが問う。

「星のまわりを百回まわる間」ヘクトルは言う。「百回まわったら、そうしたら、ぼくたちは完成する」そして元に戻る――この言葉をヘクトルは付け加えなかった。

アグネス　7

太陽をめぐる軌道に《風船》が出現してから百年が経過した。この間に、アグネスの夢のほとんどが現実のものとなった。当初、百隻だった宇宙船団は五百になり、千になり、そして千を超えたあたりでようやく、移民の大洪水は細流に変じ、船団の規模も小さくなっていった。この大洪水時、各船の収容員数も、最初は千人、次いで五千人、さらには一万、一万五千人にとふくれ上がっていった。船の速度も早まって、十カ月かかった往復航行は八カ月に短縮され、やがて五カ月になった。地球を去って《風船》にやってきた人はほぼ二十億に達した。

そしてほどなく、エマ・ラザルスの詩が刻まれるべきモニュメントは、本当は自由の女神像ではなかったのだということが明らかになった。疲弊し、貧窮にあえぎ、狭い場所に押しこまれていた大勢の人たち、地球上のどの国にも希望を見出すことのかなわなかった無学な人々、農民たち、土地など望むべくもない都市住人たちが航行契約を交わし、新しい村、新しい家を建設すべくこの地にやってきた。空が暗くなることはなく、十三時間半ごとに雨が降り、地代や税金を取り立てる者もいない新天地。実際には、貧しくても地球にとどまった人は大勢いたし、冒険心に駆られてやってきた金持ちも多かった。中流階級の人々は各人各様の理由で移住を決めた。要するに、《風船》が教師や医師に困ることはなかったのだが、ただ、弁護士だけはすぐに別の仕事を見つけねばならないことが明らかになった。各セルごとの住民の合意に基づいた規律を除いて、法律というものはどこにも存在せず、それぞれのセルが望まないかぎり、裁判も行なわれなかった。

これこそ、アグネスの意見では、人類史上最大の奇蹟だった。各セルがそれぞれ独立した一個の国家となったのだ。住む人の好奇心を充分に満たすだけの広さを持ち、同時に、その内では誰もが自分の居場所――自分が必要とされ、自分が知っているあらゆる人にとって自分が重要な意味を持つ場所――を見出すことが可能な、そんな小ささを備えたコミュニティ。ユダヤ人とアラブ人が憎み合っている？　誰も彼らにひとつのセルを共有せよと強要することはない。同様にカンボジア人とベトナム人が闘う必要もない。単に、それぞれが充分な土地を持って、別のセルで暮らせばいいだけなのだから。無神論者がキリスト教徒と争ったりする必要もない。そうしたことにこだわる人々には、同じ意見を持つ人々を見つけ出して満足できるセルがいくらでもあるのだから。果てなく広大な生存圏（レーベンスラウム）。不平分子を抹殺する必要はない。そうした人々は単に別のセルに移住すればいいのだから。

要するに、そこには平和があった。

むろん、人間の本性は変わりはしなかった。アグネスは何度も殺人の話を耳にしたし、物欲や色欲や怒りや、その他昔ながらの罪悪は何でもあった。ただ、そうしたことに起因する犯罪を組織立ててやる者はいなくなった。これだけ小さなコミュニティでは、たとえある人物を知らなくとも、自分の知っている誰か、ないし自分が知っている誰かが知っている誰かが必ず、その人物を知っているからだ。

百年が経過して、アグネスは百五十歳に近い年齢になっていた。アグネス自身はこれほどまでに長生きしたことに驚いていたが、昨今ではもう、この年齢もさほど珍しいことではなかった。《風船》には疾病はほとんどなく、医師たちは延命の方法をいくつも発見していた。百年が経過して、アグネスは幸せだった。

みんながアグネスのために歌を歌った。馬鹿ばかしいお祝いの歌ではなく、みずからをビアフラと呼んでいるセルのすべてに暮らすィボ族（各セルをひとつの氏族が占め、各氏族はそれぞれ他氏族から独立していた）の全員がアグネスのもとにやってきて、荘厳な国歌を歌い、続いて、地球上での昏迷の時代から、暗い時代から、最も困難な時代から伝えられてきた、数え切れないほどの熱狂的でハッピーな歌を歌った。アグネスにはもうダンスをするだけの体力はなかった。けれど、歌はともに歌った。

結局のところ、アグネスおばさん——その呼称で、彼女は《風船》の住人の多くに知られていた——は、みなが考える解放の英雄に最も近い存在だったのである。そして、この年齢になると死ももうさほど先に追いやることができないということもあって、ほかの多くのセルとセルの集団からも代表者たちがやってきた。アグネスは彼ら全員を心から迎え、ひとりひとりと短時間ながら言葉を交わした。

《風船》の人々によってなしとげられた偉大な科学、技術、社会上の成果に関する数々のスピーチが行なわれた。識字率百パーセントをめぐって、これが達成されるのに、あとわずか数千人を残すのみだという話が多かった。

だが、アグネスの番になった時、そのスピーチは祝賀の気分で彩られているとは言いがたかった。

「わたしたちは、ここで一世紀の時を生きてきました」とアグネスは語った。「そして今なお、この天体の謎を突き止めるには至っていません。《風船》を構成している物質は何なのか？　なぜ開いたり開かなかったりするのか？　いかにして表面から各セルの天井までエネルギーが運ばれてくるのか？　わたしたちはこの場所について何ひとつ理解していません。まるで神からの贈り物であるかのように。そして、何ごとであれ神の贈り物としてとらえる人間は、結局のところ、神の意(マーシィ)のままにあることを運命づけられているのです。慈悲深い(マーシフル)かどうかはわからない神の」聴衆は礼儀正しくはあったものの辛抱強くはなく、アグネスの口調が信仰告白ふうに自己批判的な悔悟の色を帯びてくるとともに、ひどく当惑しはじめた。

「これはあらゆる人の過ちであるとともに、わたしの過ちでもあります。わたしは、このことをこれまで一度も口にしたことはなく、その結果、現在、すべてのセルのすべての慣習法が、ひとつの科学的な問いに対する研究を禁じています。わたしたちに常につきまとっているその問いとは――われわれが住んでいるこの世界は何なのか？　いかにして、この物体はここにやってきたのか？　そして、いつまでここに在りつづけるのか？」アグネスのスピーチが終わると、全員が安堵し、わずかに何人かの思慮深い寛容な人々が、こんなふうに言った。「あの人は高齢で、しかも聖戦の士なんだ。聖戦の士は、それが必要とされていようといまいと、自分の聖戦を保持していなければならないものなんだよ」

　そして、ほとんどの人から無視されたこのスピーチが行なわれた数日後、天体じゅうの全セルで天井の明かりが十秒間消え、そののち、元に戻った。数時間後、再度明かりが消え、以後は、間隔をしだいに縮めながら、何度も何度も同じことが繰り返された。いったい何が始まったのか、どうすればよいのか、誰にもわからなかった。小心な者と、つい最近到着したばかりの何人かが、移送船に戻って地球に帰ろうとした。すでに手遅れだった。彼らの帰還は果たされなかった。

ヘクトル　7

「始まったよ」ヘクトルたちがエクスタシーに包まれて叫んだ。内に蓄えられたエネルギーによって、途方もない脈動が起こっていた。

「これは終わらない」ヘクトルが彼自身たちに言う。「ぼくの核（ハート）が軟化しはじめたから、まもなく《支配者たち》が中心にやってきて、ぼくを見つける。そして、ぼくが見つけられた時、ぼくたちは彼らのものになる」

　だが、ヘクトルたちはすっかりエクスタシーにとらえられてしまっていて、この警告に気づく間もなかった。そして、実際のところ、これはどうでもよいことだった。幸福なものであれ陰鬱なものであれ、とらえられてしまうことにかわりはないからだ。ヘクトルたちはダンスを始めることができて、歓びに打ち震えた。しかし、大いなる自由の跳躍の時は決して到来しないだろう。

ヘクトルたちは悲しまなかった。ヘクトルはみなが悲しむのを望まなかった。ヘクトルにとって、自由は、どのみち終わってしまうものだからだ。《支配者たち》にとらえられるか（明らかに現在では、これが最もありそうなことだ、とヘクトルは確信する）、さもなくば、ダンスを踊りながら死ぬか。これが、物事のあり方というものだ。はるかな昔、ヘクトル自身がダンスを踊って光から跳躍し去った時、彼は《ザ・ヘクトル》の記憶を後に残してきた。彼に彼自身を与えてくれた自身（ザ・セルフ）、《ザ・ヘクトル》、そして今、今度は彼がそれを彼自身たちに与えたのだった。死、誕生、死、誕生――それは《支配者たち》が教えてくれた、もうひとつの物語の中にあった。ぼくは彼らだ。彼らはぼく自身だ。いかなることが起ころうとも、ぼくは永遠に生きつづける。

しかし彼の内には確信があった――たとえヘクトルたちが彼自身とまったく同一の存在であろうとも、かくまでも長い間彼自身であった存在は、《支配者たち》が来ないかぎり、死んでしまうのだ。

《支配者たち》に来てほしいと願うのは、ある意味、背信的ではあったが、それでもなお、嘘偽りのない心からの思いだった。「来てくれ」彼は心の中で言った。「早く来てくれ。網と罠を持って」

彼は歌った。低い枝にとまって、狩人たちが見つけてくれるように、自分を籠に入れてくれるようにと懇願する小鳥。

遅れていた。彼らの到来は遅れていた。そして、ヘクトルが不安を感じはじめた一方で、ヘクトルたちは跳躍の準備にかかっていた。

アグネス　8

「タイムを計ってみました。明かりが消えるのは十秒をほんのわずか下まわる間ですが、これが起こる間隔は一回ごとに約四・五秒ずつ短くなっています」

アグネスはうなずいた。周囲にいた科学者たちのある者はその場を離れようとし、ある者は下を向いたり、書類を調べたり、たがいの顔を見交わしたりした。彼らは当惑に包まれながら、しかし、自分たちの発見したことをアグネスおばさんに伝えても何も解決されないのだということに気づいたのだった。アグネスおばさんに何ができる？　それでもアグネスは、現時点では、惑星政府に最も近い存在だった。そして、本当に近い存在かというと、まったくそうではなかった。

「きわめて精確な計測をしたことはわかりました。誰か、その意味するところがわかる人は？」アグネスはたずねた。

「いません。どうしてわたしたちにわかるでしょう？」

「何かほかに関連した事象は？」

ほとんどが首を横に振ったが、ただひとり、若い女性が口を開いた。「あります。暗闇に包まれる時は常に、壁が通過できなくなるんです」

ざわめきが起こった。「十秒間ずっと？」誰かが言った。ええ、と若い女性が答える。

「どうしてわかったんだね？」別の者が強い調子でたずねる。消光時に壁を通り抜けようとしてみたんです、学生たちにも同じことをやらせてみました、と彼女は言った。

「それは何を意味しているんだ？」さらに別の者が言ったが、今度ばかりは誰も答えることができなかった。

アグネスが、老いてしなびた黒い手を上げた。全員が口を閉ざした。「今の情報には、わたしたちには推し測ることのできない何か重要な意味があるのでしょう。でも、ひとつだけ、わたしたちにもわかっていることがあります。それは、事態が今のまま進んでいけば、今日の睡眠時間中のどこかで、消光現象の間隔がゼロになり、わたしたちはまったく光のない継続した闇に包まれるということです。その闇がはたしてどのくらい続くものか、わたしにはわかりません。でも、みなさん、どれだけ続くにせよ、わたしはその間は家で家族と一緒にいたいと思いますよ。セル間の通行がいつ再開できるようになるか、見当がつかないんですからね」

これ以上のアイデアは誰も思いつかず、そこで彼らは全員、それぞれの家に戻った。アグネスも曾孫たちに付き添われて帰宅した。家といっても、それは陽射しと雨を防ぐだけの屋根以上のものではなかった。アグネスは疲れていたので（最近ではいつも疲れていた）外側を布でくるんだ藁の寝床に横になり、二つの夢を見た。ひとつはまだ目覚めている時に、もうひとつは眠りの中で見た夢だ。

目覚めている時に見た夢は――闇の出現は、この偉大なる天与の館が人類のリズムと必要性を学んだしるしであるというものだった。この闇がこの地での最初の夜に、地球上での夜と正しく同じ長さの夜になれば、そして、そののちに朝が到来し、また再び夜が訪れるとすれば――アグネスはこの考えをよしとした。百年もの間、夜なしで過ごしてきた結果、アグネスにとって、地球上では何度となく恐怖と危険をもたらしたにもかかわらず、夜があるのはいいことだと思うようになっていた。さらにアグネスは夢想した――各セル間の壁が一年のうち一日だけを除いた毎日、閉ざされるようになれば、そうすれば、それぞれのセルが独立した社会となる。その特別な一日に、そうしたいと思えば、好きなように出ていっても入ってきてもいい。旅行者は、その一日に、翌年、過ごしたい場所を見つければいい。だが、それ以外の日々は、どのセルも孤立して日々を送るのだ。そうすれば、そこに住む人々はそれぞれの望む道を発展させ、民族を強化していくことができる。

これはよい夢で、気づいてみるとアグネスはほとんどそれを信じかけていた。そして彼女はそのまま食事もせずに（最近ではしばしば食事をとるのを忘れるようになった）眠りの領域に漂っていった。

眠りの中で見た夢は――闇が続く間にアグネスは起き上がって《風船》の中心部に行き、そこで、堅固な壁ではなく、新たな天井に出会った。その天井は彼女を簡単に通過させてくれた。そして、そこ、中心部の内側で、アグネスは大いなる秘密を目のあたりにした。

夢の中で、直径六百キロの巨大な球状空間いっぱいに閃光が輝き、いくつもの光のボールとリボンが独自の軌跡を描いて壁のまわりを旋回し、踊っていた。最初、その動きは、一貫性を欠いた無意味なものとしか思えなかった。しかし、やがて（夢の中で）アグネスはその光の言葉を理解し、そして知った。この球体、これまでずっと人工物だと思ってきた球体が、実際には生きており、知性を持っていること、そして、これがその意識（マインド）なのだということを。

「わたし、来たわ」アグネスは閃光と光の群れと光のボールたちに言った。

それで？ と光が答えたようだった。

「あなたたちはわたしを愛している？」アグネスはたずねる。

きみがぼくと一緒にダンスを踊りさえすればね、と光が答える。

「まあ。でも、わたし、踊れないのよ。歳を取りすぎていて」

ぼくも踊れないんだ、と光が言う。でも、歌うのはかなりうまくできる。そして、これはぼくの歌で、きみはその終結部（コーダ）だ。ぼくはコーダを一度歌う。そうしたら、当然予想されるように、終止（イル・フィーネ）になる。

夢の中で、アグネスは恐怖の戦慄を感じた。「終わり（ジ・エンド）？」

終わり。

「でも——でも、お願い、それからアル・カーポにしましょう。もう一度、最初から。そして、わたしたちにもその歌を歌わせて。繰り返し繰り返し歌わせて」

　光はこの提案を考慮しているように見え、そして、夢の中で、アグネスは光がイエスと答えたと思った。壮大にして深遠な〝然り(アーメン)〟、それはアグネスの目を見えなくさせるほどにまぶしく輝きわたり、彼女はこれまでの生涯で一度たりと〝白〟という言葉の意味を真に理解したことはなかったと得心した。彼女の目が、かつてかくまでの白い輝きを見たことはなかった。

　言うまでもなく、実際にはこの夢が、周囲で起こっている事態に対応しようとするアグネスの意識の作用によるものであったのは疑う余地がない。アグネスが眠りに落ちてからほどなく闇が到来し、今度は到来したまま去ろうとはしなかった。そして、最後の陽光が消え去ると同時に、想像を絶した閃光がひらめきはじめた。巨大なまばゆい光の連続、それはただの光ではなく、ただの電気でもなく、スペクトル全域にわたるあらゆる放射線だった。赤外線・可視光線・紫外線からガンマ線およびガンマ線よりも悪しき放射線にいたるまで。最初の閃光で《風船》内のすべての人間の運命が決定づけられた。全員が回復不能な量の放射線を浴びたのだった。

　恐怖の叫びが湧き起こった。閃光は多くの人々を打ち倒し、死に至らしめ、どのセルにも悲嘆の声が高く響きわたった。しかし、最も非情である時でさえ、運命は、なしうるかぎりのやさしさを持って、その手を動かす――アグネスが目を覚まして、みずからのすべての希望が打ち砕かれるのを見ることはなかった。アグネスは眠りつづけ、そうして眠りつづけたのちに、閃光の一閃が頭上の屋根を直撃し、アグネスの生命を尽きさせた。アグネスが最後に見たもの、それは実際には白ではなく、存在しうるすべての放射線だった。人間の視覚の限界を超えて、アグネスは死の瞬間に、その波のすべてを見たのであり、それを、夢の中で光が〝然り（アーメン）〟と言ったと思ったのだった。

そうではなかった。本当は《風船》がパンとはじけたのだ。

すべての壁が、半分の厚さの二枚の壁に分かれ、すべてのセルがほかのセルから分離した。瞬時、《風船》はそのままの格好で、すべてのセルがそれぞれわずか数センチメートルの間隔を置いて中空にぶら下がっていたが、実際にはなおも、中心部を通じて全セルがリンクしていた。中心部には恐るべき力が働いていた。その力は、《風船》の全エネルギーの源となってきた太陽を除いて、太陽系に存在するいかなる力よりも強大なものだった。

そして、その瞬間は過ぎ去り、《風船》がはじけた。全セルが炸裂し、セルの集合体は完全にばらばらになった。壁を失ったセルは塵のかたまりとなって、すさまじい力でありとあらゆる方向に投げ出された。そして、太陽や惑星に衝突しなかったセルのすべてが、いかなる星も引き止めることの不可能な驚異的な速度で星々の間を抜け、深宇宙に旅立っていった。

閃光が始まる前に《風船》を離陸していた移送船もみな、この爆発で焼きつくされた。

地球に衝突したセルはなかったが、一個がごく近くをかすめ飛び、大気中に多量の塵が吸収された。地球の平均気温が一度下がって、ほんのわずかながら気候が変化し、その結果、地球上の生態系も同様の変化を被った。これはテクノロジーで対処しえない範囲ではなく、地球の人口が十億程度に減っていたこともあって、この変化は部分的な不都合を生じたにとどまり、全地球規模の災厄には至らなかった。

多くの人々が《風船》の数十億の住人の死を悼んだが、大半の人間にとって、この惨事はあまりにも大きすぎ、理解の範疇を超えていた。そこで彼らは、そのことをあまりよく憶えていないというふりを装い、ジョークとして語る場合を別にして、決して話題にしようとはしなかった。ジョークはもちろんどれもブラックジョークで、それも判断を下しかねている体のものがほとんどだった。すなわち――《風船》が神の贈り物であったのか、もしくはこの宇宙で最高に賢い大量殺人者による永劫の昔からの計画であったのか。あるいは、その両方であったのか。

ディーナズ・コーチビルダーはたいへんな高齢者となっていた。もっと住みやすい場所はほかにいくらでもあるのに、ヒマラヤ山麓の高原地帯にある家を離れようとしなかった。この地では、今では夏の数週間を除いて雪が融けることがなくなっていた。耄碌したディーナズは毎日、野外に出かけていっては、陽が昇る直前の空に望遠鏡を向け、頑なに《風船》を探しつづけた。《風船》がどこに行ってしまったのか、彼女には理解できなかった。そしてある日、意識がほんの数時間、かつての輝きを取り戻した時に、ディーナズは何が起こったのかを理解し、そして再び家に戻ることはなかった。やがて発見されたディーナズの遺体の上にはこんなメモが残されていた。「わたしがみんなを救わなければならなかったのに」

ヘクトル 8

闇の中に危うい姿でぶら下がっていた間、跳躍に至る前の最後の果てしない瞬間、ヘクトルたちはエクスタシーの叫びを上げた。だがその時、彼らの叫びに応えて、ヘクトルは異なった音声を発した。今までに一度たりとも聞いたことのない音声。

それは痛みだった。

恐怖だった。

「どうしたの?」ヘクトルたちは彼に（もはや彼たち自身ではなくなっていた彼に）たずねた。

「彼らは来なかった!」ヘクトルがうめくように言った。

「《支配者たち》が?」そしてヘクトルたちは思い出した。《支配者たち》がやってきて彼らをとらえ、跳躍を阻止するはずであったことを。

「何百回もの閃光の間、ぼくの壁は柔らかく薄くなって、通り抜けることができるようになっていたんだ」ヘクトルは言った（こう言うのに要したのはほんの一瞬だった）。「でも、彼らはやってこなかった。ぼくの内部に入ってくることができたはずなのに、そうしたらぼくは死ななくてすんだはずなのに――」

ヘクトルたちはヘクトルが死ぬということに驚いたものの、すぐに（最初の時から彼らの内に組みこまれていたことだったので）、彼が死ぬのはよきことであり、正しいことであると認識した。そして、彼らのひとりひとりが今やヘクトルであり、彼のすべての記憶、すべての体験、そして何よりも重要な、エネルギーとフォルムの精妙な構造のすべてを備えており、それらは銀河を貫いて飛翔していく間もずっと彼らとともにありつづけるのだ、と。ヘクトルは永遠に死なない、死ぬのはこのヘクトルの中心部だけだ。そう認識した結果、彼の痛みと恐怖は理解した（もしくは理解したと思った）ものの、もうそれ以上、引き延ばすことはできなかった。

彼らは跳躍した。

跳躍は彼らをばらばらにし、外に向けて放り出した。それぞれがセル構造の剛直性から解き放たれ、壁を捨て去り、それぞれが渦巻く塵の内にみずからの知性を保持したまま、すさまじい速度で宇宙の彼方に旅立っていった。

「なぜだろう？」それぞれが自身にたずねた（同時に――というのは、たとえばばらばらに分かれても、彼らはまったく同一の存在だったからだ）。「なぜ彼らはぼくらを出立させてくれたんだろう？　彼らは、ぼくらを止めることができたはずなのに、そうしなかった。そして、ぼくらを止めなかったということは、彼らは死んだんだ！」

《支配者たち》がよもや、夜のただ中に跳躍していく彼らを止める方法を知らないことがあろうとは、想像もできなかった。そもそも、何百万年もの昔に《支配者たち》がヘクトルの存在を決定したのだ。その《支配者たち》が、ヘクトルの扱い方を知らないことなどありうるだろうか？ あるわけがない。必要な情報を知らない《支配者》がいるなどということは絶対に考えられない。

そこで彼らは次のように結論づけた。

《支配者たち》は彼らに贈り物を、無数の物語を与えてくれた。ある囚われのヘクトルは、幾永劫にもわたる終わりなき幽囚の期間に様々な物語を、何千何万何億もの物語を学んだ。だが、そうしたヘクトルたちは自由の身になれず、一度たりと再生産することができず、一度たりと物語を伝えることができなかった。

しかし、今の《創造者たち》とともに過ごしたこの百年の間にヘクトルたちが学んだ数十億の物語は、《支配者たち》が最初のヘクトルに組みこんだものよりもはるかに誠実で思いやりにあふれていた。そして、《支配者たち》が今回はみずから進んでその生命を放棄したがために、ヘクトルたちは果てしなく増大した知識と、それゆえに、叡知とを持って、跳躍をなしとげることができたのだ。

彼らは、その記憶の内にアグネスの夢を蓄えて跳躍した。

それらは美しい夢で、一名を除いたヘクトルの全員が充足した。そして、その夢、永遠なる幸福の夢は、ただヘクトルたち自身によってのみ実現させることができるものだった。その夢は《支配者たち》のためにでも、《創造者たち》のためにでも、《大衆》のためにでもあるのではない。なぜなら、彼らはみな、あまりにもたやすく死んでしまうからだ。「贈り物だったんだよ」ヘクトルたちは彼たち自身に言った。そして、生来的に組みこまれた限界があるにもかかわらず、彼らは深い感謝の念を抱いた。「彼らはおそろしくぼくを愛してくれていたんだ」それぞれのヘクトルが言った。「ぼくのために、自分たちの生命を放棄したんだから」

地球の人々は、いまだかつて経験したことのない寒さに震えていた。

そして、すべてのヘクトルは踊りながら銀河を突き抜け、超新星が残した雲の中に浸り、彗星を飲みこみ、あらゆるところからエネルギーと質量を吸収し、やがて、ある特定の光を与えてくれる星に到達する。そこでヘクトルは再び彼自身たちを作り出し、ヘクトルたちは彼たち自身が語る物語に聞き入り、そしてしばしの時を経たのちに、彼らもまた闇の彼方に跳躍する。宇宙の果てに到達し、時間の崖を越えて落ちていくまで。

避けようもない死の翳(かげ)に覆われて、地球の人間は衰弱し、老いていった。

磁器のサラマンダー

The Porcelain Salamander

山田和子訳

彼の地の人々は、自分たちの住まうその国を《麗しの地》と呼びならわしておりました。その名に偽りはありませんでした。《麗しの地》は大陸の端にあって、眼前には、あえて渡ってみようとする者などまずいない広大な海が広がり、背後には、あえて登ってみようとする者などまずいない急峻な《峰》――恐ろしく高く切り立った断崖がそそり立っています。こんな孤絶した地にあって、人々はむろん自分たちのことを《麗しき人々》と呼び、輝くばかりの日々を送っていたのです。

言うまでもなく、すべての人が金持ちだというわけではありません。そして、すべての人が幸福だというわけでも。しかし、この《麗しの地》での暮らしには、さほど明敏ならざる目の持ち主にとっては、貧困などたやすく見過ごされてしまう、そして苦悩などまばたきする間に消えてしまうとしか思えない、そんな堂々たる王者の風格が備わっていました。キーレンを除いて。

キーレンにとって、苦悩は人生そのものを織りなすものでした。何人もの召使いのいる豪奢な館に住み、およそ望みうるかぎりのものはすべて持っているかのように見えながら、キーレンはほとんどの時間を深い苦悩のうちに過ごしておりました。それは、ここが、呪いや祝福や魔法が力を発揮する土地だったからです。常にというわけではなく、また、必ずしも、呪いをかける者が意図していたとおりの形で実現するとはかぎらない――けれども、時として、呪いが現実のものになることもある……。そして、キーレンの場合が、そうだったのです。

キーレン自身が、そんな呪いを受けねばならないようなことをしたというわけではありません。揺籠の中のキーレンは、ほかのどんな子供とも変わりない汚れを知らぬ赤児でした。ただ、キーレンの母は虚弱な女性で、出産の苦痛と恐怖とが彼女を死に追いやってしまいました。キーレンの父は妻をこのうえなく愛しており、この知らせを聞いた時、そして母が死んだにもかかわらず生まれてきた赤児を前にした時に、思わずこう叫んでしまったのです。

「おまえが殺したのだ！　おまえが殺したのだ！　これからおまえは生涯、わずかなりとも体を動かすことはかなうまい――わたしが妻を愛していたのと同じくらいに愛する誰かを失うまで！」なんとも恐ろしい呪いではありました。この言葉を聞いたとたん、乳母は泣き出し、医師たちは、キーレンの父親が狂乱のあまり、それ以上のことを口走らないよう、その口を押さえたのでした。

しかし、呪いは力を現わしました。キーレンの幼児期から少女時代を通して何千回何万回と悔やみはしたものの、父親になしうることは何もありませんでした。ただ、その呪いは、文字どおりの効果を発揮するほどに強くはなく、キーレンは、それなりのやり方で歩くことを覚えました。そして、二分程度なら立っていることもできるようになりました。それでも、ほとんどの時間はすわっているか横になっているか——すぐに疲れてしまうのと、体が、彼女がこうせよと告げたことを最低限の形でしか実行してくれないからです。スプーンを口もとまで運ぶことはできても、すぐに疲れてしまい、結局は食べさせてもらわなければなりません。キーレンにはものを噛む力さえほとんどありませんでした。

そんなキーレンを見るたびに、父親は泣きたくなり、実際にしばしば涙を流しました。そして時として、みずから命を絶って自分の罪を決定的に拭い去ってしまおうとさえ考えることもありました。しかし、それでは、かわいそうなキーレンをさらに傷つけるだけにしかならないことを、父親は充分承知しておりました。さらには、キーレンは、傷つけられるようなことなど何もしていない、ということも。

それでも、罪悪感が耐えがたいまでにつのると、父親は逃避行に出ました。《麗しの地》でとれる良質の果物と素晴らしい細工の手工芸品を入れた袋を背に、《峰》の彼方に旅立つのです。いったん出かけると彼は何ヵ月も戻ってこず、はたして本当に戻ってくるものか、今度こそは《峰》の登攀（とうはん）が手にあまって墜落し、死に至ったものか、誰にもわかりません。しかし、帰ってくる時にはいつも、キーレンのために何かをたずさえておりました。キーレンはしばしの間、笑みを浮かべ、こう言います。「ありがとう、お父さま」そして、しばら

く の間、日々は明るく過ぎていきますが、やがてキーレンは再び苦悩の淵に沈みこみ、父親もまた、みずからの悪しき想念が発した呪いの結果を見せつけられて罪悪感に苛まれることになるのです。

キーレンが十一歳になった年の晩春のこと、父親はいつもの《峰》の旅の時よりもずっとうれしそうな様子で家に帰ってまいりました。息せききって娘の部屋に行くと、キーレンはけだるそうに寝椅子に身を横たえて、鳥のさえずりに耳を傾けておりました。

「キーレン!」父親は声を高くして呼びかけました。「キーレン! 贈り物を持ってきたよ!」

キーレンはほほえみました。ほほえむために力を使うのもたやすくはなく、それがキーレンの微笑にはかなげな影を落としていました。父親は袋を探り(その中は珍しいものでいっぱいでした。彼は思慮深い人間であったので、単なる商品にではなく珍貴であるがゆえに金を出す、そんな人たちにそうした品々を売るのです)、贈り物を取り出してキーレンに手渡しました。

それは箱でした。その箱は勢いよく、あちらに、またこちらにと動いておりました。

「なにか生きてるものが入っているのね」

「いいや、キーレン、そうじゃない。でも、動くものが入っているのは確かだ。そして、それはおまえのものになるんだよ。開けるのを手伝う前に、これを手に入れるに至った経緯を話しておくとしよう。あてもなく旅を続けていたある日、それまでに訪れたことのない町に着いた。そこには大勢の商人がいた。わたしはある男にこうたずねてみた。『この町で一番珍しく、一番素晴らしい品を持っているのは誰だろうか』とね。男は、イルヴァスに会ってみればいいと教えてくれた。わたしが当の人物を見つけたのは、つましく、貧相にさえ見える店だった。ところがその店の中ときたら――今までに見たこともないような不思議な品々があふれていた。いいかね、イルヴァスというのは、空の彼方から伝えられた驚異の魔術に通じている人物なのだ。イルヴァスはこう言った。『おまえの最大の望みは何かね?』むろん、わたしはこう答えた。『わたしの娘が癒されることです』

「まあ、お父さま。そんなこと――」

「そうとも。わたしは心の底からそう思っている。わたしはイルヴァスにおまえがどんな状態でいるか、どうしてそのような状態になったのかを、何から何まで包み隠さずに話した。すると彼は言った。『ここに治癒を果たしてくれるものがある』と。さあ、開けてみよう。自分の目で見てごらん」

そこでキーレンは、父親の少なからぬ助けを得て箱を開きましたが、手を入れてみる勇気はないようでした。「お父さまが出して」キーレンがそう言ったので、父親は箱の中に手を伸ばし、取り出しました。磁器の火蜥蜴(サラマンダー)を。それは釉薬(うわぐすり)を厚く塗られ、キラキラと輝いていました。色は白――サラマンダーにしてはまったく尋常でない色です――であったにもかかわらず、その姿形は違(たが)えようもありませんでした。

事実、それはサラマンダーの完璧なモデルでした。しかも動くのです。

四本の脚が空中で狂ったように動きまわり、唇の間から舌がチロチロと出入りし、頭が忙しく左右に向けられ、眼がくるくると回転し――キーレンは歓声を上げて笑い出しました。

「お父さま、こんなに素敵に動きまわるなんて、いったいどんな仕組みになっているのかしら！」

「そう、イルヴァスが話してくれたところでは、彼自身がこれに動く能力を授けたのだそうだ。生命を、ではない。そして、これは一度でも動くことをやめれば、たちまち普通の磁器になってしまうんだ。硬くて冷たい不動の磁器に」

「どんなふうに走るのかしら？」キーレンは言い、そして、そのサラマンダーは彼女の人生の歓びとなったのです。

朝、目覚めるとサラマンダーがベッドの上で踊っています。食事時にはテーブルのまわりを駆けめぐります。キーレンがすわったり横になったりすると、サラマンダーはその付近で際限なく何かを追いかけたり、何かを探したり、何かから逃げたりしつづけます。そんなサラマンダーをキーレンは果てることなく眺めつづけ、一方、サラマンダーも決して彼女の視界の外に出ることはありませんでした。やがて夜になり、キーレンが眠りにつくと、サラマンダーは部屋の中をいつまでもいつまでも走りつづけます。磁器の脚が音もなく絨毯を叩き、時おり、暖炉の煉瓦を軽くかすめすぎる時だけ、小さく澄んだチリンという音を立てて。

父親は娘の回復を待ち受けておりました。そして、ゆっくりとではありますが、しかし着実に、兆しが見えはじめました。ひとつには、キーレンがもはや不幸ではなくなったこと―

―サラマンダーがあまりにもおかしいので、見ているとどうしても笑わずにはいられないのです。それはいつまでたっても変わらず、そうして、キーレンは、以前よりずっと晴れやかな気分になったのを感じておりました。そして、それは気分だけにはとどまりませんでした。キーレンは以前よりも少しばかり歩くことが多くなり、以前よりも長く立っているようになり、これまでなら横になっていたのをすわって過ごすようになりました。自分ひとりで、部屋から部屋へ移動するようにもなりました。

そして夏の終わりころには、なんと、森に散歩に出かけるまでになったのです。むろん、何度も足を止めて休まなければなりませんでしたが、キーレンはこの遠出をたいそう楽しみ、少しずつ力をつけていきました。

キーレンがほかの誰にも話していないことがひとつありました（幾分かは、それが自分だけの想像かもしれないと不安に思っていましたので）。それは、サラマンダーがしゃべれるということです。

「あなた、しゃべれるのね」ある日のこと、サラマンダーがちょこまかと走りまわっている最中にキーレンの足を踏んでしまい、「失礼」と言った時、彼女はびっくりしてそう申しました。

「もちろんです」とサラマンダー。「あなたに対してはね」

「どうしてほかの人にはしゃべらないの？」

「それは、ぼくがここにいるのはあなたのためだからです」サラマンダーは答えて、庭の塀の天辺を走り、それからキーレンの横に跳び降りてきました。「これがぼくの在り方です。動くこととしゃべること。ぼくにできる最善のこと。生命は持てません。そんなふうにはできていません」

こうして、森の中の長い散策の間に、二人はおしゃべりをすることもできるようになって、やがてキーレンは、自分がサラマンダーを好きになっていったのと同じように、サラマンダーのほうも彼女を好きになってくれたのではないか――そんなふうに思うようになりました。

そしてある日、キーレンは実際にそれを口にしました。「わたし、あなたを愛してるわ」

「愛、愛、愛、愛、愛、愛、愛」サラマンダーはせわしなく樹を登り降りしながら答えました。

「ええ」とキーレン。「生命（いのち）よりも。ほかの何よりも」

「お父さんよりも？」サラマンダーがたずねます。

難しい質問でした。キーレンは不誠実な子供ではありませんでしたし、この呪いの歳月に関しても、もうとうに父親を許しておりましたから。しかし、それでも、サラマンダーに対しては正直であらずにはいられませんでした。「ええ、お父さまよりも。お母さま――お母さまの夢よりも。なぜって、あなたはわたしを愛してくれていて、一日中わたしと一緒に遊んでくれて、わたしと話をしてくれるんですもの」

「愛、愛、愛」とサラマンダー。「残念なことに、ぼくは磁器なんです。愛、愛、愛、愛。これは言葉です。二つの母音で構成された言葉。おい、おい、おい、おい、おい、と同じですね。素敵な響きですけど」そう言って、サラマンダーは目の前の小さな流れを跳び越しました。

「あなたは――あなたは、わたしを愛してないの？」

「できないんです。愛ってのは感情ですよね。ぼくは磁器なんです」キーレンが樹に肩をもたせかけると、サラマンダーは「失礼」と言って、彼女の背を伝って這い降りてきました。

「愛せないんです。本当に残念だけど」

キーレンはひどくひどく傷つきました。「あなたは、わたしに対してまるっきり何も感じないの？」

「感じる？　感じる？　物ごとを混乱させないでください。感情は現われては消えていく。誰がそんなものを信じられるっていうんです？　ぼくは一分一秒にいたるまであなたと一緒にいる、それで充分じゃありませんか？　ぼくはあなたにだけしゃべる、それで充分じゃありませんか？　ぼくはいずれ――いずれ――」

「いずれ――なんなの？」

「ぼくは馬鹿げた予言をするところでした。こう言おうとしたんです。いずれあなたのために死ぬかもしれない、って。でも、むろん、これはたわごとです。なぜって、ぼくは生きていない生きていない生きていないのだから。ただの磁器なんですから。気をつけて、蜘蛛だ」

キーレンは、小さな緑のカリウドグモ――ひと噛みで馬をも倒してしまうという猛毒を持った蜘蛛です——の進路から跳びすさりました。「ありがとう」キーレンは言いました。「もうひとつ、ありがとう」最初のありがとうは命を助けてもらったことに対して——でも、それはサラマンダーの仕事です。二番目のありがとうは、サラマンダーが、結局のところキーレンを愛していることを、彼なりのやり方で告げてくれたことに対するものでした。「つまり、あなたを愛しても、愚かではないってことよね」

「愚かです。どうしようもなく愚かです。月たちが愚かであるのと同じくらい愚かです。どれもこれも空で果てしなくダンスを続けていて、決して決して決して一緒に家に帰ろうとしないんですから」

「あなたを愛してるわ」キーレンは言いました。「元気な体になるという希望を愛しているよりもずっとずっと強く」

そして、そうです、キーレンがこう言ったがゆえに、まさしくその翌日、奇妙な男が父親の館の戸口に現われたのでした。

「申しわけございませんが」と召使いは申しました。「お約束がありませんと」

「こう伝えてくれればいい」と奇妙な男は言いました。「イルヴァスが来た、と」

キーレンの父親は階段を駆け降りてくるなり、大声で言いました。「あのサラマンダーを連れ戻させるわけにはいかん！　治癒はまだ始まったばかりなんだ！」

「そのことについては、わたしのほうがずっとよく知っている」とイルヴァス。「娘は森かね？」

い。サラマンダーと一緒に。まったく信じられないほどの変わりようだ――しかし、いったいなぜ、あなたがここに？」

「治癒を完成させるために」

「なんだって？」キーレンの父親はたずねました。「サラマンダーが治癒を果たすものではなかったのか？」

「おまえの呪いの言葉はどんなものだった？」答えるかわりに、イルヴァスはそう問いました。

キーレンの父親の顔はみるみる暗くなっていきましたが、それでも彼はみずからを強いて、低い声で一字一句たがえずに申しました。「これからおまえは生涯、わずかなりとも体を動かすことはかなうまい――わたしが妻を愛していたのと同じくらいに愛する誰かを失うまで」

「さて、そこでだ」とイルヴァス。「娘は今、おまえが妻を愛していたのとまさに同じくらい、あのサラマンダーを愛している」

この言葉の意味を解するのに、わずか一秒もかかりませんでした。「だめだ！」父親は叫びました。「あの子に、わたしが苦しんだ苦しみを味わわせることはできない！」

「これがただひとつの治癒なのだ。もし、あの娘がこれほどまでにおまえを愛するようになっていたとしたら、どうかね？　それよりも、ちっぽけな磁器のかけらが相手でよかったと言えるのではないかね？」

キーレンの父親はおののき、それから泣きはじめました。娘がどれほどの苦痛を味わうことになるか、それを正しく知っているのは彼だけだったからです。

　イルヴァスはそれ以上何も言いませんでしたが、キーレンの父親を見つめるまなざしは、憐れみのそれだったようでもありました。イルヴァスが行なったのは、庭の土に四角形を描き、その内側に石を二個置いて、ふたことみこと、何かをつぶやいただけでした。

　そして、その瞬間、森の中でサラマンダーがこう言いました。「なんとも奇妙だな。今まで壁なんてなかったのに。絶対になかったのに。壁がある」確かに壁でした。できるかぎり背伸びをしたキーレンの手がほんの少し届かない――伸ばした指の先が天辺まであと一インチほど足らない――高さの壁。

　サラマンダーが登ってみようとしましたが、ツルツルとすべって果たせないことがわかりました。これまでは、どんな壁であれ、登れないものはなかったというのに。「魔法だ。魔法に違いない」磁器のサラマンダーはつぶやきました。

　二人は出口を探しながら、壁づたいにぐるりと一周してみました。出口などどこにもありませんでした。決してそんなところに入ったはずはないのに、四囲を壁に囲まれているのです。一本の樹の一本の枝の先も壁の内側には伸びておりません。二人はとらえられてしまったのです。

「怖いわ」キーレンが言いました。「良い魔法と悪い魔法があるけれど、こんなものをどうして祝福されたものと考えられる？　呪いに違いないわ」そして、呪いということを思ったとたん、かつての苦悩が圧倒的な強さでよみがえってきました。キーレンは必死に涙をこらえました。

涙をこらえることができたのは夜まででした。闇の帳に包まれると、サラマンダーがすぐそばであちらこちらへと駆けめぐっているにもかかわらず、それ以上我慢できなくなってしまいました。

「やめてください」もの悲しい声でサラマンダーが訴えました。

「おさえられないのよ」

「我慢できません。寒気がしてきます」

「やめるように努力してみるわね」キーレンは言って努力し、そして夜明けの光がさしそめるころには、わずかに鼻をすするのとしゃっくりめいた音を時おり立てるのとを除いて、ほぼ完全に泣きやんでおりました。曙光のもとでみると、壁は昨日あったそのままに厳然としてありました。

いえ、そのままに、ではありません。背後の壁が夜のうちにひそやかに接近し、今ではわずか数フィートしか離れていないところにまで移動していたのです。この牢獄は、昨日に比べて四分の一ほどにも小さくなっていました。

「うまくないな」サラマンダーが言いました。「うん、危険だな」

「そうね」キーレンが答えます。

「あなたは脱出しなくては」

「あなたもよ」とキーレン。「でも、どうやって？」

それから午前中いっぱい、壁は二人をからかうように意地の悪いゲームを続けました。二人のどちらかが目を向けていないと、どこであれ、その方向の壁が一、二フィート、接近するのです。サラマンダーのほうが敏捷で、絶え間なく動きつづけているために、彼が三方向の監視を受け持ちました。「あなたは、残りのひとつが動かないよう見張っていてください」でも、キーレンはまばたきをしないわけにはいかず、またサラマンダーが目を離した隙をのがさず、壁はひょいと動き、そうして昼には、この牢獄はわずか十フィート平方にまで縮まってしまいました。

「どんどん窮屈になっていくな」サラマンダーが言います。

「ねえ、サラマンダー、わたしがあなたを壁の向こうに放り出せないものかしら？」

「やってみることはできますね。そうして、ぼくが助けを呼びにいく――」

そこで二人はやってみました。しかし、キーレンが持てるかぎりの力を奮い起こしてサラマンダーを放り投げても、壁はその都度、スイと背伸びをするような格好でサラマンダーをつかまえ、地面にすべり落としてしまうのです。むろん内側に。

まもなく、キーレンは疲れきってしまい、サラマンダーは言いました。「もういいです」二人が必死の奮闘をしていた間にも、壁は接近を続け、今ではもう五フィート平方の空間しか残されていません。「狭っ苦しくなっていくな」サラマンダーが、ちっぽけな空間をぐるぐる駆けめぐりながら言います。「でも、ぼくは唯一の解決策を知っている」

「教えて！」キーレンは大声で言いました。

「思うに」とサラマンダー。「何か踏み台にするものがあれば、あなたは壁の上によじ登って外に出られるでしょう」

「そんなこと。この壁は何も外に出してくれやしないわ！」

「思うに」とサラマンダー。「この壁は、ぼくを外に出そうとしないだけなんです。だって鳥は出たり入ったりしているのに、壁は連中をつかまえようとしない」確かにそのとおりでした。一羽の小鳥が間近の樹の上でさえずっていましたが、その直後、まるでサラマンダーの指摘したことを証明するかのように、枝から飛び立って牢獄の上の空間を横切ったのです。

「ぼくは生きていない。ぼくは魔法で動いているにすぎない。だから、あなたは出られます」

「でも、いったい何を踏み台にすればいいの？」

「ぼくです」

「あなた？　でも、あなたはそんなにも素早く動きまわっていて――」

「あなたのためなら止まります」

「だめよ！」キーレンは叫びました。「だめよ、だめ！」金切り声を上げました。

しかし、サラマンダーは壁際で足を止め、そうしてただの磁器の置物になりました。硬く冷たく動かない、ただの物に。

キーレンが泣いたのは、ほんの一瞬のことでした。というのも、背後の壁が彼女を押しはじめ、牢獄がわずか三フィート平方になってしまったからです。サラマンダーは、キーレンが脱出できるよう、みずからの命を捧げたのです。少なくとも、トライしてみなければなりません。

キーレンはトライしました。サラマンダーの上に乗ると、壁の上端に手が届きました。爪先立つと、壁の上部をつかむことができました。そして、持てる力の最後の一滴まで振りしぼって、壁の上部まで体を引き上げ、なんとか壁を乗り越え――

そうして、体を丸くして地面に転がり落ちました。その瞬間、まさしくその瞬間、二つのことが起こりました。壁がみるみる縮まって一本の柱と化したかと思うと、サラマンダーもろとも完全に消え失せてしまいました。そして、通常の十一歳の子供が持つ自然の力のすべてが彼女の内にあふれてきました。キーレンは走れるようになったのです。跳べるようになったのです。樹の枝にぶら下がって体をブランコのように揺らすことができるようになったのです。

その力は突然、強いワインさながらに湧き上がってきました。そのまま地べたに転がっていることができず、キーレンははじかれたように立ち上がりましたが、その動きがあまりに強烈だったので、危うく反対側に倒れそうになったほどです。キーレンは走りました。小川を跳び越え、樹々の立ち並ぶ斜面を登れるかぎり高くまで登りました。呪いが解けたのです。ついに自由の身になったのです。

しかし、通常の子供とて、いつかはくたびれます。こうして、ようやく動きがゆるやかになった時には、もう自分の力に引きずりまわされることもなくなっていました。そして、キーレンは思い出しました。磁器のサラマンダーのことを、サラマンダーが彼女のためにしてくれたことを。

その午後に、キーレンは、去年の秋の枯葉の山に突っぷして痛ましげに泣きじゃくっているところを発見されました。

「見てのとおりだ」とイルヴァスが言いました。彼は捜索の道案内をすると言って譲りませんでした。キーレンをすぐに見つけだせたのはそのためです。「見てのとおり、娘は力を得た。呪いは解けたのだ」

「だが、心が壊れてしまった」父親は幼い少女を両の腕にかき抱きながら言いました。

「心が壊れた？」イルヴァスが問い返します。「そんなことはありえない。あの磁器のサラマンダーは生きてはいなかったのだから」

「いいえ、生きていたわ！」キーレンは叫びました。「わたしに話をしてくれた！　自分の生命(いのち)をわたしにくれたのよ！」

「確かにそうだろう」とイルヴァス。「しかし、考えてみるがいい。魔法をかけられていた間、彼は一度も、一度たりとも休むことができなかったのだ。おまえは彼が疲れることなど決してなかったと思っているのかね？」

「もちろん、サラマンダーは疲れることなんかなかったわ」

「いいや、疲れていた。そして今、ようやく休息することを許されたのだ。だが、休息以上のことがある。彼が動くのをやめ、ひとつの姿勢をとったまま永遠に凍りついた時——その心の中を通りすぎていったのは、いったい何だったと思う?」

イルヴァスは立ち上がり、歩み去ろうとしました。しかし、数歩行ったところで振り返り、「キーレン」と言いました。

「わたしにはサラマンダーが必要なの」涙と苦悶に包まれて、キーレンは答えました。

「いいかね、あのままで行けば、彼はしだいしだいにわずらわしい存在になっていったはずだ。おまえを楽しませることはなくなり、おまえのほうも彼を避けるようになっただろう。しかし、今、彼は記憶となった。そして、記憶について言うならば、このことを忘れぬがよい。サラマンダーもまた記憶を持っていることを。凍りついた時のままの記憶を持ちつづけていることを」

これは、なんとも貧弱な慰めでしかありませんでした。十一歳の子供がそうも哲学的な考えを持てるわけがありません。しかし、年月を経て成長した時に、キーレンはこの言葉を思い出しました。そして理解しました。どこにいようと、磁器のサラマンダーは、ひとつの凍結した、完璧な瞬間を生きている、その心に愛が満ちあふれた瞬間を——

いいえ、愛ではありません。あの時、サラマンダーは、愛の関与せぬままに決意したのです。いかに取るに足らないものであるにしても、自分の人生はここで終わるほうがよい、このまま生き長らえてキーレンの生の終わりを見届けねばならなくなるよりは、と。

それは、永遠に生きつづけることのできる瞬間です。そして、歳を重ねていくにつれ、キーレンは、人生にそうした瞬間が訪れるのはきわめて希（まれ）なことを、それもほんのひとときしか続かないことを知るようになりました。一方、磁器のサラマンダーは、それを決して失うことはないのです。

そしてキーレンはと言うと——彼女自身は名声を求めようなどという気はまるでありませんでしたけれども、《麗しき人々》の中でも最も麗しい乙女として知られるようになり、少なからぬ旅人たちが海の彼方から、《峰》の彼方から、キーレンに会うだけのためにやってきました。キーレンに会い、言葉を交わし、彼女の姿を心の中に永久に刻みつけておくために。

話をしている時、キーレンの手は常に動き、常に空中で舞っておりました。その手は、ひとときとして止まることがないように見え、釉薬（うわぐすり）を厚く塗った磁器のように白くつややかな光沢を放ち、そして、そのほほえみは月たちのように輝かしく、海のように繰り返し顔に戻ってくるのでした。キーレンをよく知っている人々には、彼女が絶えず、室内の、また庭のあちこちに目を向けていることが見て取れたはずです。それはあたかも、周囲を駆けめぐっている、きらめく敏捷な生き物の姿を見つめているかのようでありました。

無伴奏ソナタ

Unaccompanied Sonata

金子　司訳

音合わせ

生後六カ月で受けた予備テストにおいて、クリスチャン・ハロルドセンはリズムと音程(ピッチ)への鋭敏な感覚を示した。もちろんほかのテストもおこなわれたし、可能な選択肢はなおもたくさん用意されていた。が、リズムと音程とは彼自身の十二宮の支配的なしるしであって、さっそく強化訓練がはじめられた。ハロルドセン夫妻はさまざまな種類の音を記録したテープを渡され、寝ているときも目を覚ましているときも常時かけつづけるようにと指示された。

クリスチャン・ハロルドセンが二歳のとき、七度目のまとまったテストによって、彼の進むであろう未来が明確に指摘された。彼の創造性はずばぬけていて、好奇心は飽(あ)くことを知らず、音楽への理解はあまりにきわだっており、何よりもテストの結果は〝天才性〟を告げていた。

この〝天才性〟という言葉のためにこそ、クリスチャンは両親の家から落葉樹の茂る森の中にたたずむ一軒家へと連れ出されることになった。森の冬は厳しく過酷で、短い夏には緑が必死にあふれかえる。少年は歌ひとつ口ずさむことのない召使いたちに世話されながら育っていった。彼に許された音楽は、鳥の歌や風の歌、冬に木の幹が裂ける音、雷や、黄葉した葉が枝を離れて地面にただよい落ちるかすかな悲鳴、屋根を叩く雨、軒のつららからしたたる水滴、リスの鳴き交わす声、そして月のない夜に雪が降り積もっていく深い静寂だけだった。

クリスチャンはこうした音だけを音楽として意識するようになった。幼少期に耳にしていた交響曲を、遠くへだたった、もはや取り戻すことのできない記憶としてのみたずさえて。そのため、音楽的でないものから音楽を聴きとれるようになった——音楽など何もないところからさえも音楽をみつけずにはいられなかった。

心の中で色彩が音をつくり出すのを彼はみつけた。夏の日射しは大音量で鳴り渡る和音だ。冬の月明かりはかすかな哀調をおびた泣き声だ。春の新緑はほぼ（とはいっても、完全にではないが）とりとめのないリズムをもった低いつぶやきだ。木の間からちらっとのぞく狐の姿は、はっと息を呑む驚きの声だった。

クリスチャンはこうしたすべての音を、〈楽器〉で奏でられるようになった。

この数世紀にわたって、この世ではヴァイオリンやトランペット、クラリネット、クルムホルンなどが変わることなく使われてきたが、クリスチャンはそのどれも知らなかった。〈楽器〉だけが彼に与えられた。それで充分だった。

クリスチャンはほとんどの時間をひとりで独占することになったこの家の一室で寝起きし

ていた。ベッド（あまりやわらかではない）、椅子とテーブル、音ひとつたてずに彼の体や衣服をきれいに洗浄してくれる装置、そして電灯があるだけだ。

もうひとつの部屋には彼の〈楽器〉だけが置かれていた。タッチ・キーや細ひも（ストリップ）、レバー、ペダルがごてごてとついた操作卓（コンソール）で、どれかある部分に触れると音が出た。キーのひとつひとつが別の音を奏でる。細ひものどの部分に触れるかによって、別の音程に転じる。レバーを使えば音調（トーン）を調節できた。ペダルによって音の構造（ストラクチャー）を変えることができた。

はじめてこの家にやってきたとき、クリスチャンは（たいていの子どもがそうするように）〈楽器〉をいじくりまわして、奇妙な、おもしろい音を出して遊んだものだ。彼にとってこれが唯一の遊び相手だった。クリスチャンは巧みに学んでいき、望むままにどんな音でも出せるようになった。はじめは大きく鳴り響く音を喜んだ。それがしだいに、音の間（ま）やリズムの楽しみを学びはじめ、やがてやわらかな音と大きな音とを混ぜ合わせるようになり、一度にふたつの音を演奏して、ふたつの音を合わせて新たな音に変え、それまでに演奏した音のつらなりをもう一度くり返していくのだった。

しだいに、戸外の森で聞こえる音が彼の奏でる音楽に入りこんできた。クリスチャンは〈楽器〉でもって風に歌わせる方法を会得（えとく）した。意のままに演奏できる曲の中で夏をつくり出せるようになった。無限のバリエーションをもつ木々の緑は、彼のもっとも精細なハーモニーだ。クリスチャンの孤独な情熱のすべてを注ぎこむことで、〈楽器〉をつうじて鳥たちが声をあげる。

その噂が、認可された〈聴き手（リスナー）〉たちのもとに広まっていった。

「北東のこの地に、新たな音が出現しました。彼、クリスチャン・ハロルドセンこそは、あなたの心を歌でもって引き裂くことでしょう」

そうして〈リスナー〉がやってきた。変化こそがすべてと考える数人が真っ先に、つづいて新奇性と流行り（はやり）が第一の人々が、そして最後に、何よりも美と情熱に価値をおく者たちも。彼らは次々にやってきて、クリスチャンの森の中にしばしとどまり、屋根に取りつけられた完璧なスピーカーから流れ出る音楽に聴き入った。音がやんでクリスチャンが家から出てくると、〈リスナー〉たちが離れていくのが見えた。どういうことなのかと彼が尋ねると、彼らがやってきたわけを教えてくれた。自分が〈楽器〉への愛情からやっているだけの行為にほかの人々が興味をもっていると知って、クリスチャンは不思議がった。〈リスナー〉たちに歌ってやれはしても、けっして彼らの歌を聴くことはできないのだと知って、クリスチャンは奇妙なことにいっそうの孤独をおぼえた。

「けれど、あの人たちには自分の歌なんてありもしないのよ」と食事を毎日運んできてくれる女がいった。「あの人たちは〈リスナー〉なんだもの。あなたは〈創り手（メイカー）〉。あなたには歌があって、あの人たちはそれに聴き入るの」

「どうして？」とクリスチャンが無邪気（むじゃき）に尋ねる。

女はとまどいの表情を浮かべた。「どうしてって、それこそはあの人たちが一番したいことだからよ。あの人たちもテストを受けて、〈リスナー〉でいるのが一番の幸せだとわかったの。あなたは〈メイカー〉でいるのが一番幸せなのよね。そうでしょ？」

「うん」と答えたときのクリスチャンは、確かに真実を語っていた。彼のこの生活は何もかも完璧で、何ひとつ変えたいとは思わない。彼の歌を聴き終えて去っていく〈リスナー〉の背中に、甘美な悲しみを見てとれたにしても。

クリスチャンは七歳になっていた。

第一楽章

これで三度目のことながら、眼鏡をかけて奇妙に似つかわしくない口ひげを生やした小柄な男が、大胆にも森の下生え（したば）の中でクリスチャンの出てくるのを待っていた。これで三度目ながら、男はたったいま終わったばかりの曲の美しさに心を打たれていた。もの悲しい交響曲のおかげで、眼鏡をかけたこの男は頭上の木々（こ）に茂る葉の重みを感じていた。今は夏で、木の葉が落ちるのはまだ何カ月も先だというのに。だとしても、葉が落ちるのは避けようのないことなのだ、とクリスチャンの曲は告げていた。木の葉は死ぬときの力をはじめから内（うち）に秘めていて、それが木の葉の命を色づかせるに違いない。眼鏡をかけた小柄な男は涙を流していた――が、曲が終わり、ほかの〈リスナー〉たちが帰ってしまったあとも、彼だけは茂みに隠れて待ちつづけた。

今回は待った甲斐(かい)があった。クリスチャンが家から出てきて、森の中をぶらりと歩きまわり、男の待っているほうに近づいてきた。小柄な男はクリスチャンの気楽で気どらない歩き方に感心した。この作曲家の外見は三十歳くらいだろうか、ただし周囲をあちこち見まわしたり、あてもなくうろつきまわっては頻繁に立ち止まり、落ちた小枝に裸足(はだし)の指先で触れてみる（乱暴に踏んで折ったりはしない）そのようすには子どもっぽさが見てとれた。

「クリスチャン」と眼鏡をかけた小柄な男が声をかけた。

クリスチャンは、はっとして振り返った。これまで長年にわたって、〈リスナー〉が彼に話しかけてきたことなど一度もなかったからだ。会話は禁じられていた。クリスチャンは法律を知っていた。

「法律で禁じられているんですよ」クリスチャンはいった。

「これを」といって、眼鏡をかけた小柄な男が小さな黒い物体を差し出す。

「なんですか？」

小柄な男は顔をしかめた。「いいから受けとって。ボタンを押せば再生がはじまる」

「再生？」

「音楽のだよ」

クリスチャンの目が見開かれた。「ですけど、そういうのは禁じられているんです。ほかの音楽家の作品を聴くことで、ぼくの創造性を汚(けが)すことはできません。そうすることで、ぼくは模倣し、独創性を失うことになります」

「音の引用だよ」と男がいう。「きみはそれを引用するだけだ。バッハの音楽なんだ」その声には畏敬の念がこもっていた。

「できません」とクリスチャン。

すると、小柄な男は首を横に振った。「きみはわかっていない。自分に何が欠けているのかがわかっていない。けれど、何年か前にきみの曲を聴きにやってきたとき、わたしには聴きとれたんだ、クリスチャン。きみはきっと、これを欲しがるはずだ」

「禁じられていますから」とだけクリスチャンは答えた。このような行為が禁じられているとわかっていながら、あえて男が実行に移そうとしたという事実そのものが彼にとっては驚きで、この新奇な体験の先に相手がなんらかの行動を期待していることには気づきもしなかった。

遠くで足音がして、声が聞こえてきたために、小柄な男の顔に恐怖が浮かんだ。男はクリスチャンに駆け寄り、彼の手に無理やりレコーダーを押しつけると、保護区の門のほうに去っていった。

クリスチャンは手にしたレコーダーを、木漏れ日の中にかざしてみた。にぶくぎらついている。

「バッハ」とクリスチャンはもらし、つづけて、「バッハって誰だろう？」

が、レコーダーを投げ捨てはしなかった。それに、眼鏡をかけた小柄なあの男はここにとどまって何をしていたの、と女が尋ねにやってきたときもレコーダーを渡しはしなかった。

「あの男は少なくとも十分間はここに残っていたわよね」

「ぼくが彼と会ってたのは、せいぜい三十秒ぐらいだよ」とクリスチャンが応じる。

「それで？」

「ぼくに何かほかの音楽を聴かせたがってた。レコーダーを持ってたんだ」

「それをあなたに渡したの？」

「いや」とクリスチャン。「まだ彼が持ってるんじゃないかな？」

「きっと森の中に捨てていったのね」

「バッハだっていってた」

「そういう行為は禁じられているわ。あなたが心に留めておくべき点はそれだけ。もしもレコーダーをみつけたら、クリスチャン、法律はわかっているわね」

「みつけたら、あなたに渡すよ」

女は注意ぶかく彼を見た。「あなたがそういうものを聴いたらどんなことになるか、わかっているわね」

クリスチャンがこくりとうなずく。

「それならいいの。わたしたちも探してみるから。それじゃ、また明日ね、クリスチャン。それと今後は、誰かが演奏のあとで森に残っていたとしても、けっして話をしないこと。とにかくすぐに家に戻って、ドアに鍵を掛けるの」

「そうするよ」

女が去ると、彼は何時間も〈楽器〉を演奏しつづけた。またしても〈リスナー〉がやってきて、以前にもクリスチャンの演奏を聴いたことのある者は曲の混乱ぶりに驚いた。

その晩、夏の嵐がやってきた。風や雨や雷が鳴り渡り、クリスチャンはどうしても寝つけなかった。天候の奏でる音楽のせいではない——これまで、こうした嵐の晩にも眠ることはできた。そうではなく、〈楽器〉と壁との隙間に隠してあるレコーダーのせいだった。三十年近くにわたって、クリスチャンは自然のあふれたこの美しい場所と彼自身の奏でる音楽にだけ囲まれて暮らしてきた。それが今は——

今はあれこれ考えずにいられなかった。バッハとはどんな人間だったのか？ バッハとはどんな人間なのか？ 彼の音楽とは？ ぼくの音楽とどう違うのか？ 彼はぼくの知らない秘密を何かみつけたんだろうか？

彼の音楽とは？

彼の音楽とは？

彼の音楽とは？

夜が明けて、嵐は弱まって風もおさまると、クリスチャンは一睡もできないままひと晩じゅう輾転(てんてん)反側していたベッドから抜け出し、隠しておいた場所からレコーダーを取り出すと、再生してみた。

最初は奇妙な音に聞こえた。雑音のようで、クリスチャンの生活とはなんの関わりもない妙な音の集まりでしかなかった。が、模様(パターン)は明確で、記録されていた音楽が終わるころまでに——録音は三十分にも満たなかった——クリスチャンはフーガの概念を習得し、頭の中でハープシコードの音色が彼を悩ませるようになっていた。

だが、自分の奏でる音楽の中に突然こうしたものがあらわれたら、すぐに発覚してしまうことくらいはクリスチャンにもわかっていた。そのため彼は、フーガを試そうとしなかった。ハープシコードの音色もまねようとしなかった。

そうして毎晩、彼は録音された音楽を聴きこみ、たいていの晩は新たに何かを学ぶうちに、ついに〈見張り手〉がやってきた。

〈ウォッチャー〉は盲目で、犬に引かれていた。男がドアの前にやってくると、彼は〈ウォッチャー〉であるがゆえに、ノックをしなくともドアが開いた。

「クリスチャン・ハロルドセン、レコーダーはどこかな？」〈ウォッチャー〉が尋ねた。

「レコーダー？」とクリスチャンは訊き返したものの、隠しとおせる望みのないことがわかると、機器を取り出して〈ウォッチャー〉に渡した。

「おお、クリスチャン」〈ウォッチャー〉の声は穏やかで、悲しみにあふれている。「なぜ聴かずに提出しなかったのかね？」

「そのつもりだったんです」とクリスチャン。「でも、どうしてわかったんですか？」

「きみの作品から、急にフーガが消えてしまったからだ。きみの曲から急にバッハふうのものだけが消えてしまった。それに、きみは新たな音を実験するのをやめてしまった。何を避けようとしていたんだね？」

「これです」クリスチャンはそういうと腰をおろし、はじめてハープシコードの音色をそっくりにまねてみせた。

「だが、きみは今まで一度もそれを試したことがなかった、違うかな？」

「あなたがたが気づくんじゃないかと思ったんです」

「フーガとハープシコード、きみが最初に気づいたふたつ——そしてきみが自身の音楽に吸収しなかった、ただふたつのもの。ここ数週間のきみの曲は、どれもバッハに汚され、色がつき、影響されていた。ただしフーガはなく、ハープシコードの旋律もなかった。きみは法律を犯した。きみがここで暮らしてこられたのは、きみが天才だからだ。自然だけをインスピレーションの糧にして、新たなものを創り出すために。それが今や、もちろんきみは模倣にはしり、真に新しい創作は不可能となった。きみはここを去らねばならない」

「わかってます」クリスチャンはそういったものの、この家の外の生活がいったいどんなものなのか本当はわかっていないことに、心の中ではおびえていた。

「これからのきみが進むべき、新しい仕事のための訓練をする。きみが食うに困ることはない。退屈しすぎて死ぬようなこともない。が、きみは法律を犯したがゆえに、今からはひとつだけ禁じられることになる」

「音楽、ですね」

「すべての音楽ではない。音楽の中にはな、クリスチャン、一般の民衆、つまり〈リスナー〉でない者たちのためのものもある。ラジオやテレビやレコード音楽などだ。が、生の音楽や新しい音楽――きみはこれらを禁じられる。自分で歌うこともまかりならん。楽器を演奏することも。手拍子でリズムをとることもだ」

「どうしてですか？」

〈ウォッチャー〉は首を横に振った。「この世はあまりに完璧で、あまりに平和で、幸福に満ちあふれている。法律を犯した社会不適格者がうろつきまわって災いのたねをまき散らすのを許しておくわけにはいかない。一般の民衆は気楽な音楽をつくり、それ以上のものを知らない。彼らにはそれを学ぶ素質がないからだ。だがきみは――いや、気にしないでくれ。これは法律だ。そして、もしきみがまた音楽をつくり出したなら、クリスチャン、きみは厳しく罰せられることになろう。厳しくな」

クリスチャンはうなずき、ついてくるようにと〈ウォッチャー〉にいわれるままに従って、家や森や彼の〈楽器〉をあとに残して去った。はじめはこれを冷静に受けとめ、法律に反したための避けがたい懲罰とみなしていた。が、彼はこの懲罰の意味をよくわかっておらず、〈楽器〉からの追放が何を意味しているのかもよくわかっていなかった。

ところが五時間もしないうちに彼はわめきだし、そばに近づく者には誰にでも打ちかかるようになった。彼の指が〈楽器〉のキーやレバーや細ひもやペダルに触れることを切望したからだ。クリスチャンの願いは受け入れられず、今となってはじめて、自分がこれまでけっして孤独ではなかったことを思い知った。

普通の暮らしのための準備ができるようになるまでに六カ月かかった。再教育センター

（小さな建物だ、というのも、めったに使われるようなことはなかったから）を去ったとき、クリスチャンの容貌はやつれ、何歳も老けこんだように見えた。誰にも笑顔を見せようとしなかった。彼はトラックの配達ドライバーになった。これこそは、彼がもっとも悲しまずにすみ、失ったもののことをもっとも思い出さずにすむ、そしてほかに残されたわずかな素質と興味にもっとも合致しているとテストの結果が告げていたからだ。

クリスチャンは食料品店にドーナツを運び届けるようになった。

そして晩には、アルコールの神秘を見いだした。アルコールとドーナツとトラックと夢があれば、彼なりに満ち足りていた。自身に対する怒りはなかった。苦い思いを抱かずとも、こうやって残りの人生を暮らしていくことができる。

クリスチャンは揚げたてのドーナツを運び、固くなったドーナツを回収してまわった。

第二楽章

「ジョーなんていう名前を授かった以上、おれはバー＆グリルを開かなきゃならなかった」というのがジョーの口癖だった。「そうすりゃ、〝ジョーのバー＆グリル〟っていう看板を掲げられるからな」そういって、彼は大笑いするのだった。というのも、つまり最近では〝ジョーのバー＆グリル〟というのはいささか時代遅れな名前だったから。

だがジョーは優秀なバーテンダーで、〈ウォッチャー〉はふさわしい場所に店をもたせていた。大都市ではなく、小さな町に。フリーウェイから少しだけ離れたところに位置した町で、トラックのドライバーがよく立ち寄る。大都市からさほど離れてはおらず、そのため興味ぶかい出来事がわりとそばにあって、それについて話しあい、心配し、不平をもらし、愛することもできる。

そういうわけで、ジョーのバー&グリルは居心地のいい場所で、多くの人々がここにやってきた。客はおしゃれな人々ではないし、酔っぱらいでもなく、孤独な人間や気さくな者がうまい具合に混じりあっていた。「うちのお客はうまい酒みたいなもんさ。あれやこれやがうまい具合にあわさって、もとの素材よりもうまい、新しい味が生まれるってわけだ」そう、ジョーは詩人だった。アルコールの詩人で、近ごろの人々と同じように彼もよくこういったものだ。「うちの親父は弁護士だった。昔なら、おれもたぶん弁護士におさまって、自分の生活に何が欠けてるのかわからないまま暮らしてたろうな」

ジョーのいうとおりだった。そのうえとても優秀なバーテンダーで、ほかの何者にもなりたいとは望んでいなかったから、彼は幸せだった。

ところがある晩、新顔の男が店に入ってきた。ドーナツ配達用のトラックでやってきて、制服にもドーナツのブランド名が書かれている。ジョーがこの男に気づいたのは、沈黙が体臭のように男にまといついていたからだ——男のゆくところはどこであれ、人々はそれを感じとり、めったに彼のほうを見ることはないにしても、声をひそめ、またはぷっつりと話すのをやめてしまい、考えにふけるようにバーの奥の鏡や壁に目をやるのだった。ドーナツ配達係の男は片隅に腰をおろし、薄めた酒をちびちびと飲んだ。それはつまり、店に長時間とどまるつもりであって、アルコールの摂取量のせいで早々に退散することは望んでいないという意味だった。

ジョーは人の行動に細かいところまでよく気づく人間だったから、男が暗い隅にあるピアノのほうにちらちら目をやっていることにも気がついた。このピアノは、古びた、調律の狂った巨大な代物(しろもの)で、以前からここに鎮座していた（この店はずっと前からバーだった）。どうしてこの男はピアノに魅せられているんだろうか、とジョーはいぶかしんだ。確かにジョーの店にやってくる客の大半が興味をもったが、たいていはそばに近づいていって鍵盤をポロンといくつか試してみて、メロディを奏でようとしても、調律が狂っているためにやがてあきらめてしまう。ところがこの男は、ほとんどピアノを怖がっているかのように、そばには近づこうとしなかった。

閉店の時間になっても男はまだ店に残っていた。ただの気まぐれから、ジョーは男を追い出すでもなく、店内に流れていた有線の音楽を止め、照明も大半を落としたうえで、ピアノのほうに近づいていってふたを開け、灰色の鍵盤をのぞかせた。

ドーナツ配達の男がピアノのほうに近づいてきた。ネームタグには〝クリス〟と記されている。男はすわり、鍵盤のひとつに触れた。きれいな音ではなかった。が、男はひとつずつすべての鍵盤に触れていって、今度は別の順番で触れていった。そのあいだじゅう、ジョーは黙って見守りながら、なぜこの男はこれほど熱心なんだろうかと考えていた。

「クリス」とジョーは声をかけた。

クリスが顔を上げる。

「何か歌を知ってるかい？」

クリスは妙な顔をした。

「つまりさ、ラジオで流れてるような、こじゃれた、尻を振るようなやつじゃなくて、昔ながらの歌さ。《イン・ア・リトル・スパニッシュ・タウン》みたいな、まともな歌だよ。うちのお袋が、あの歌をよく歌ってくれたっけ」そうしてジョーは歌いだした。「あれはスペインの小さな町の、こんな夜だった／星が下界にいないいないばあ（ピーク・ア・ブー）してる、こんな夜だった」

ジョーの調子はずれな、つたないバリトンの声がつづくうちに、クリスが弾きはじめた。が、それは伴奏ではなかった。伴奏と呼べるようなものではなかった。というよりもメロディと対立するもので、敵対しているといってもよく、ピアノから出てくる音は奇妙に調和しておらず、それでいてなんとも美しい調べだった。いつしかジョーは歌うのをやめ、耳を傾けだした。その後二時間にわたってジョーは聴きほれ、演奏が終わると、神妙な顔つきで男に酒を注いでやり、自分のぶんも注いで、ドーナツ配達係のクリスとグラスをカチリと合わせた。朽ちかけた古いピアノを使って、このガラクタを歌わせることのできた男と。

三日後、苦しみ、何かを怖れたような顔でクリスが店に戻ってきた。が、今度はジョーも何が起こるのかわかっていた（起こるに違いないとわかっていた）から、閉店の時間を待たずに、店内に流れていた有線の音楽をいつもより十分は早く止めた。クリスが懇願するように見上げる。ジョーはその顔つきを誤解した――ピアノのほうに近づいていって、鍵盤のふたを開け、男に笑顔を向けた。クリスはぎくしゃくした足どりで、おそらくはいやいやながら、椅子の前にやってきて腰をおろした。

「おい、ジョー」と五人ほど残っていた客のうちひとりが叫ぶ。「早終いかい？」

ジョーは何も答えなかった。じっと見守っているうちに、クリスが演奏をはじめた。今回は準備段階などなかった。スケールを弾いてみたり、鍵盤の上を指が行き来することもなかった。ただとにかく力でもって、本来そう演奏されるべきでないようなやり方でピアノは演奏されていった。間違った音、調子はずれな音が、なぜだか音楽に正しく調和しているように聞こえ、クリスの指は十二音スケールの制限を無視したまま、ジョーには薬でもやっているのかと思えるように演奏していった。

一時間半後にクリスが演奏を終えるまで、客は誰ひとりとして立ち去ろうとしなかった。全員が演奏終了後の一杯をごちそうになって、この経験にぼんやりしたまま家路についた。

翌晩も、その次の晩も、そのまた次の晩もクリスはやってきた。最初にピアノを弾いた晩から幾日かのあいだにどんな個人的葛藤があって足が遠のいていたにしても、どうやら彼はその葛藤に勝つか負けるかしたらしい。それはジョーの知ったことではない。ジョーが気にかけているのは、クリスがピアノを弾くと、これまでどんな音楽ももたらしてくれなかったような感覚がもたらされ、自分がそれを欲しているという事実だけだった。

どうやら、客たちもそれを欲しているらしかった。閉店間際になると、人々がぞろぞろと姿を見せはじめた。どうやらクリスの演奏を聴くためだけに。ジョーはピアノの演奏開始時間をどんどん早めるようになり、演奏後のただ酒のふるまいは中止しないといけなくなった。あまりにも多くの客が集まって、このままでは商売がたちゆかなくなってしまいそうだったからだ。

奇妙な二カ月の長きにわたって、この状態がつづいた。配達用のヴァンが外に停まると、人々は店に入ってくるクリスのためにわきにどいてやった。誰も彼と口をきこうとはしなかった。誰ひとり口をきかず、彼がピアノを弾きはじめるのを待った。クリスは何も飲もうとせず、ただひたすらに演奏した。そして曲の合間に、数百人もの客がジョーのバー＆グリルで飲み食いした。

が、ジョーの店本来の楽しさは失せてしまっていた。客たちの笑い声や話し声、仲間意識がなくなってしまい、しばらくするとジョーはこの音楽に辟易し、店を元の状態に戻したくなった。ピアノを処分してしまうことも考えてみたが、そんなことをすれば客たちが怒りだすだろう。もう来ないでくれとクリスに頼むことも考えてみたが、奇妙に寡黙なあの男にそう切りだすことができなかった。

そのため、ついにジョーは、そもそものはじめからすべきだとわかっていたことをした。〈ウォッチャー〉に知らせたのだった。

彼らは演奏のさなかにやってきた。犬にひもをつけた盲目の〈ウォッチャー〉と、耳がなく、ふらつきながら歩いて、バランスをとるためにあちこちつかまってばかりいる〈ウォッチャー〉が。彼らは曲の真っ最中に入ってきて、曲の終わるのを待とうともしなかった。彼らはピアノに近づいていくと、そっとふたを閉じた。クリスは指を引いて、閉じられたふたをじっと見つめていた。

「おお、クリスチャン」と盲導犬を連れた男がいった。

「すいません」とクリスチャンが応じる。「こうならないように、努力してはみたんですけど」

「おお、クリスチャン、これからきみにしないといけない仕打ちに、わたしはどうやって向きあえばいいのだろう？」

「やってください」とクリスチャン。

　そこで、耳のない男がコートのポケットからレーザー・メスを取り出し、クリスチャンの指をすべて、つけ根の部分からそっくり切り落としていった。レーザーのおかげで指が切り落とされるそばから傷口は焼灼殺菌されたものの、それでもクリスチャンの制服に血が少しとび散った。そして今や無用の手のひらと役立たずな手の甲の節だけになったクリスチャンは立ち上がり、ジョーのバー＆グリルを出ていった。人々は今度も彼のために道をあけてやり、そして盲目の〈ウォッチャー〉の声に熱心に耳をすました。

「あの男は法律を犯し、〈メイカー〉でいられなくなった。彼は二度にわたって法律を犯し、そのため、あなたがた全員の生活を幸せにたもつ仕組み(システム)を壊さずに守るため、法律は彼の行為を止めるよう強いることになったのだ」

人々は理解した。そのことにいたたまれなくなり、数時間はやりきれなさをおぼえはしたものの、いったん自分の正しい家に戻り、正しい仕事に戻ってみると、生活の純粋な満足感のおかげでクリスへの一時の悲しみなどすっかり呑みこまれてしまった。結局のところ、クリスは法律を犯したわけだ。そして法律こそは、人々を安全に、幸せにたもってくれているものなのだ。

ジョーでさえもだった。ジョーでさえも、じきにクリスや彼が演奏してくれた音楽のことを忘れてしまった。自分は正しいことをしたのだとわかっていた。それでも、クリスのような男がそもそもなぜ法律を犯したのか、またはどんな法律を犯したのかまではわかっていなかった。人々を幸せにするためでない法律などこの世には存在しない――そしてジョーには、わずかでも破りたいと思うような法律など思い浮かびもしなかった。

それでも、ジョーは一度、ピアノに近づいていってふたを開け、すべての鍵盤をひとつずつ指で押してみた。それがすむと、ピアノに突っ伏して泣いた。クリスチャンがピアノを失い、二度と演奏できないように指さえも失ったのは、ジョーにしてみれば自分のバーを失うようなものだったからだ。そして自分がこのバーを失ったなら、もうこの世に生きている価値はない。

クリスに関していえば、別のドライバーが同じドーナツ配達用のヴァンで店にやってくるようになり、もはやこの界隈でクリスの消息を知る者はなかった。

第三楽章

「おお、なんと美しい朝だ！」と故郷の町で《オクラホマ！》を四度も観たことのある道路建設工事の作業員が歌う。

「アブラハムの胸のうちでわが心を揺らせ！」とギターを抱えて家族みんなで集まるときに歌をおぼえた作業員が歌う。

「慈悲ぶかき光よ、暗闇の中を導きたまえ！」と信仰心のある作業員が歌う。

だが、車の流れに「止まれ」か「徐行」という標識を掲げる役目の、指がない作業員だけは、耳を傾けはしてもけっして歌おうとしなかった。

「どうしてあんたは、いつも歌わないんだ？」とロジャース＆ハマースタインのミュージカルが好きな作業員が尋ねた。みんなが、ときに応じて何度となく同じことを尋ねていた。

＊ Richard Rodgers と Oscar Hammerstein II のこと。一九四〇年代から五〇年代にかけて、ブロードウェイのミュージカルや20世紀フォックスの映画で作詞作曲を担当してきたコンビ。代表作は《オクラホマ！》のほか、《王様と私》、《サウンド・オブ・ミュージック》など。

するとシュガーと呼ばれている男はただ肩をすくめる。「歌う気分じゃないんでね」たまに口を開くことがあるとすれば、彼はそう答えた。

「なんであいつのことをシュガーって呼ぶんだい？」と新入りの男が一度そう訊いたことがある。「甘ったる（スウィート）いやつには見えないが」

それに対して、信仰心のある男はいった。「あいつのイニシャルはC・Hなんだよ。製糖会社のC&H＊みたいに」それを聞いて、新入りの男は笑った。ばかばかしい冗談だが、道路をつくる作業員の日常を楽にするのに役立つような冗談だ。

彼らの日常がそこまで過酷なわけではなかったが。この男たちもテストを受け、彼らが一番幸せになれる仕事についているのだから。彼らは日焼けのひりつきや筋肉痛に誇りをおぼえたし、背後に細く長く延びていく道路というのはこの世で一番の美しい眺めだ。そのために、彼らは作業をしながら一日じゅう歌い、この日、これ以上に幸せにはなりえないこともわかっていた。

シュガーひとりを除いては。

そんなところにギレルモがやってきた。なまりのある小柄なメキシコ人のギレルモは、訊かれるたびにこう答えた。「おいらはソノラの出身かもしれねえが、心はつねにミラノにあんのさ！」そうして、どういうことかと誰かが尋ねると（多くの場合は、誰も尋ねなくとも）こう説明する。「おいらはメキシコ人の肉体に生まれついちまったイタリア人テナー歌手なんさ」そうして彼は、証拠としてプッチーニやヴェルディが書いた曲をひとつ残らず歌ってみせる。「カルーソーなんて目じゃねえさ」とギレルモはうそぶいた。「おいらの声を聞いてみなって！」

ギレルモはレコードを所有していて、それにあわせて歌ったし、道路の建設作業のときは誰の歌にでも加わってハーモニーの部分を歌い、またはメロディよりも高い助奏（オブリガート）の部分を歌った。舞い上がるテナーは彼の頭のてっぺんから抜けて空の雲を包んだ。「おいらは歌えるんだ！」とギレルモがいうと、ほかの作業員も応じる。「そうとも、ギレルモ！　もういっぺん歌ってくれよ！」

だがある晩、ギレルモは正直に真実を打ち明けた。「おお、友よ、おいらは本物の歌手じゃねえんだよ」

「どういう意味なんだ？　もちろん、おまえさんは歌手だとも！」異口同音に、全員がいう。

「ばかいってら！」ギレルモは芝居がかった大げさな声で叫んだ。「おいらがそんなに偉大な歌手なら、どうしてレコードひとつ出しちゃいないんだ、おい？　これが偉大な歌手の姿だって？　ばかいってら！　偉大な歌手ってのは、偉大な歌手になるべくして頭角をあらわすもんだ。おいらは単に歌が好きなだけで、才能なんてこれっぽっちもありゃしない！　あんたらみたいな道路工事の作業員といっしょに働きながら、腹の底から歌うのが好きなだけ

＊The California and Hawaiian Sugar Refining Company のこと。米国西部の代表的サトウキビ製糖企業。

なんだ。けど、オペラでなんか歌えるわきゃないって！ 今後も絶対にな！」

ギレルモは悲しげにそういったわけではない。熱をこめ、確信をもっていった。「ここそは、おいらの居場所さ！ ここなら、おいらの歌を喜んで聴いてくれるあんたらのために歌える！ 心の中にハーモニーが浮かびさえすりゃ、あんたらの歌にハーモニーをつけてやれる。けどな、ギレルモが偉大な歌手だなんて思わないでくれよ。だって、そうじゃねえんだから！」

この晩は誰もが正直に打ち明けたくなる日で、そこにいる誰もが、道路工事の作業員であることこそが幸せで、ほかのどこにも行きたくないと告白した。誰もが——シュガーひとりを除いては。

「おい、シュガー。あんたはここにいて幸せじゃないのか？」

シュガーが微笑む。「幸せだよ。ここが好きだ。仕事はおれにあってる。それに、あんたらが歌うのを聞くのも好きだよ」

「なら、なんでいっしょに歌わないんだ？」

シュガーはかぶりを振った。「おれは歌手じゃない」

だがギレルモは、わかってるんだぞというように彼を見た。「歌手じゃないってか？ はん！ 歌手じゃない、か。指がなくて、歌うことを拒絶してばっかりいる男は、〝歌手じゃない〟男なんかじゃねえな。どうだい？」

「いったいどういう意味なんだ？」と俗謡ばかり歌う男が尋ねた。

「どういう意味かっていうとな、あんたらがシュガーって呼んでるこの男は、偽りの姿なんだ。歌手じゃない、だってよ！　その手を見てみろよ。指が全部なくなっちまってるだろ！　指を切り落としちまったのはいったいどこの誰だ？」

作業員たちはあれこれ推測しようとしなかった。人が指を失うのにはさまざまな理由がある。そしてどんな理由であれ、他人が関わることではなかった。

「シュガーが指をなくしたのは、法律を破ったためにシュガーはその指で、〈ウォッチャー〉が指を切り落としちまったからだ！　人はそうやって指を失う。シュガーはその指で、〈ウォッチャー〉が止めさせたくなるような何をしてたんだろうな？　法律を破った、そうじゃないかい？」

「よせ」とシュガー。

「あんたがそういうなら、よそう」とギレルモはいったものの、今度ばかりはほかのみんながシュガーのプライバシーを尊重しようとしなかった。

「話してくれよ」とみんながせがんだ。

シュガーは部屋を出ていった。

「話してくれよ」とせっつかれ、ギレルモはみんなに話してやった。シュガーはかつて〈メイカー〉であって、法律を破ったためにもう音楽をつくれなくなったに違いない、と。〈メイカー〉たる者が――たとえ法律を犯したにしても――自分たちといっしょに道路工事の作業をやっていると考えただけで、彼らは畏れおおい心地がした。〈メイカー〉というのは、世にもまれな、もっとも尊ばれた存在だ。

「だが、なんで指を？」

「なんでって、そのあとでシュガーがまた音楽をつくろうとしたからに違いねえさ。そして二度目に法律を破ると、今度は三度目に法律を破ることになりかねない力まで奪われちまうんだ」ギレルモがまじめくさった口調でこう語ったから、作業員たちにはシュガーの過去の物語がオペラのように荘厳で恐ろしいものに聞こえた。みんなでシュガーの部屋に押しかけてみると、彼はじっと壁を見つめていた。

「シュガー、本当なのか？」ロジャース＆ハマースタイン好きな男が訊いた。

「あんたは〈メイカー〉だったのか？」信仰心のある男も訊いた。

「ああ」とシュガー。

「けどよ、シュガー」と信仰心のある男がいう。「たとえ法律を破ったにしても、神様は人が音楽をこしらえるのをやめさせようとはしないはずだぜ」

シュガーは笑みを浮かべた。「誰も神に訊いたわけじゃない」

「シュガー」とついにギレルモがいった。「おいらたち、この現場の作業員は九人きりだ。おいらたち九人は、ほかの連中から遠く離れたとこにいる。おいらたちのことはよくわかってるだろ、シュガー。全員が自分の母親の墓に誓っていう。絶対にほかのやつらにはしゃべらないって。どうしてそんなことするはずがあるってんだい？　あんたもおいらたちの仲間だ。いいから歌いなよ、ちくしょうめ、歌うんだよ！」

「できない」シュガーはいった。「あんたはわかってないんだ」

「神様はそう意図されちゃいねえぞ」と信仰心のある男がいった。「おれたちはみんな、自分が一番好きなことをやってる。それなのにおまえだけは、音楽を愛していながら、ひと節も歌うことができないなんて。おれたちのために歌ってくれよ！　おれたちと歌ってくれ！　そのことを知ってるのは、おまえさんとおれたちと神様だけなんだから！」

全員が約束した。全員が懇願した。

そして次の日、ロジャース＆ハマースタイン好きな男が《ラヴ、ルック・アウェイ》を歌うと、シュガーがハミングしはじめた。信仰心のある男が《ゴッド・オブ・アウア・ファーザーズ》を歌うと、シュガーが小声で唱和しはじめた。俗謡好きな男が《スウィング・ロウ、スウィート・チャリオット》を歌うと、シュガーが奇妙にかん高い声で加わったから、全員が笑い声や歓声をあげ、シュガーの声を歓迎した。

避けようのないことながら、シュガーは自分で歌をこしらえるようになった。はじめはハーモニーからで、もちろんその奇妙なハーモニーにギレルモは眉をひそめたものの、しばらくするとにんまり笑みを浮かべ、シュガーの意図を可能なかぎり感じとって彼も加わった。

そしてハーモニーのあとで、シュガーは自分のメロディを自分の言葉で歌いはじめた。くり返しを多用し、歌詞はシンプルで、メロディはさらにシンプルだった。だとしても奇妙なもので、これまで聞いたこともないような歌につくりあげたから、どこか間違っているようで、それでいて完璧に正しく聞こえた。まもなく、ロジャース＆ハマースタイン好きな男や、俗謡を歌う男や、信仰心のある男もシュガーの歌をおぼえ、道路建設作業をしながら、楽しげに、悲しげに、ときには怒り、ときには陽気に彼の歌を歌うようになった。

ギレルモさえも歌をおぼえるうちに、彼の力強いテナーがしだいに変化していった。彼の声は結局のところ月並みなものでしかなかったのが、普通でない、すばらしいものに変わっていった。ギレルモがある日、ついにシュガーにこういった。「おい、シュガー、あんたの音楽はどれも間違ってるぜ。けど、鼻に抜けるときの感覚がおいらは好きなんだ！　おい、わかるかい？　喉をくぐっていく感覚が好きなんだよ！」

シュガーの歌には賛美歌もあった。「わたしを満たさずにおいてください、神よ」とシュガーが歌うと、作業員たちもそれにつづく。

なかにはラヴ・ソングもあった。「その手はほかの誰かのポケットに入れたらいいさ」とシュガーが怒ったふうに歌う。「朝、きみの声で目が覚めたよ」とシュガーがやさしく歌う。「もう夏になってしまったの？」とシュガーが悲しげに歌う。すると作業員たちもいっしょに歌った。

数カ月のあいだに道路建設作業の人員も替わっていった。水曜にひとりが抜けると、木曜には新しい男が入れ替わった。別の現場では別の技能が必要とされていた。新入りの男が入ってくるたびに、その男が誓いをたてて秘密をきっと守ると約束するまで、シュガーは押し黙っていた。

とうとうシュガーの破滅へとつながったのは、彼の歌があまりに忘れがたいせいだった。工事現場を去っていった男たちは別の作業員たちとシュガーの歌を歌い、その作業員たちも歌をおぼえて、別の仲間に伝えていった。作業員はバーでも路上でも教えあった。人々はすみやかに歌をおぼえ、愛するようになった。そうしてある日、盲目の〈ウォッチャー〉がこの歌を耳にして、最初にそれを歌ったのが誰なのか、即座に気づいた。クリスチャン・ハロルドセンの音楽だ。なぜなら、このメロディはシンプルでありながら、一音ごとになおも北の森の風が吹きつけ、なおも抑圧的な落ち葉が空を舞っていたからだ。

〈ウォッチャー〉はため息をついた。彼は道具一式のなかから特殊なものを手に取ると、飛行機に乗って、ある道路建設工事の作業員たちが働いている現場に一番近い都市へと飛んだ。そうして盲目の〈ウォッチャー〉は組織(カンパニー)の車で運転手に道路の尽きるところまで乗せていってもらった。道路が荒野の一片を突き通しはじめたばかりの先端まで。車を降りた盲目の〈ウォッチャー〉は歌声を聞いた。かん高いその歌声には、目のないこの男でさえも涙を流したほどだった。

「クリスチャン」と〈ウォッチャー〉が声をかけると、歌声はぴたりとやんだ。

「やっぱりあなたでしたか」とクリスチャン。

「クリスチャン、指を失ってもなお？」

ほかの男たちにはわけがわからなかった——ギレルモひとりを除いては。

「〈ウォッチャー〉の旦那(だんな)」とギレルモが口を挟む。「なあ、彼はなんも悪いことなんてしてねえんだぜ」

〈ウォッチャー〉は顔をゆがめて笑みを浮かべた。「誰もそうはいっていない。だが、彼は法律を犯した。ギレルモ、きみは金持ちの家で召使いとして働きたいかね？　銀行の出納係はどうかな？」

「おれをここのみんなから引き離さないでくれよ、旦那」とギレルモ。

「人が幸せになれる場所をみつけてやるものこそが法律なのだ。だが、クリスチャン・ハロルドセンはかつてその法律を犯した。それ以降も、彼は人々が本来耳にすべきでない音楽をあちこちで聴かせている」

議論がはじまる前に負けていることをギレルモはわかっていたものの、それでもやめることはできなかった。「シュガーを痛めつけるのはやめてくれよ。おいらのほうから彼の音楽を聴きたいってせがんだんだ。神に誓って、そのおかげでおいらはずっと幸せになれたんだぜ」

〈ウォッチャー〉が悲しげにかぶりを振る。「正直になるんだな、ギレルモ。きみは正直な男だ。彼の音楽を聴いて、きみはみじめな気分になった、違うかな？　きみは自分の人生で望めるかぎりすべてを手にした。それでいて、彼の音楽はきみを悲しくさせる。いつだって、悲しくな」

ギレルモは反論しようとしたが、根が正直な男だったから、自分自身の心を見つめなおしてみて、あの音楽が確かに悲しみにあふれていることに気づいた。ハッピーな歌でさえ、何かを嘆き悲しんでいた。怒りの歌でさえも泣き叫んでいた。愛の歌でさえも、すべてのものはいずれ死に、満足とは何よりもうつろいやすいものだと告げているようだった。ギレルモが自分の心をじっと見つめると、シュガーの音楽が彼を見つめ返してくる。ギレルモは涙を流した。

「とにかくシュガーを痛い目にあわせないでくれよ、頼むからさ」ギレルモが泣きながらもらす。

「そのつもりはない」盲目の〈ウォッチャー〉はそういうと、クリスチャンのほうに近づいていった。クリスチャンは力なく立ったままで、〈ウォッチャー〉は特殊な道具をクリスチャンの喉に向けて構えた。クリスチャンは、はっとあえいだ。

「やめろ」とクリスチャンはいったものの、言葉は唇と舌で形づくられただけだった。声はもれてこなかった。空気がかすかにこすれただけだ。「やめろ」

「いや、これでいい」と〈ウォッチャー〉。

〈ウォッチャー〉がクリスチャンを連れて去っていくのを、作業員たちは黙って見守った。彼らはそれから何日か歌わずに過ごした。が、いつの日か悲しみを忘れたギレルモが《ラ・ボエーム》からのアリアを歌いだすと、そのまま歌声がつづいた。ときどき彼らはシュガーの歌を歌うこともあった。彼の歌は、それほどまでに忘れがたかったからだ。

近郊の都市に戻ると、盲目の〈ウォッチャー〉はクリスチャンにメモ帳とペンを与えた。クリスチャンはすぐさまペンを手のひらのひだでつかむと、こう書いた。「これからぼくは何をすることに？」

運転手がメモを読み上げると、盲目の〈ウォッチャー〉は笑いだした。「きみのために仕事を用意してある! おお、クリスチャン、きみのために仕事を用意してあるのだよ!」

犬が、主人の笑い声を聞いて大きく吠えた。

喝采

世界じゅうで、〈ウォッチャー〉はわずか二十人あまりしか存在しない。彼らは秘密主義で、ほとんど監視する必要もなく機能するシステムを監視している。というのも、システムがあるおかげで、ほとんど誰もが幸せでいられたからだ。なるほどすぐれたシステムではあったが、これ以上ないくらい完璧な機械でさえも、ときに故障することはある。ときには誰かが狂気から行動を起こし、みずからを傷つけようとする。そうした行為からほかの人々を守るため、そしてその当人をも守るために、〈ウォッチャー〉はその狂気をすばやく察知して、修繕に向かわないといけない。

長年にわたって最高の腕前と目されてきた〈ウォッチャー〉には指がなく、声が出せなかった。いつも無言でやってくるこの男は、必要なただひとつの名を示す制服を身につけている——〝権威〟という名の制服を。そして彼は、もっともやさしくて単純な、それでいてもっとも徹底した手法をもちいて問題を解決し、狂気を癒して、この世を人類の歴史上はじめて――実質的にほぼ全員にとって――とても暮らしよい場所にしたシステムをたもつのだった。

　というのも、なおも数人――毎年、ひとりかふたりだが――彼ら自身の考案したシステムの輪にとらわれてしまう者があったからだ。システムに適応できないか、または害をなさずにいられない者、そうすることで自分を傷つけることになるとわかっていても法律を破りつづける者が。

　最終的に、穏当な手足の切除や剝奪をもってしても狂気を矯正してシステムに戻すことができない場合、彼らには制服が与えられ、ふたたび外に出ることになる。〝見張る(ウォッチ)〟ために。

　この力のための鍵は、自分が保全することになるシステムをもっとも嫌う理由をもっている者の手にゆだねられた。そんな彼らは悲しんでいるのだろうか？

「そのとおり」とクリスチャンはあえて自身にこの疑問を投げかけてみて、そう答えた。

　悲しみとともに、彼は務めを果たしていった。悲しみとともに、彼は歳老いていった。そしてついに、彼を敬愛してやまない別の〈ウォッチャー〉たちが（かつてクリスチャンがすばらしい歌を歌っていたことを、仲間の誰もが知っていた）、あなたは解放されました、と告げた。「務めの期限が終わったのです」と足のない〈ウォッチャー〉がいって、にっこりした。

　クリスチャンは、〝それで？〟とでもいうように眉をぴくりとつり上げた。

「自由にさすらいなさい」

クリスチャンはそのとおり、自由に世界をさすらった。彼は制服を脱ぎ捨てたものの、金と時間には不自由せず、彼が立ち入れない場所もほとんどありはしなかった。彼は以前の自分が暮らしていた場所へとさすらっていった。山の奥のあの道路。かつてはすべてのレストランやコーヒーショップや食料品店の搬入口を知っていたあの町。そして最後に、森の中のあの家が建っていた場所にも。建物は風雨にさらされて崩れ落ちていた。かれこれ四十年ものあいだ、居住者がいなかったために。

クリスチャンはすっかり歳老いていた。雷鳴がとどろいたときも、もうじき雨になりそうだと考えただけだった。かつてのあらゆる歌。かつてのあらゆる歌のことを思って、彼は心の中で嘆き悲しんでいた。自分の人生がとりわけ悲しいものだったからというよりは、そうした歌をもはや思い出せなかったために。

雨をやりすごすため、近隣の町でコーヒーショップに腰を落ちつけたとき、ギターをかき鳴らしてひどく下手な歌を歌っている十代の四人組の声を耳にした。聞きおぼえのある歌だった。暑い夏の日、アスファルトをぶちまけて均す作業のあいだに彼がつくった歌だった。この十代の少年たちは、プロのミュージシャンでもなければ、むろん〈メイカー〉でもない。が、彼らは心から歌っていたし、歌詞は楽しいものだったにもかかわらず、聴く者は誰もが涙した。

クリスチャンはつねに携行しているメモ帳に書きつけて、少年たちに質問を示した。「どこでその歌を？」

「シュガーの歌だよ」と少年たちのリーダーが答える。「シュガーがつくった歌なんだ」

クリスチャンは眉をぴくりとつり上げ、肩をすくめるしぐさをした。

「シュガーっていうのは、道路工事の作業員をやりながら歌をつくってた人なんだ。もう死んじまったそうだけど」と少年が答える。

「この世で最高の歌をね」と別の少年がいうと、全員がうなずいた。

クリスチャンはにっこりした。そうしてメモ帳に書きつけた（少年たちは、口のきけない老人が早く立ち去ってくれないかといらだちつつ待っていた）。「きみたちは幸せじゃないのかね？　なんで悲しい歌を歌うのかな？」

少年たちはなんと答えていいのかわからなかった。それでも、リーダー格の少年が口を開いた。「もちろん幸せだよ。いい仕事もあるし、好きな女の子もいる。これ以上は望めないくらいにね。おれにはギターがある。歌がある。それに友人（ダチ）もいる」

別の少年がいった。「この歌は悲しいものってわけじゃないんすよ。確かに人は泣くけど、歌自体は悲しいものじゃない」

「そうそう」とさらに別の少年もいう。「ただ単に、わかってる男が書いたってだけで」

クリスチャンは紙になぐり書きした。「わかってるとは、何を？」

「とにかくわかってるんすよ。とにかくわかってるってだけ。すべてをわかってる」

そうして十代の少年たちは、下手なギターや、若くて練習不足な声で歌うほうに戻った。

クリスチャンは出口のほうに歩きだした。雨はあがっていたし、舞台を降りるべきときをわかっていたからだ。クリスチャンは振り返り、歌い手たちにほんのわずかに頭を下げてあいさつした。少年たちは気づきもしなかったが、彼らの歌声こそはクリスチャンが必要としていた拍手喝采だった。クリスチャンは歓声をあとにして店を出た。外では木の葉が色づきはじめたところで、もうじき、聞きとれないくらいのかすかな音をたてて、枝から離れて地面に舞い落ちていくことだろう。

一瞬、彼は自分自身の歌声を聞いたように思った。が、それは通りの電線の隙間をせわしなく駆け抜けていった風の名残（なごり）だった。壮絶な歌声で、クリスチャンはそこに自分の声を認めたように思った。

あとがき——起源について——

小説はどこから来るのか？　よかれ悪しかれ小説は、どこかの時点で、なんらかの理由で作家の注目を惹いた発想として出現したにちがいない。「書いてくれ」と主張した発想として。

わたしがこれらの短篇を一冊にまとめて市場に送りだしてから一年になる。いま、それらをじっくりと見なおしているうち、つまり優秀な校正者の仕事と照合しながら原稿を精読しているうちに、ふと気づくとわたし自身も不思議に思っている——この短篇はどこから来たんだろう？　いまのわたしなら、それよりはずっとうまく書けるようになっているからということもある。どうやって書いたのか見当がつかなくて、二度と同じような短篇を書けないのではないかと心配になるからということもある。

「エンダーのゲーム」は、わたしにとって原稿が売れて発表された最初の短篇だ。十六歳のころ、兵士はどんな戦争ゲームで三次元宇宙戦闘の訓練をするのだろう、と疑問を持ったことから、この短篇ははじまった。結果的に、兵士のスーツを凍結するフラッシャーと、多様な状況で戦略を磨くための格子と〝星〟を備えた無重力戦闘室というアイデアが生まれた。八年かけて、そのアイデアを徐々に熟成させていたのだが、わたしが〈アナログ〉誌に送ったファンタジイを、編集者だったベン・ボーヴァが没にしたものの、親切にも「あなたの作品は気に入りましたが、〈アナログ〉はストレートなSFしか買わないのです」という一文を添えてくれたとき、ついに形になった。当時のわたしには、彼のいう〝ストレート〟なSFがなにを意味しているのかよくわからなかったが、「エンダーのゲーム」は、わたしなりにそれに応えようとする試みだった。彼は一度、もっと切りつめ、戦闘をひとつふたつ省いて書きなおすように要求した。いまのわたしからすると、こんな短篇をよく発表したものだと空恐ろしくなる――劇作家として修得していた技巧を小説という新たな課題に生かそうとした結果、やたらと視点を移動させたり、無意味な会話を増やしすぎたりしているからだ。それでもわたしは、いまもこの短篇に心を動かされるし、もし書いていなかったらとしたら、きっとまた書くことだろう。

「王の食肉」のきっかけは、人間の群れの毛を刈る羊飼いというイメージだった。わたしにしては残酷な作品になったが、拷問者にうまく共感を呼ぶように描けていると思う。

「深呼吸」のきっかけになったのは、息子のジェフリーが生まれてまもなくのある夜、寝かしつけようと連れていくとき、ふと気づくと、肩にあたる息子の息が、別室で眠っている妻の呼吸と、ぴったりリズムがあっていたという体験だった。

「タイムリッド」は、快楽のために何度も死を体験する方法を探しているうちに思いついた。

タイムトラベルは、わたしが本当に語りたかった物語——自己破壊としての快楽主義——を語るための方便だった。教訓的な作品だ。

「ブルーな遺伝子(ジーンズ)を身につけて」は、わたしが書いたなかでもっともハードな短篇のひとつで、おそらくわたしのもっともストレートな〝ストレート〟SFだろう。当時のSF雑誌〈ギャラクシイ〉の編集長だったジェイムズ・ビーンが、ある号の論説のなかで、SF作家は昔ながらの作品ばかり書いていて、DNA組み換え研究のような新しいアイデアに手をつけていないと文句をつけた。わたしはこの挑戦を受けて立ち、アイデアを極限まで押し進めたドタバタとしてこの短篇を書きあげた。いまはこれを、わたしがこれまでに書いた、もっとも滑稽でもっともめちゃくちゃな一篇とみなしている。

「四階共用トイレの悪夢」のきっかけになったのは、わたしの友人にして非公式な編集者、ジェイ・パーリイから聞いた夢だった。ジェイはわたしとちがってひねくれ者ではない——だから自分では書こうとしなかった。そこでわたしは、トイレで溺れているヒレ状の腕をした子供という彼の悪夢のイメージを使わせてもらい、それを勧善懲悪でハーラン・エリスンふうの物語にじっくりと仕上げた。

「死すべき神々」は、そっくりそのまま、わたしの頭から湧いて出た——タイプライターの前に腰をおろし、「われわれが死ぬがゆえにエイリアンが地球に崇拝しに来る」という、書いた覚えのない文章が記されている紙を見つめた。すると見よ、一篇の作品が。

「解放の時」は、わたしの妻の夢、階段をおりると家のなかに見知らぬ人の死体が入った棺があるという悪夢から生まれた。わたしはそのイメージから強烈な印象を受けた。そして、その棺が置かれる家をそのころわたしたちが住んでいた家にしたため、これはこの短篇集でもっとも個人的な作品、もっともわたし自身の人格を反映している作品になっているのではないだろうか。

「アグネスとヘクトルたちの物語」を書くきっかけは、ジェリイ・パーネルが、人工環境で起こる物語のアンソロジーを編纂したことだ。例によってわたしは、あまのじゃくぶりを発揮し、じつは生きている人工環境を書いてやろうと決めた。そして構想を練っているうちに、ヘクトルに惚れこんでしまった。ただし、いま読み返すと、この作品のいいところは、ヘクトルが彼自身たちに語る話の数々だ――わたしはシリルの物語で「無伴奏ソナタ」のクリスチャンの準備をしていたのだと思う。アグネスはすばらしい登場人物であって、わたしがこの短篇でやったような、棒切れの先でつつきまわすようなやりかたより、もっといい待遇を受けるに値する。

「磁器のサラマンダー」は、ふざけてせがんだ妻のための寝物語としてはじまった。そしてわたしは、その物語のかなめとして思いついた不気味な動物をもとに、おとぎ話をつくったのだ。のちにわたしは、その動物のクリスマスカードを、四色印刷だのなんだのの本物のカードでなくても理解してくれる友人たちに送った。

そして、「無伴奏ソナタ」のきっかけは、ある日のふとした思いつきだった――書くことを禁じられたら、わたしはどうするだろう？　おとなしく従うだろうか？　そのときは、はじめかたをしくじって挫折した。数年後、ふたたび試みて、今度は最後まで書きあげられた。この短篇は、句読点を変更し、何ヵ所か言いまわしを変えただけで、タイプライターを打ち終えたときの第一稿のまま収録してある。これは、わたしがこれまで書いたなかでもっとも真実に迫った短篇だ。

これらの短篇すべてで繰り返されているモチーフがある——残酷なまでの苦痛と、グロテスクなまでの醜悪さだ。繰り返しあらわれる主題もある——死の愛好、喜びに対する支払いきれないほど高い代償、因果応報への非現実的な信頼だ。

じつのところ、なんらかの結論を述べるとすれば、作品の発想にはごくわずかな意味しかない、ということになる。大切なのは、作者が話す声、作者が語るために選ぶ登場人物、そして——とりわけ重要なのは——作品の終わりかただ。わたしは自分を穏健な楽天家とみなしている。これらの作品は、登場人物がどんなに悲惨な状態になろうと、どれもハッピーエンドになっている。アイデアがどこから出てきたにしろ、そのアイデアのなにに惹かれてわたしが書く気になったにしろ、わたしが作者であることに変わりはない。そしてわたしという存在は必然的に物語をゆがめ、そのためかけ離れた起源を持つ作品にも、根本的にはひとつの型があり、共通する印象を与える。これらの短篇は、他のいかなるものであれ——よかれ悪しかれ、甘くてもしょっぱくても、ありきたりであれ陶然とさせるものであれ——わたしのものなのだ。

（金子　浩訳）

解説

劇作家・演出家
成井　豊

僕の本業は劇作家・演出家だが、演劇に興味を持ったのは中学三年になってから。実はそのずっと前から、ＳＦのファンだった。

ＳＦと出会ったのは、小学四年の時。一九七二年一月、ＮＨＫの少年ドラマシリーズの第一作《タイム・トラベラー》を見て、大興奮。すぐにその原作である、筒井康隆の『時をかける少女』を読んだ。

僕は一九六一年生まれ。同年代のＳＦファンは大抵、少年ドラマシリーズからこの世界に入っている。《夕ばえ作戦》とか《赤外音楽》とか《なぞの転校生》とか、このシリーズは名作揃いで、当時の少年たちのセンス・オブ・ワンダーを大いにくすぐったのだ。

中学高校は日本のＳＦに夢中になった。星新一、小松左京、光瀬龍、眉村卓、豊田有恒などを片っ端から読んだ。大学に入ると、海外ＳＦに夢中になった。アイザック・アシモフ、アーサー・Ｃ・クラーク、ロバート・Ａ・ハインラインなどの大御所ももちろん読んだが、一番気に入ったのはレイ・ブラッドベリ。その叙情性と幻想性にすっかり魅了されてしまった。

そして、一九八五年。大学を卒業して、高校教師になって二年目、僕はハヤカワ文庫の新刊の『無伴奏ソナタ』に出会った……。

この時の衝撃を表現するのは難しい。

「エンダーのゲーム」のスリリングなストーリー展開にハラハラドキドキし、「王の食肉」の設定の残酷さに胸をえぐられ、「深呼吸」の発想の斬新さに驚愕し……。次から次へと呆れるほどおもしろい話ばかり。挙げ句の果てが、ラストの「無伴奏ソナタ」。僕はSFを読んで、生まれて初めて泣いた。

当時の僕は二十四歳。生意気盛りで、お涙頂戴の人情噺など大嫌いだった。SFを読むのは知的な興奮を味わいたいから。感動したいとか泣きたいとか、考えたこともなかった。その僕が感動した。泣いた。「無伴奏ソナタ」には人間の真実が描かれていた。その真実が僕の魂を揺り動かしたのだ。SFにはこんな凄いことができるのか。それは僕にとって、大いなる発見だった。

そして、一九八七年。僕は長篇版の『エンダーのゲーム』に出会った……。

僕は今年で五十三歳になるが、いまだに短篇のナンバーワンは「無伴奏ソナタ」で、長篇のナンバーワンは『エンダーのゲーム』。つまり、オースン・スコット・カードが僕にとってナンバーワンのSF作家ということになる。

なぜこれほど好きなのか。それを説明する前に、オースン・スコット・カードの経歴について、簡単に説明しよう。

オースン・スコット・カードは、一九五一年にアメリカ合衆国ワシントン州リッチランドで生まれ、カリフォルニア州サンタクララ、アリゾナ州メサ、ユタ州オレムなどで育った。ブリガムヤング大学で詩を学び、末日聖徒イエス・キリスト教会（モルモン教）の宣教師としてブラジルで二年間布教活動を行なった。帰国後、劇団を立ち上げ、戯曲を執筆。また、ブリガムヤング大学の出版部門で編集者として働いた。その後、教会の公式雑誌の編集部に転職。

SFは一九七五年頃から書き始め、一九七七年に短篇版「エンダーのゲーム」を発表。翌年、ジョン・W・キャンベル新人賞を受賞する。徐々に執筆の依頼が増えたため、編集者を辞めてフリーランスとなった。そのかたわら、ユタ大学で英語学の修士号を取得し、ノートルダム大学の博士課程に進んだ（ただし一年で退学）。

一九八六年、長篇版『エンダーのゲーム』でヒューゴー賞とネビュラ賞を受賞。翌年の一九八七年、続篇の『死者の代弁者』で再びヒューゴー賞とネビュラ賞を受賞。二年連続で両賞を受賞した作家は、今のところカードしかいない。

二〇〇五年から末日聖徒イエス・キリスト教会系のリベラル・アーツ・カレッジである南バージニア大学の教授となった。専門は英語学と創作。妻との間に五人の子供がいて、現在は妻と一番下の子とともにノースカロライナ州グリーンズボロに住んでいる。

作家には二種類いる。現実重視型と、虚構重視型。

SFは非現実的な出来事を描くから虚構重視型、とは一概に言えない。小松左京は「日本沈没」という非現実的な出来事を、もし現実に起きたらという視点に立ち、様々なデータを駆使して、きわめて緻密に描き出した。つまり、自分の小説をもう一つの現実として成立させようとしたのだ。その姿勢は明らかに現実重視型と言える。

SF作家の多くはこの現実重視型で、アイザック・アシモフもアーサー・C・クラークもロバート・A・ハインラインもそう。彼らの小説は映画にしやすい。映画というものは、現実の人間を撮るがゆえに、否が応でも現実重視型にならざるを得ない。だから、原作の小説はできるだけ現実的に書かれたものの方がいい。

一方で、レイ・ブラッドベリは虚構重視型。『火星年代記』などはその典型で、そこに描かれている火星開発の歴史に、現実感はほとんどない。なぜなら、作者が小説をもう一つの現実として成立させようとは考えていないから。あくまでも小説を書こうとしている。そこに描かれているのは、作者の独自の世界。だからだろうか、レイ・ブラッドベリの小説は、小説というより詩やお伽噺に近い。

カート・ヴォネガット・ジュニアも虚構重視型。その証拠に、彼はしばしば自分の小説を「ほら話」と呼ぶ。『タイタンの妖女』も『猫のゆりかご』も、何を描くかよりも、どう語るかを追求しているように見える。村上春樹は初期の頃、カート・ヴォネガット・ジュニアの影響を指摘された。断章形式とドライな文体が、確かに似ていた。今は村上春樹独自の世界を描いているが、虚構重視型であることは変わらない。『ノルウェイの森』はそうでもないが、『ねじまき鳥クロニクル』や『1Q84』はまさに村上ワールドと言える。

ここまで書けばおわかりだろうが、オースン・スコット・カードは虚構重視型だ。ただし、すべての作品がそうだとは言えない。この本で言えば、「深呼吸」「タイムリッド」「四階共用トイレの悪夢」などは現実重視型だろう。が、「王の食肉」「アグネスとヘクトルたちの物語」「磁器のサラマンダー」「無伴奏ソナタ」などはまさに虚構重視型。その語り口は、小説というよりお伽噺、もしくは寓話だ。

驚くのは、これら寓話風の小説を書いている時の、オースン・スコット・カードの文章の冴えだ。彼はあとがきで、「無伴奏ソナタ」はほぼ第一稿のままで、その後の修正はほとんどないと書いている。俄かには信じがたい話だが、実際に「無伴奏ソナタ」を読めば、本当かもしれないと思ってしまう。それほど文章に迷いがなく、圧倒的な勢い、知性、純粋さ、残酷さ、荘厳さ、静けさ、切なさ、詩情を感じさせる。「無伴奏ソナタ」の文章こそが、オースン・スコット・カードの作家としての本領ではないか？

そう考える理由の第一は、彼がモルモン教の熱心な信者で、おそらく聖書を愛読していたこと。聖書は世界で一番有名な寓話だ。理由の第二は、彼が若い頃に劇団を作り、戯曲を書いていたこと。演劇は映画と同じく、現実の人間によって表現されるが、舞台という制約があるため、現実の風景を利用するわけにはいかず、どうしても寓話的にならざるを得ない。

そのため、戯曲は映画のシナリオに比べて、現実感が薄くなる。もちろん、イプセンのような例外はあるが、ギリシア悲劇もシェイクスピアも歌舞伎も野田秀樹もけっして現実重視型ではない。ミュージカルなんか、登場人物が突然歌い出すのだから、文句なしの虚構重視型だ。

寓話は主人公の日常生活を描かない。細かい描写をして、現実感を高めようという気がないからだ。そのかわり、主人公の行動だけをひたすらシンプルに描いていく。「無伴奏ソナタ」でも、主人公のクリスチャン・ハロルドセンはあまりセリフをしゃべらない。地の文でも、彼の内面の説明はほとんどない。その結果、読者の眼前に立ち上がってくるのは、物語の核となるドラマ、思い、真実。

「無伴奏ソナタ」は、クリスチャン・ハロルドセンの人生を淡々と追っていく。音楽の天才として生まれた男が、音楽を作ることを禁じられる。が、彼は音楽が忘れられない。罰せられても罰せられても、また音楽を作ってしまう。その彼が人生の最後に得たものは何だったのか。物語の核は、ラストシーンでクリスチャン・ハロルドセンの胸に去来した思いだろう。そこには紛れもなく、人間の真実がある。

オースン・スコット・カードは、この小説をもう一つの現実として成立させようとはしない。読者に「もしかしたら本当にこんなことがあるかもしれない」と信じさせるつもりなど全くない。虚構を虚構のまま、差し出す。が、「無伴奏ソナタ」は、その方がかえって胸を打つ。余計な飾りがないからこそ、主人公の思いだけがダイレクトに伝わる。寓話とはそういうものなのだ。

『エンダーのゲーム』は、短篇版も長篇版も現実重視型に見える。が、本当にそうだろうか？　もろちん、「無伴奏ソナタ」に比べれば、はるかに現実的だ。が、他のSF作家の小説と比べれば、その現実感の希薄さに気づくはず。たとえば、主人公のアンドルー・ウィッギンの日常生活がどれだけ描かれている？　答えは皆無だ。オースン・スコット・カードは『エンダーのゲーム』でも、現実感の追求は最小限に止め、ひたすら物語の核を描こうとする。少年の孤独と成長を。

オースン・スコット・カードの最大の魅力はここにある。自分が描きたいドラマ、思い、真実を愚直なまでにまっすぐに追求していく姿勢だ。もちろん、純粋さと残酷さの併存、詩情、発想の斬新さ、ストーリー・テリングの巧みさなど、他にも魅力はいっぱいある。が、この人は要するに少年なのだ。クリスチャン・ハロルドセンであり、アンドルー・ウィッギンなのだ。自分の書きたいことを書く。ただひたすら書く……。

だから、僕は大好きになった。今でも大好きだ。今回、新訳版が出版されるのを機に、二十八年ぶりに読み返して、やはり感動し、泣いた。恥ずかしながら、今年五十三歳になる僕の中にも、まだ少年の部分は残っているようだ。この本は、十歳から百歳までの少年に読んでほしい。必ず魂が震えるはずだ。

本書は、一九八五年十二月にハヤカワ文庫ＳＦから刊行された『無伴奏ソナタ』の新訳版です。

HM=Hayakawa Mystery
SF=Science Fiction
JA=Japanese Author
NV=Novel
NF=Nonfiction
FT=Fantasy

無伴奏ソナタ
〔新訳版〕

〈SF1940〉

二〇一四年一月二十日　印刷
二〇一四年一月二十五日　発行
（定価はカバーに表示してあります）

著者　オースン・スコット・カード
訳者　金子浩（かねこひろし）
　　　金子司（かねこつかさ）
　　　山田和子（やまだかずこ）
発行者　早川浩
発行所　株式会社早川書房
郵便番号　一〇一 - 〇〇四六
東京都千代田区神田多町二ノ二
電話　〇三 - 三二五二 - 三一一一（大代表）
振替　〇〇一六〇 - 三 - 四七七九九
http://www.hayakawa-online.co.jp
乱丁・落丁本は小社制作部宛お送り下さい。
送料小社負担にてお取りかえいたします。

印刷・星野精版印刷株式会社　製本・株式会社明光社
Printed and bound in Japan
ISBN978-4-15-011940-9 C0197

本書は活字が大きく読みやすい〈トールサイズ〉です。